Schoko-Leiche

Petra Scheuermann

Schoko-Leiche

Kriminalroman

Bibliografische Informationen der Deutschen Nationalbibliothek:
Die Deutsche Nationalbibliothek verzeichnet diese Publikation in der Deutschen Nationalbibliografie, detaillierte bibliografische Daten sind im Internet über dnb.dnb.de abrufbar.

TWENTYSIX – Der Self-Publishing-Verlag
Eine Kooperation zwischen der Verlagsgruppe Random House und BoD – Books on Demand

4. Auflage 2019

Umschlaggestaltung: Atelier Reichert, Stuttgart

Herstellung und Verlag: BoD – Books on Demand, Norderstedt

ISBN: 978-3-7407-2582-2

1

»Der Tod muss nicht unbedingt mit Sterben in Verbindung gebracht werden; er kann auch eine umwälzende Veränderung ankündigen.« Biggi sieht mich mit einer übergroßen Portion Mitleid an, während sie mir diese Weisheit verkündet.

»Wie bitte?« Ich frage mich, was meine Freundin mir damit sagen will.

Ungerührt fährt Birgit fort: »Allerdings in dieser Konstellation und so oft, wie der Tod bei dir heute vorkommt, solltest du dich auf einen Sterbefall in deiner unmittelbaren Nähe einstellen.«

Ich glaube ihr kein einziges Wort.

Jetzt dreht sie eine weitere Tarotkarte um und stellt wichtigtuerisch fest: »Tanja, dieser Tod wird dein Leben von Grund auf verändern.«

»Na klasse, Birgit! Vielen herzlichen Dank! Das war jetzt richtig hilfreich, wenn ich gleich überfahren werde, dann kann ich hoffentlich schnell noch denken: Siehst du, die Biggi, die große Kartenleserin, hat's gewusst!«

»Mensch Tanja, du wirst nicht sterben. Der Tod ist nur in deiner Nähe.«

Danke, aber auch! Ich registriere, wie sich meine gute Laune von mir verabschiedet.

Meine Freundin dreht die restlichen Karten um.

Verdammt! Ich glaube, mir wird schlecht! Auf einer der Karten sehe ich einen Mann am Boden liegend, durchbohrt von zehn Schwertern. Sicherlich hätte schon eines gereicht, um ihn zu töten. Der Typ ist so etwas von mausetot. Sagte Biggi nicht etwas von Karten, die meine nahe Zukunft zeigen würden, bevor sie diese aufgedeckt hat? Ein Herz, durchbohrt von drei Schwertern, ist auf der Karte daneben abgebildet. Na klasse! Da scheinen ja rosige Zeiten auf mich zuzukommen.

»Tanja, du wirst viel Kraft für diese Prüfung brauchen.«

»Wenn ich so mausetot sein werde, wie der Typ da, dann nützt mir die stärkste Kraft nichts mehr.«

»Diese Karten sehen negativer aus, als sie in Wirklichkeit sind. Es könnte zum Beispiel eine bestimmte Vorstellung in dir sterben. Da kommt eine Liebe auf dich zu, aber vielleicht verliebst du dich in den Falschen. Und …«

Biggis Blick verdunkelt sich.

»Und was?«, will ich ängstlich wissen.

»Diese neue Liebe steht mit dem Tod in Verbindung. Für dich Tanja ist es wichtig, dass du bereit bist, Neues in deinem Leben zuzulassen. Du wirst diejenige sein, die handeln muss, nur so kann sich alles aufklären und zum Guten fügen.«

Natürlich glaube ich nicht an diesen Hokuspokus, aber jetzt ist mir doch etwas mulmig zumute. Nur weil die rheinländische Birgit mal wieder ihr *Arm Tier* hatte und schlecht drauf war, wollte ich ihr einen Gefallen tun, daher habe ich mich auf diesen Blödsinn eingelassen. Und jetzt fühlt sich meine Freundin eindeutig besser und mir geht es schlecht. Klar, sie hat mir ihr mieses Karma einfach übergestülpt. Ich glaube, ich brauche jetzt eine heiße Anti-Kummer-Schokolade. Die hilft fast gegen alle Wehwehchen; nach einer Tasse sind die Sorgen nur noch halb so schlimm.

Ich gehe nach hinten in die kleine Küche meiner Chocolaterie. Messe ausreichend Milch ab, gebe einen Schuss Honig und meine speziellen Gewürze zu, erhitze diese auf etwa sechzig Grad und schmelze hierin die Zartbitterkuvertüre. Den Schneebesen wirble ich etwas zu schnell und zu laut im Topf. Mein T-Shirt bekommt mehrere Schokoladenflecken ab. Heute gebe ich noch einen Hauch mehr Kardamom in den Topf. Jetzt riecht es herrlich exotisch schokoladig in dem kleinen Raum. Mir läuft das Wasser im Mund zusammen. Eine heiße Anti-Kummer-Schokolade schafft es immer, mich mit dieser Welt zu versöhnen.

Die zwei Tassen mit heißer Schokolade jongliere ich an unseren Stammtisch, gehe zur Auslage zurück und lege vier Pralinen auf ein kleines Tellerchen, Schoko-Traum-Pralinen für mich und Cappuccino-Trüffel für meine Freundin.

»Wenn wir schon sündigen, dann richtig!«

Birgit wehrt ab. Sie sei auf Reis-Diät, daher würde sie heute lieber nicht zugreifen. Ich will Genaueres wissen.

»Seit zehn Tagen esse ich morgens, mittags und abends Reis.«

»Nur Reis? Ist das nicht ein bisschen spartanisch? Wie viele deiner Kilos sind denn in dieser Zeit schon gepurzelt?«

»Na ja«, Birgit druckst rum, »also, bis jetzt nichts, nicht ein Gramm.«

Dies scheint das Stichwort zu sein, jetzt greift Biggi doch zu einem Cappuccino-Trüffel. Meine Esoterik-Freundin ist immer auf irgendeiner Diät. Bis jetzt hat sie allerdings durch keine auch nur ein einziges Gramm abgenommen, im Gegenteil zu ihrer Geldbörse. Ich verstehe nicht, dass sie sich das immer wieder antut. Aber: Die Hoffnung stirbt zuletzt. Eigentlich müsste sie doch in den Karten lesen können, dass dies alles nichts bringt.

»Wie konntest du nur eine Chocolaterie eröffnen? Dein Schoko-Traum macht uns alle drei noch kugelrund. Ich sehe schon kommen, dass wir zu dritt Sport treiben. Sport! Vielleicht Jogging oder womöglich Stockenten-Rennen? Allein dieser Gedanke!«

Ehrlich gesagt kann ich mir Biggi nur schwerlich Sport treibend vorstellen. Sie trägt Kleidergröße achtundvierzig oder fünfzig, ich frage da lieber nicht genau nach, das wäre geschäftsschädigend.

In diesem Augenblick öffnet sich die Tür und unsere gemeinsame Freundin Stefanie rauscht herein. Sie trägt den gleichen kurzen Rock von H&M, den meine fünfzehnjährige Tochter letzte Woche gekauft hat.

»Hallo ihr Süßen!« Sie greift sich eine Praline vom Teller, legt ihre Zeitung auf den Bistrotisch, tänzelt auf ihren High Heels zum Kaffeeautomaten und brüht sich einen Latte macchiato auf. Aus der Auslage stibitzt sie sich eine weitere Praline, sicherlich eine mit Alkohol, ihre Favoriten sind die Baileys-Trüffel.

»Ich hab's gesehen«, sage ich warnend.

Im Gegensatz zu Biggi trägt Steffi Größe 38. Sie behauptet: Sex macht schlank. Vielleicht hat sie recht, sie muss es ja wissen, Steffi ist süchtig danach, nach Essen und Sex. Sie kann tatsächlich essen, was sie will, ohne auch nur ein Gramm an Gewicht zuzulegen. Das ist schon gemein. Aber noch fieser ist es, dass jede Woche ein neuer Kerl in ihrem Bett liegt. Ihr wöchentliches Frischfleisch bezieht sie aus den vielen Partnerschaftsbörsen im Internet. Nun gut, das ist nicht unbedingt mein Lebenstraum, aber wenn ich ehrlich sein soll, irgendwie bin ich schon ein bisschen neidisch und Biggi auch, die würde das jedoch niemals zugeben.

Die Tür geht auf und sieben kleine, dick in Regenjacken eingemummte, Japanerinnen kommen hereingewuselt.

Die Touristengruppe hat kein schönes Wetter für ihren Heidelberg-Besuch erwischt. Schon seit fünf Tagen regnet es ununterbrochen, wenn es noch zwei Tage so weitergeht, dann tritt der Neckar über die Ufer und der Rand der Altstadt steht wieder unter Wasser. Es ist Anfang Juni, das Wetter jedoch treibt Kapriolen wie im April.

Jede der Japanerinnen kauft ein Pfund Pralinen und mehrere Tafeln Schokolade. An manchen Tagen kommt es mir vor, als wäre Heidelberg eine Kleinstadt in Japan. Es braucht unzählige Minuten und unendlich viele gegenseitige Verbeugungen, bis sie alle glückselig mein Geschäft verlassen. Ich muss erst einmal alles wieder an die richtige Stelle räumen.

Mein Wunsch, eine Chocolaterie zu eröffnen, entstand, als ich zum ersten Mal den Film *Chocolat* im Fernsehen sah. Dieser Film erweckte die exotischsten Düfte und schönsten Erinnerungen meiner Kindheit zu neuem Leben. Meine Großmutter Anna, die Mutter meines Vaters, suchte jeden Dienstagnachmittag ein Schokoladen- und Kaffeegeschäft auf, oft nahm sie mich mit. Dort trank sie einen starken Kaffee aus frisch gemahlenen Bohnen; ich bekam eine dickflüssige heiße Schokolade und dazu aßen wir Pralinen. Der Kakao katapultierte mich in eine satte und glückselige Welt und die Pralinen waren die Köstlichsten, die ich jemals gegessen hatte. In so einem Geschäft arbeiten zu dürfen, erschien mir wie die Erfüllung aller meiner geheimsten Wünsche. Zunächst war es nur ein Traum, aber je öfter ich meinen Lieblingsfilm in den letzten Jahren sah, umso konkretere Formen nahm dieser Wunsch an.

Zufrieden sehe ich mich in meiner Chocolaterie um. Vor einer Woche habe ich noch zwei weitere kleine Tische in den Schoko-Traum gestellt. Inzwischen haben an den vier Bistrotischen insgesamt vierzehn Leute Platz. So voll war es allerdings noch nie. Meist sind es die Stammkunden, die sich auf eine heiße Schokolade oder einen Kaffee hier niederlassen. Mit meinen Freundinnen sitze ich immer an dem hinteren Tisch neben der Theke, damit ich einen Überblick über den gesamten Laden habe. Manchen Kunden muss man schon genau auf die Finger sehen. Einmal rumgedreht und weg ist die teuerste Schokolade.

Seufzend lasse ich mich auf den freien Stuhl zwischen meine Freundinnen sinken.

»Ganz schön was los bei dir«, stellt Birgit fest.

»Ich bin froh, dass das Geschäft so brummt. Schließlich haben mich alle für verrückt erklärt, als ich meine Stelle bei Oliver gekündigt habe.«

»Noch so einen blöden Schokoladen-Laden in der Heidelberger Altstadt braucht kein Mensch.« O-Ton mein Ex. Oliver hat nicht wirklich damit gerechnet, dass ich meine Mädchen-für-alles-Stelle in seiner Kanzlei kündigen würde. Erst als ich die Räume in der Heidelberger Fußgängerzone, in einer Gasse quer zur Hauptstraße, unweit der Heiliggeistkirche, angemietet hatte, begriff er den Ernst der Lage. Der Vater meiner Kinder hasst Süßigkeiten, besonders Schokolade, er mag mehr das Herzhafte; daher gab er meinem Laden höchstens einige Monate, dann sei ich pleite und käme wieder bei ihm angekrochen.

»Mensch, wenn ich daran denke, wie dein Ex ausgeflippt ist, als du vor drei Monaten den Schoko-Traum eröffnet hast.«

Kein Wunder, seit fünfzehn Jahren war ich eine billige Arbeitskraft in seiner Anwaltskanzlei. Ich wusste, wie der Hase läuft. Jetzt musste er eine neue Sekretärin einstellen, die erstens lange nicht so gut durchblickt und zweitens teurer ist und das ist besonders schmerzhaft für den alten Schnäppchenjäger. Oliver ist ein Mensch, der, ohne einen Gedanken zu verschwenden, bereit ist, fünfzig Kilometer mit dem Auto zu fahren, wenn dort der Liter Benzin zwei Cent billiger ist.

Steffi stöbert im Immobilienteil der Tageszeitung, dann teilt sie uns mit, dass sie beabsichtige, eine Wohnung in der Bahnstadt als Kapitalanlage zu kaufen, das hätte ihr der neue Bankberater nahegelegt.

»Lohnt sich das denn?«, will Biggi wissen.

»Schau, hier in der Zeitung steht's auch.« Steffi zeigt uns die Überschrift eines Aufmachers: *Mit Immobilien der Finanz- und Wirtschaftskrise trotzen.*

»Seit wann hast du denn so viel Kohle?« Es interessiert mich, woher Steffi plötzlich so viel Geld hat; Heidelberg ist ja bekanntlich nicht gerade ein billiges Pflaster.

»Mein Bankberater sagt, ein Viertel soll ich selbst finanzieren, den Rest als Kredit aufnehmen.«

»Klar, den Kredit vermittelt er dir völlig selbstlos«, lästert Biggi.

»Wie war eigentlich dein Wochenende?«, will ich jetzt von Steffi wissen.

»Stimmt, hab ich euch ja noch nicht erzählt. Der Typ war vierzig, obwohl in den Infos fünfunddreißig stand. Aber egal. Ich sage euch: Der war echt der Hammer, eine Zunge, länger als jedes Rindvieh und damit hat der mich fast in den Wahnsinn geleckt.«

Biggi sieht mich an und rollt die Augen.

»Soll ich euch mal vormachen, wie der geleckt hat?«

»NEEIINNN!«, schreien Birgit und ich wie auf Kommando.

»Ihr wisst nicht, was euch entgeht, ehrlich.«

»Lass stecken, Steffi!« Ich versuche meine Freundin endgültig daran zu hindern in die Einzelheiten zu gehen. Zum Schluss muss ich nur wieder zwischen der prüden Biggi und der sexbesessenen Steffi schlichten.

»Oh, die Lingenthal kommt, ohne die würde mein Laden nur halb so gut laufen.«

Frau von Lingenthal schwebt in den Schoko-Traum ein. Blondierte halblange Haare, cremefarbenes Kostüm, den Hals behangen mit schweren Klunkern, am linken Handgelenk eine neue, sündhaft teure Uhr.

Ich begrüße sie, wie immer mit Handschlag: »Frau von Lingenthal, schön, Sie zu sehen. Sie sehen wieder fantastisch aus. Wie machen Sie das nur, dass Sie immer jünger werden? Bitte, bitte verraten Sie uns Ihr Geheimrezept.«

Kundenpflege nennt man das. Obwohl, es ist tatsächlich was dran, diese Frau sieht jedes Mal jünger aus. Ich würde darauf tippen, dass die sich liften lässt. Jede Wette!

»Ach, Frau Eppstein, Sie machen mich verlegen; ich bin doch nur eine alte Frau.«

Sie kokettiert heute wieder heftig.

»Sie sind doch nicht alt, Sie doch nicht, Frau von Lingenthal.«

Um das Thema zu wechseln, sage ich: »Geht es Ihnen gut?«

»Hervorragend, ganz hervorragend, meine Gute, aber Ihre kleinen Köstlichkeiten sind mir leider ausgegangen. Ich benötige ein Kilo Pralinés. Und haben sie noch dieses Schokoladen-Peeling, da nehme ich zwei Kilo mit.«

»Zwei Kilo Schoko-Peeling?«, frage ich verwundert nach.

Was macht die mit zwei Kilo Schokoladen-Peeling? Wahrscheinlich möchte ich das lieber nicht wissen. Steffi schon, die grinst sich hinter dem Rücken der Kundin, einen ab und ihre Zunge macht äußerst verdächtige Verrenkungen.

Frau von Lingenthal sucht sich jede Praline einzeln aus und will wissen, was drin ist, obwohl sie die verschiedenen Trüffel und Pralinen schon hundertmal gekauft hat. Ich erkläre es aufs Ausführlichste, als würde ich ihr die Zusammensetzung jeder Schokoladenspezialität zum ersten Mal erläutern.

Birgit und Stefanie unterhalten sich weiter über den Sinn von Immobilien.

»Da haben Sie ganz recht, meine Damen, mir hat ein junger Finanzexperte auch dazu geraten, Immobilien zu kaufen. Ich besitze ja schon mehrere Häuser, aber man weiß ja nicht, was noch alles auf uns zukommt. Mit einer Immobilie ist man auf der sicheren Seite. Betongold, meint Herr Konradi. Wir werden uns heute ein paar geeignete Objekte ansehen. Für morgen hat er vorsorglich einen Notartermin ausgemacht.«

»So einen umsichtigen Finanzexperten könnte ich auch gebrauchen.« Steffi nun wieder.

Nachdem Frau von Lingenthal den Laden verlassen hat, prusten wir alle drei erst mal los.

»Ich möchte doch zu gerne wissen, was Frau von Lingenthal und vielleicht dieser Konradi mit zwei Kilo Schoko-Peeling machen.« Steffi kann's einfach nicht lassen. Und dann will sie wissen, ob mein Schoko-Peeling auch schleimhautverträglich sei. Und ob, versichere ich ihr. Sie will wissen, wie viel ich vorrätig habe, damit sie sich eine ausreichende Ration für nächstes Wochenende sichern kann.

»Kein Wunder Steffi, dass die Männer nach einem Wochenende mit dir alle ausnahmslos am Montag auf Nimmerwiedersehen verschwinden. Du überforderst sie maßlos mit deiner Sexbesessenheit, da wird doch der stärkste Tarzan mürbe.«

Jetzt geht das wieder los!

»Ach Biggi, du bist doch nur neidisch. Wann hattest du das letzte Mal Sex?«

»Gestern.«

»Ich meine nicht mit deinem neuen purpurroten Vibrator, sondern mit einem männlichen Wesen, so ein echtes, aus Fleisch und Blut. Sag doch mal, würde mich jetzt echt interessieren.«

»Du bist gemein. Mit dir gehe ich nie wieder in einen Sex-Shop.«

»Mensch Mädels, wir müssen uns doch nicht über Männer oder Sex streiten, ich bitte euch«, versuche ich, mal wieder zwischen den beiden zu schlichten.

Den purpurroten Vibrator hat sich Biggi vor drei Wochen in einem Sex-Shop gekauft, in den Steffi uns geschleppt hatte, weil sie unbedingt spezielles Sexspielzeug für ihren aktuellen Lover – der inzwischen schon wieder Vergangenheit ist – besorgen musste. Birgit und ich kamen aus dem Staunen nicht mehr raus, was es alles so gibt. Auf diesem Gebiet sind wir beide nicht sonderlich bewandert, Stefanie hingegen bewegte sich auf sicherem Terrain. Dass sich gerade unsere prüde Birgit zum Kauf dieses Vibrators überreden ließ, erstaunte mich dann doch.

Am Abend regnet es schon wieder, ich gehe mit aufge-
spanntem Schirm schnell durch die Fußgängerzone bis zur
Schiffgasse. Ich schließe unseren Briefkasten auf und finde
ein benutztes Papiertaschentuch zwischen mehreren Brie-
fen. Ich denke: Wer wirft so etwas in einen Briefkasten?
Und dann weiß ich es. Blockwart Grantler, unser Hausmeister, steht schon hinter mir. Ich sehe ihn nicht, aber ich
fühle ihn, seine negative Ausstrahlung, und ich rieche ihn,
seinen penetranten Mundgeruch.

Abrupt drehe ich mich um: »War'n Sie das, Herr Grantler?«

»Ja, ich habe Ihnen dieses Corpus Delicti in den Briefkasten geworfen.«

»Herr Grantler, sind Sie noch bei Sinnen?«

»Also, jetzt reicht's aber. Erst schmeißt ihre aufmüpfige
Tochter ihren Müll in den Hausflur und dann werde ich
noch beschimpft, wenn ich den Dreck Ihrer Familie auf-
hebe. Das ist die Höhe!«

»Meine Tochter wirft ihren Dreck nicht in den Hausflur;
sie ist schließlich keine Drei und außerdem ist sie besonders ökologisch eingestellt. Alina würde nie und nimmer
ihren Abfall auf die Erde schmeißen.«

»Hat sie aber getan. Ich hab's doch gesehen. Wollen Sie
mir unterstellen, dass ich lüge?«

»Vielleicht ist ihr das Papiertaschentuch aus der Jackentasche gefallen, als sie ihren Hausschlüssel hervorgekramt
hat. Keine Ahnung. So etwas passiert.«

Warum rege ich mich über den Blockwart Grantler auf,
bringt doch nichts. Der kapiert sowieso nix.

Ich fasse das Papiertaschentuch mit einem neuen an und
will es in den Mülleimer unter den Briefkästen werfen.

»TUN SIE DAS NICHT!«, schreit er. »Werfen Sie den
Abfall Ihrer Familie gefälligst in Ihre eigene Tonne.«

»Mensch, Herr Grantler, das ist ein Mülleimer, der ist dafür da, dass man Abfall hineinwirft.«

»Der ist für Reklame und so.«

Der Hausmeister steht breitbeinig vor mir, als würde er gleich den Colt aus seinem Gürtel ziehen und mich eigenhändig erschießen, sollte ich mich seiner Anordnung widersetzen und das Taschentuch widerrechtlich in den Abfallbehälter werfen.

»Der ist für Papier!«

»Ja. Und was ist das?« Ich halte ihm das Papiertaschentuch zwei Millimeter vors Gesicht.

»Ein verrotztes Taschentuch ihrer Tochter.«

»Ja, und es ist aus Papier.«

»Und, wer muss dann wieder den Abfalleimer leeren? Ich.«

»Ist ja auch Ihr Job als Hausmeister.«

Ich habe gute Lust, das Taschentuch in den Metalleimer unter den Briefkästen zu werfen, aber ich bin mir sicher, dass der Grantler es sofort wieder in unseren Briefkasten zurückbefördern würde.

Ich gebe mich geschlagen und gehe mit dem Taschentuch in der Hand die Treppen nach oben in unsere Altbauwohnung in den zweiten Stock. In dem Augenblick, als ich die Wohnungstür aufschließe, fällt mir ein, dass ich vergessen habe einzukaufen. Mist!

»Hallo Mama, was gibt's denn heute zu essen, ich hab Hunger und der Kühlschrank ist leer.«

Mein Sohn hat immer Hunger, ich nehme an, er hat mehrere Untermieter in seinem Darm: Bandwurm und Co.

Ich gestehe, dass ich den Einkauf vergessen habe.

»Mensch Mama, ich habe gleich gewusst, dass das mit dem Laden zu viel für dich wird. Was soll ich denn jetzt essen?«

Diese Unverschämtheit überhöre ich geflissentlich. Stattdessen schlage ich meinem Sohn vor, dass er sich Geld aus der Haushaltskasse nehmen und einkaufen gehen soll, ist ja wohl nicht zu viel verlangt von einem Siebzehnjährigen?

»Keine Zeit. Bin mit Lara verabredet.«

»Mit Lara? Müsste ich die kennen?«

»Nee Mama, hab ich dir noch nicht vorgestellt. Haste Geld, damit wir Essen gehen können, oder soll ich welches beim Schottergott holen?«

»Wie, du willst bei deinem Vater Geld eintreiben?«, frage ich irritiert.

»Ach Mama«, sagt mein Sohn gütig, »ein Schottergott ist doch ein Geldautomat.«

Ich schüttle den Kopf, zücke aber meinen Geldbeutel.

»Danke Mama!« Lucas grinst, gibt mir einen Kuss auf die Wange und weg ist er.

Kurze Zeit später kommt Alina nach Hause, sie grüßt kurz und verschwindet in ihrem Zimmer.

Immerhin leben wir alle drei noch. Ich muss an Biggi denken; sie hat mir dieses Mal tatsächlich Angst eingejagt mit ihrem Hokuspokus.

Irgendetwas stimmt mit meiner Tochter nicht. Sie hat so oft verweinte Augen in der letzten Zeit. Doch ich bin vorsichtig, schließlich muss man eine Fünfzehnjährige sachte anfassen. In dem Alter sind Töchter tickende Zeitbomben; ich möchte nicht, dass sie explodiert. Nur zu gut erinnere ich mich an meine eigene Jugend, ständig hatten meine Mutter und ich Zoff.

Alina hat ihr Zimmer abgeschlossen. Ich klopfe, meine hübsche Tochter öffnet die Tür, sie hat schon wieder rote Augen.

»Schatz, ich gehe einkaufen, soll ich dir etwas Bestimmtes mitbringen oder möchtest du mitkommen?«

»Muss noch Hausaufgaben machen. Bring mir den gleichen Käse wie letzte Woche, Sojamilch, Biokarotten, Fenchel und Bioäpfel.«

Ich streiche sanft über ihren Arm. Meine Tochter sieht traurig aus, wahrscheinlich normal in diesem Alter.

2

Stefanie poltert drei Tage später mit der Boulevardzeitung in den Schoko-Traum.

»Hier sieh mal!« Aufgeregt hält die mir die große Schlagzeile auf der ersten Seite vor die Nase.

Die Schoko-Leiche lese ich. Darunter ein Bild von einer weiblichen Person, den Kopf sieht man nicht, der restliche Körper ist vollständig mit Schokolade beschmiert.

Meine Freundin reißt mir die Zeitung wieder aus der Hand und liest: »Hauptkommissar Rauenbergs erster Kommentar, als er die Tote sah: ›Das ist wenigstens mal eine leckere Leiche.‹ Vor ihm lag die in Heidelberg lebende Gisela v. L., von oben bis unten mit Schokoladen-Peeling beschmiert, tot, erschlagen mit einem schweren Gegenstand.«

»Ach du Scheiße!« Erst jetzt kapiere ich, warum Steffi so aufgeregt ist. »Du meinst, das ist Frau von Lingenthal?«

»Klar. Hat sonst noch jemand zwei Kilo Schoko-Peeling bei dir gekauft?«

»Die arme Frau von Lingenthal«, sage ich.

»Mensch, die haben deine beste Kundin gekillt!«

»Woher haben die solche Bilder? Kann man einfach an einen Tatort spazieren und die Leiche mal schnell abfotografieren und den Kommissar belauschen?«

»Tanja, du bist aber auch wieder naiv, irgendein Bulle hat das Foto mit seinem Handy geschossen und an die Zeitung verkauft, den Kommentar haben sich die Zeitungsfritzen ausgedacht.«

Da hat sie wohl recht.

»Wer erbt denn jetzt den ganzen Schotter und das viele Betongold?«, will Stefanie wissen.

»Keine Ahnung«, sage ich, »wahrscheinlich ihre Schwester, die ist doch seit zwanzig Jahren in ihren Diensten, die hat alles für sie gemacht, den Haushalt gemanagt, die Empfangs- und Unterhaltungsdame, aber vielleicht vererbt sie ja auch alles der Kirche oder einer Stiftung.«

»Oder ihrem jungen Finanzexperten. Wie hieß der noch?«

»Konradi, oder?«

»Ja, genau.«

»Ich glaube, ich brauche dringend eine Anti-Kummer-Schokolade.«

Steffi möchte auch eine.

In der Küche bereite ich für uns meine Lieblingsköstlichkeit zu. Wirklich blöd, wenn Frau von Lingenthal die Schoko-Leiche ist. Sie war meine allerbeste Kundin. Seit der Eröffnung kaufte sie wöchentlich, oft gemeinsam mit ihrer Schwester, bei mir ein, meist jedes Mal ein Kilo Pralinen. Sie war die einzige Kundin, die wöchentlich ein Kilo von dem Zeug verputzte, und dann noch das Schoko-Peeling.

»Du solltest eine Werbeanzeige für dein Schokoladen-Peeling in der Zeitung schalten, jetzt ist das Zeug in aller Munde. Na ja, du weißt schon, was ich meine.«

»Stefanie, du bist echt pietätlos.«

»Ach, hab dich nicht so, Geld stinkt nicht; du musst den Laden doch am Laufen halten.«

»Aber doch nicht auf diese Art«.

Steffi ist manchmal unmöglich. Sie schlägt mir vor, dass ich für alle Fälle ein paar Kilo von dem Zeug herstellen soll, jetzt wäre die Zeit für Schokoladen-Peeling.

Na, ja, vielleicht hat sie damit gar nicht so unrecht. Es ist ja immer so, wenn etwas in der Zeitung steht, wollen es die Leute haben, gute oder schlechte Presse spielt dann keine Rolle. Ich beschließe, heute Abend zu Hause für alle Fälle mehrere Kilo Schokoladen-Peeling herzustellen.

Stefanies Handy dudelt los und spielt einen Song von *Lady Gaga*.

»Hallöchen Uuuwe! Das ist schön, dass es mit uns am Wochenende klappt. Ach, du musst nix mitbringen, komm einfach zu mir.« Meine Freundin lauscht zwei Minuten, dann sagt sie: »Jaaah, alles darf, nix muss. Bis Freitag! Ich freu mich auf dich.«

Wie schafft es eine Frau, jedes Wochenende einen anderen Lover zu haben? Das wäre mir viel zu anstrengend, jede Woche wieder von vorne zu beginnen, aber für Stefanie scheint das eine Art Leistungssport zu sein, dessen Herausforderungen sie sich immer wieder gerne stellt.

Als ich abends nach Hause komme, sitzen meine beiden Kinder am Küchentisch.

»Das ist voll der Hass«, höre ich meine Tochter sagen.

Alina weint und Lucas tröstet sie.

»Du musst es Mama sagen!«

»Was muss mir Alina sagen? Was ist denn los?«

Ich will sofort wissen, was passiert ist.

»Sag es ihr! Los, sag's ihr!«, feuert Lucas seine Schwester an.

Meiner Tochter laufen die Tränen hemmungslos über die Wangen und sie schluchzt herzzerreißend, ich nehme sie erst einmal fest in die Arme und streiche sanft über ihre grün gefärbten Haare.

»Was ist denn los mein Schatz? Du kannst mir alles sagen.«

»Und du flippst wirklich nicht aus?«, dazwischen schnieft sie mehrmals, »egal, ganz egal, was es ist?«

»Klar doch«, sage ich so dahin, ahne aber bereits, dass ich meine Äußerung sehr wahrscheinlich heftig bereuen werde, aber das spielt jetzt keine Rolle, ich möchte wissen, wer meinem Kind Leid zugefügt hat.

»Also mein Freund …«, beginnt Alina.

»DU hast einen Freund?«, frage ich verwundert. Bis zum heutigen Tag wusste ich nicht, dass meine fünfzehnjährige Tochter einen Freund hat. Aber gut, ich habe ja versprochen nicht auszuflippen, daher frage ich betont ruhig: »Was ist mit deinem Freund?«

Wahrscheinlich hat er sie betrogen, so etwas tun Männer ja bekanntlich ständig, kann ich ein Lied von singen.

»Er ...« Vor lauter Schniefen und Weinen kann Alina fast nicht sprechen. »Er ..., er ist verhaftet worden.«

Na klasse, meine Tochter hat einen kriminellen Freund. Sicherlich hat er eine CD oder so geklaut. Kommt ja mal vor bei Jugendlichen, versuche ich, mich zu beruhigen.

»Max ...«

Max heißt der Typ also!

»Er soll eine Frau erschlagen haben. Aber er ist unschuldig. Max würde so etwas niemals tun.«

»Er soll WAS? Er soll eine Frau erschlagen haben?«

»Er ist unschuldig, Mama, ich weiß das.«

»Mein Schatz«, sage ich betont unaufgeregt, »wenn er unschuldig ist, dann wird das die Polizei schon rausfinden, dafür ist sie ja da.«

»Aber er hat die Tat gestanden«, erklärt Lucas.

Jetzt muss ich mich erst einmal hinsetzen.

»Er hat die Tat gestanden? Ja, dann war er es ja wohl auch.«

Alina hat ihre langen grünen Haare wie einen Vorhang vor ihr Gesicht gezogen. Jetzt öffnet sie ihn ein wenig, indem sie einige Haarsträhnen auf die linke Seite schiebt, und erklärt: »Nein Mami, er war bestimmt auf Turkey und die Bullen haben ihm dann die Worte in den Mund gelegt.«

»Auf TURKEY? Was soll das heißen? Ist dein Freund etwa drogenabhängig? ALINA REDE!«

»Siehst du, ich hab gleich gesagt, die wird hysterisch!«, raunt Alina trotzig zu ihrem Bruder gewandt.

»Alina, was heißt hier hysterisch? Ich will jetzt wissen, ob dein Freund ein Junkie ist. JA ODER NEIN?«

»Jjjj...a.«

»Du bist mit einem Junkie befreundet und er hat eine Frau erschlagen?«

Meine Tochter zuzelt schon die ganze Zeit an ihrem Lippenpiercing herum, das macht sie immer, wenn sie Angst hat oder unsicher ist.

»Er ist unschuldig, ich weiß das.«

Ich will jetzt auf der Stelle wissen, wie alt dieser Mensch ist, der meine Tochter verführt hat. Zweiundzwanzig gibt mir Alina zur Antwort. Ich kann das alles nicht fassen.

»DU bist mit einem Junkie zusammen, der zweiundzwanzig ist?«

»Mama beruhig dich, ich habe noch nicht mit ihm geschlafen.«

»Du hast NOCH NICHT mit ihm geschlafen?«

Langsam werde ich doch hysterisch, sogar sehr hysterisch.

»Mama, wir müssen ihn da rausholen, er ist unschuldig.«

»Mein liebes Kind, wie stellst du dir das vor, dass wir da mit einem Hubschrauber reinfliegen und er hält sich unten an einem Seil fest, so á la 007?«

»Nein, so doch nicht.«

»Ja, wie denn dann? Sollen wir die Wäschefirma bestechen, die den *Faulen Pelz* beliefert, dass sie deinen Max in einen großen Sack stecken und dann aus dem Heidelberger Knast mit der Dreckwäsche rausschmuggeln?« Ich sehe meine Tochter kopfschüttelnd an. »Weißt du überhaupt, was auf Gefangenenbefreiung steht? Wir wandern alle auf ewig hinter Gitter.«

»Nein Mama, so meine ich das doch nicht. Er braucht einen guten Strafverteidiger.«

Kluges Kind.

»Er braucht Papa.«

Vielleicht doch nicht so ein kluges Kind.

»Papa muss ihn da rausholen, ganz legal. Max hat doch kein Geld. Und dieser Pflichtverteidiger hat ihm geraten, alles zu gestehen. Er hat aber sein Geständnis widerrufen, weil er einen wahnsinnigen Turkey hatte, in diesem Zustand hätte er alles zugegeben.«

Ich wundere mich, dass mir der Gedanke erst in diesem Augenblick kommt: »OH GOTT, ALINA, bist du auch drogenabhängig?«

»Spinnst du jetzt Mama? Ich nehme doch keine Drogen, zumindest keine harten.«

»Aber weiche schon?«

Meine Tochter erklärt mir, dass das jetzt wirklich keine Rolle spiele und ja, natürlich habe sie schon mal was geraucht, ja, sie habe auch schon mal so eine Pille in einem Klub genommen, aber das sei völlig normal, das würden alle machen, wirklich alle.

Ich wusste nicht einmal, dass Alina schon einmal in einem Klub war. Bis heute dachte ich, ich hätte ein gutes Verhältnis zu meinen Kindern. Aber wie es scheint, geht es mir wie allen Müttern: Ich weiß verdammt wenig über meine Sprösslinge.

»Mamili, kannst du mit Papa reden?«

Klar, *Mamili*, das musste ja kommen, und dann dieser flehende Blick. Kenn ich nur zu gut. Das erste Mal hörte ich Mamili, als Lucas mit fünf seinen neuen Fußball durch die riesige Fensterscheibe des Wohnzimmers unserer Nachbarn gedonnert hatte. Mamili, wie sehr ich dieses Mamili hasse.

»Ja, ich rede mit ihm. Aber es wird deinem Vater nicht gefallen, dass du mit einem Junkie befreundet bist, der, wegen was ist er eigentlich angeklagt?«

»Mord, glaube ich«, piepst Alina.

»MORD?« Eigentlich logisch, wenn er die Frau erschlagen hat, um an Kohle zu kommen. Ich will wissen, wen dieser Junkie überhaupt getötet haben soll.

»Die Schoko-Leiche! Hast du keine Zeitung gelesen, Mama?«, wirft Lucas ein.

»DIE SCHOKO-LEICHE? Frau von Lingenthal? Dieser Max hat MEINE beste Kundin Frau von Lingenthal erschlagen?«

Das darf doch alles nicht wahr sein.

22

»Hat er nicht, Mama, er ist unschuldig«, beharrt Alina.

Langsam habe ich das Gefühl, dass mir dies hier alles über den Kopf wächst; ich kann nicht mehr klar denken. Mit meinem rechten Daumen und dem Zeigefinger zwicke ich mich in den linken Arm. Aua! Scheiße, das hier ist leider kein Albtraum, wäre auch zu schön gewesen.

»Ich glaube auch nicht, dass Max schuldig ist. Der kann nicht mal 'ne Fliege erschlagen, ehrlich Mama.«

»Du kennst diesen Max also auch?«

»Ja, er ist mein …, äh …, der Bruder von Flori.«

»Der Bruder von Flori und dein WAS?«

Dieser Max ist hoffentlich nicht das, was ich jetzt denke.

Und dann berichtet mir mein Sohn, dass er halt schon mal was von ihm gekauft habe, aber nur Gras. Ich müsse also keine Angst haben.

»DU rauchst GRAS?« Oh Gott, ich weiß wirklich nichts über meine Kinder.

Dein Sohn hat einen Dealer und dieser Drogenabhängige ist der Freund deiner Tochter und ein Mörder. Nicht irgendein Mörder, nein, der Mörder von Frau von Lingenthal. Tanja, du hast bei der Erziehung deiner Kinder auf voller Linie versagt.

Mit diesen wenig hilfreichen Worten meldet sich meine innere Stimme zu Wort.

Irgendwie bekomme ich das alles nur schwer zusammen.

Mein Sohn klärt mich weiter über seinen Drogenkonsum auf. Früher hätte er öfter mal was geraucht. Jetzt rauche er so gut wie nichts mehr.

So gut wie …, bleibt in meinen Ohrmuscheln stecken und tönt dort in einer Art Endlosschleife weiter: So gut wie …, so gut wie …, so gut wie …

Ich will wissen, seit wann dieser Max denn schon harte Drogen nehme. Alinas Antwort dient nicht gerade meiner Beruhigung. Seit vier Jahren wäre er auf Heroin. Na, toll!

»Alina, so jemand ist verdammt gefährlich. Er will bestimmt, dass du das Zeug auch mal probierst, dann macht er dich abhängig und schickt dich auf den Strich.«

»Mensch Mama, jetzt hör aber auf mit dem Blödsinn. Max würde so etwas niemals tun.«

»Alina hat recht, Max würde ihr niemals Drogen geben, nicht mal was zu rauchen. Da musst du null Angst haben, Mama. Das sind doch nur Klischees. Der Max ist echt in Ordnung.«

»Na ja, ich weiß nicht.«

»Mama, ich liebe ihn.«

»Du liebst ihn. Du bist erst fünfzehn.«

»Ja und, darf man erst ab achtzehn lieben oder was?«

Tja, was soll ich dagegen sagen?

»Max ist unschuldig. Mama, ich weiß es.«

»Wenn das so ist, dann wird ihn dein Vater sicherlich aus dem *Faulen Pelz* holen.«

Lukas klärt mich auf: »Der Max sitzt im Mannheimer Knast, dem *Café Landes*. Der *Faule Pelz* wird nicht mehr als Gefängnis genutzt.«

Ich schlage vor, dass wir uns jetzt gleich auf die Socken machen, am besten alle drei. Ich kündige uns schon mal telefonisch bei Oliver an. Meine beiden Kinder protestieren, ich soll das lieber alleine machen, aber den Gefallen tue ich ihnen nicht. Wir gehen da zu dritt hin oder gar nicht. Gemeinsam machen wir uns auf den Weg zu unserem früheren Zuhause auf der anderen Neckarseite in Handschuhsheim.

Die augenblickliche Geliebte meines Ex schicken wir erst mal aus dem Wohnzimmer, es geht schließlich um eine Familienangelegenheit, außerdem bin ich mir nicht sicher, ob die solche Sachen in ihrem Alter schon hören darf. Sie sieht nicht viel älter aus als unsere Tochter. Mein Ex muss nebenan schnell noch ein Telefonat zu Ende führen. Wir warten. Wahrscheinlich treibt er's mal wieder mit seiner Praktikantin. Da ist er ganz Clinton. Ich kenne mich damit aus. Schließlich habe ich während meines Studiums auch mal ein Praktikum in seiner Kanzlei absolviert. Das Ende vom Lied: Ich hing mein Jurastudium an den Nagel. Natürlich wollte ich das Studium nur unterbrechen, aber nach Lucas kam Alina.

Von wegen, ich reagiere hysterisch. Oliver schreit rum und tobt wie ein Wahnsinniger, nachdem er alles erfahren hat. Ich nehme ihn zur Seite und wir beide gehen raus auf die Terrasse des Bungalows.

Der weitläufige Garten sieht verwahrlost aus, es scheint niemanden zu geben, der das Unkraut jätet und die Pflanzen im Sommer wässert.

Olivers Handy klingelt schon wieder.

»Sorry«, haucht er in meine Richtung.

Es irritiert mich immer noch, in *unserem* Garten zu stehen, mich in *unserem* Haus aufzuhalten. Ich weiß, es ist nicht mehr *mein* Garten und nicht mehr *mein* Haus. Aber diesen Rosenstock habe ich gesetzt, ich habe ihn aufgepäppelt, als ihn die Blattläuse hemmungslos aussaugen wollten. Die samtblaue Couch im Wohnzimmer habe ich ausgesucht, die Naturholz-Schrankwand genauso wie die Buchenholz-Stühle und den großen Tisch im Esszimmer. Ich zwinge mich, damit aufzuhören. Schließlich geht es uns inzwischen ohne Oliver viel besser.

Ich könnte ihm jetzt Vorwürfe machen, dass das passieren musste, nachdem er seine Kinder im Stich gelassen hat, tue ich aber nicht, wäre ja auch ziemlich unfair. Kann er nix für, wäre auch geschehen, wenn wir noch zusammen wären.

»Tanja, du hast die Kinder nicht im Griff. So etwas hätte niemals passieren dürfen.«

»Das ist ja wohl die Höhe! Du vögelst deine neue Praktikantin, hast keine Zeit für deine Kinder. Und ich bin an allem schuld. Verdammt Oliver, es sind auch deine Kinder.«

Am liebsten würde ich ihm jetzt alle seine Fehler aufzählen und das wäre eine überaus lange Liste.

»Und übrigens, es war abgemacht, dass du die Pfingstferien mit Alina und Lucas irgendwo am Meer verbringst. Aber du hast ja wieder Mal keine Zeit.«

Ich bin rasend vor Wut.

»Das hatte ich ja auch vor, aber jetzt ist mir dieser wichtige Strafprozess dazwischengekommen.«

»Bei dir kommt IMMER irgendein wichtiger Strafprozess dazwischen.«

»Ja, es tut mir leid. Du hast ja recht«, sagt er jetzt zerknirscht. »An allem bin nur ich schuld. Unsere Kinder kommen auf die schiefe Bahn, weil ich unsere Ehe zerstört habe.«

Am liebsten würde ich ihn anraunzen: So wichtig bist du auch wieder nicht. Ich halte aber brav meine Schnauze und sage stattdessen: »Nun rede dir da mal nichts ein. Unsere Kinder sind in Ordnung. Alina sagt, sie liebt diesen Typen. Sie ist fünfzehn, du weißt doch, wie das ist, in dem Alter ist das nichts Ernstes, aber wenn wir ihr den Umgang verbieten, dann hält sie an ihm fest und alles wird noch schlimmer. Kannst du nicht die Verteidigung von diesem Max übernehmen, vielleicht ist er ja tatsächlich unschuldig und dann ist er ganz schnell wieder draußen.«

»Wir haben in unserer Erziehung versagt.«

»Ach, jetzt mach mal halblang. Alina ist schließlich nicht angeklagt, nur ihr Freund.«

»Ein Junkie, unsere Tochter hat einen Junkie zum Freund.«

»Sie ist fünfzehn. Das ist doch noch lange nicht der letzte Freund. Jetzt mach nicht so ein Aufhebens drum und versuch dem Jungen zu helfen.«

»Danke Mamili«, sagt Alina und gibt mir einen dicken Schmatzer, als wir an diesem lauen Juniabend auf dem Nachhauseweg sind. »Gut, dass du Papa rumgekriegt hast.«

3

Die ganze Nacht über wälze ich mich in meinem Bett hin und her und finde keinen Zipfel Schlaf. Meine innere Stimme wirft mir im Minutentakt vor: *Du hast als Mutter versagt.* Hundertmal kaue ich dieses Gespräch mit meinen Kindern und dann das mit meinem Ex durch. In regelmäßigen Abständen keimt in mir diese Hoffnung auf, dass alles nur ein Albtraum gewesen war und wenn ich aufstehen werde, meine kleine Welt heil ihren gewohnten Lauf nehmen wird.

Ans Küchenfenster prasselt der Regen. Die rote Lampe über dem großen Esstisch baumelt am Kabel, ihr Schatten schaukelt bedrohlich durchs Zimmer.

»Sag es ihr endlich«, feuert Max seine Schwester an.

»Was sollst du mir sagen?«

»Mama, ich …, ich bin ein Junkie, seit einem Jahr, du hast nur noch nichts davon bemerkt.«

»ALINA, das glaube ich nicht.«

Langsam wickelt meine Tochter die langen Ärmel ihrer blauen Tunika hoch und zeigt mir ihre mit Einstichen übersäten Unterarme.

»ALIIIINNNAAA!«, schrei ich, »an allem ist nur dieser Max schuld.«

Schweißgebadet wache ich auf. Der piepende Ton des Weckers gräbt sich unerbittlich über meine Ohrmuscheln in meine Gehirnwindungen.

Alina sitzt zusammengekauert wie eine alte Frau an unserem Holzküchentisch, sie heult schon wieder. Vor ihr liegt eine Boulevardzeitung, in großen Lettern steht da geschrieben: *Mörder der Schoko-Leiche hat gestanden. Nach Auskunft der Polizei konnte der mutmaßliche Mörder von Gisela v. L. der drogensüchtige Max B., umgehend verhaftet werden. Er hat die Tat inzwischen gestanden …*

Ich nehme mein Kind in den Arm und streiche immer wieder über ihre grünen Haare. Heute kann sie unmöglich zur Schule gehen.

»Schatz, soll ich dich in der Schule entschuldigen?«

Als Antwort erhalte ich lediglich ein Schniefen.

»Glaubst du, Papa gelingt es, Max da rauszuholen?«, will Alina von mir wissen, nachdem sie an ihrer warmen Soja-milch genippt hat, die ich in ihre Reichweite geschoben habe.

»Klar schafft er das«, sage ich zuversichtlich, »wenn dieser Max unschuldig ist.«

Meine Tochter sieht mich skeptisch an und zuzelt schon wieder an ihrem Lippenpiercing. Mein armes Kind!

Steffi hatte tatsächlich recht. Alleine am Vormittag wollen neun Leute Schokoladen-Peeling kaufen. Schon bei der dritten Kundin ist mein Vorrat aufgebraucht. Bislang war das Zeug nicht gerade der Renner. Aber wenn etwas in der Zeitung steht! Eigentlich hatte ich ja gestern vor, noch zwei Kilo herzustellen, aber leider kam dann dieser Max dazwischen. In der Mittagspause rase ich nach Hause, um nach Alina zu sehen. Sie liegt in ihrem Bett und weint. Ich weiß nicht, wo meine Tochter diese vielen Wassermassen hernimmt. Ich wiege sie lange im Arm, endlich beruhigt sie sich etwas. Ich schlage ihr vor, in den Schoko-Traum mit-zukommen und mir dabei zu helfen, Schokoladen-Peeling herzustellen. Zu meiner Überraschung willigt sie ein.

In der kleinen Küche im hinteren Teil des Schoko-Traums rühren wir gemeinsam im Kochtopf. Alina verfeinert das Geheimrezept, indem sie etwas mehr Kaffeepulver hinzu-fügt. Der komplette Laden ist jetzt eine einzige Schoko-Praline und das ist mit Sicherheit enorm verkaufsfördernd.

Meine schöne Tochter sitzt mit einer heißen Anti-Kummer-Schokolade am hinteren Tisch und beobachtet den Geschäftsbetrieb.

»Mama, kaufen die immer so viel?«

»Nein, normalerweise nicht, ich glaube, es liegt an diesem Schokoduft, die Kunden sind regelrecht berauscht davon. Der Mensch ist eben auch nur ein Tier.«

»Voll krass, Mama.«

Schon am Vormittag habe ich mehrmals in der Kanzlei angerufen, aber Oliver war unterwegs. Jetzt versuche ich es erneut, lande aber wieder nur auf der Mailbox und unter der Kanzleinummer bei seiner Praktikantin.

Mein Handy klingelt. Schon wieder die Nummer meiner Mutter. In den letzten Tagen hat sie schon mehrmals versucht, mich zu erreichen, allerdings habe ich sie immer weggedrückt. Jetzt gehe ich ran. Sie will mir etwas über meine Schwester Yvonne erzählen, das muss ich unbedingt verhindern.

»Du Mama, das ist jetzt ganz schlecht, ich bin allein im Laden und habe Kundschaft. Ich rufe dich zurück.«

Meine Mutter schreit mir ins Ohr, dass ich das jedes Mal sagen würde, um dann doch nicht zurückzurufen.

»Es geht jetzt leider nicht«, sage ich und drücke auf aus.

Alina sieht mich spöttisch an und grinst: »Mama, du lügst die Oma an, ach, ich verstehe das gut, die kann voll nerven.«

Die Tür geht auf und ein Mann, um die Fünfunddreißig mit Luxus-Sonnenbrille, speckiger Lederjacke und einem schwarzen Cocker Spaniel kommt hereinspaziert.

Er will mir die Hand geben, sein Hund jedoch war schneller, der hat mir als Erstes seine Pfote entgegengestreckt.

»Brunetti!«, sagt er. Ich denke zunächst, er stellt sich vor und will schon meinen Namen sagen, da begreife ich, dass dies der Name des Hundes ist.

»Rauenberg, Hauptkommissar Lars Rauenberg, ich ermittle im Fall der ermordeten Frau von Lingenthal. Sie sind Frau Eppstein, die Inhaberin dieses Ladens?«

»Ja, Tanja Eppstein, das ist meine Tochter Alina.«

Ich biete dem Herrn Kommissar einen Platz an. Wir setzen uns auf die schwarzen Rattan-Stühle, mit den weichen roten Sitzkissen, an einen kleinen runden Bistrotisch. Etwas zu trinken lehnt der Polizist ab. Obwohl, dem könnte eine Anti-Kummer-Schokolade sicherlich nicht schaden.

»Kannten Sie Gisela von Lingenthal?«

Ich berichte ihm, dass Frau von Lingenthal meine beste Kundin gewesen sei und dass sie auch das Schokoladen-Peeling bei mir gekauft habe. Seine Frage, ob ich sie näher kannte, muss ich verneinen. Ich sage: »Sie hat halt jede Woche bei mir eingekauft, oft zusammen mit ihrer Schwester.« Brunetti stupst mich mit seiner feuchten Nase an, ich soll weiterkraulen.

»Ich bin hier, weil auf diesem Schokoladenkram ihre Firma steht. Können Sie mir sagen, wann Frau von Lingenthal diese Schokoladencreme gekauft hat?«

»Ja, selbstverständlich. Das war genau vor vier Tagen, am Montag.«

»Haben Sie mit ihr über etwas Bestimmtes gesprochen?«

Ich gebe unsere Unterhaltung über Immobilien wieder und sage ihm auch, dass Frau von Lingenthal von ihrem jungen Finanzexperten Konradi gesprochen habe, mit dem sie an diesem Tag noch einige geeignete Immobilienobjekte ansehen wollte. Ich vergesse auch nicht, zu erwähnen, dass für den Tag darauf vorsorglich schon ein Notartermin ausgemacht gewesen sei.

»Na, da wissen Sie aber sehr intime Sachverhalte von Gisela von Lingenthal.«

Komisch, warum hat man bei Polizisten immer das Gefühl, als müsste man sich rechtfertigen? Gleich wird er mich nach meinem Alibi fragen. Vorsorglich versuche ich, mir meinen Tagesablauf des Tattages ins Gedächtnis, zu rufen.

»Wir müssen ermitteln, auch wenn wir unseren Täter schon haben.«

»Max ist unschuldig. Und außerdem hat er sein Geständnis widerrufen!« Alina muss natürlich ihren Freund verteidigen.

»Das ist ja interessant, sie beide kennen auch den Täter.«

»Mutmaßlicher Täter muss es heißen«, konstatiert Alina.

»Ihr Vater ist Anwalt«, versuche ich, das aufmüpfige Verhalten meiner Tochter zu erklären.

»In welcher Beziehung stehen Sie beide zu dem *mutmaßlichen* Täter?«

Ich bedeute Alina mit den Augen, dass sie endlich still sein soll.

»Alina ist ein bisschen mit ihm befreundet und ich kenne ihn nicht.«

»Dieser Max ist bestimmt kein guter Umgang für Ihre Tochter. Er ist drogenabhängig.«

»Also erstens, den Umgang meiner Tochter können Sie getrost uns überlassen und zweitens, haben Sie Kinder?«

»Was tut das denn jetzt zur Sache?«

»Eine ganze Menge.«

Alina betont noch einmal, dass Max unschuldig sei.

»Unschuldig ist dieser Bleibtreu auf keinen Fall.«

»Aber Sie ermitteln doch weiter in alle Richtungen?«, will ich jetzt wissen.

Sie hätten da so ihre Routine. Klingt nicht sehr beruhigend.

Dann nimmt er seinen Hund und verschwindet.

Alina heult schon wieder. Kein Wunder, das arme Kind.

Mein Handy klingelt. Oliver schreit so laut in den Hörer, dass ich Nullkommanix verstehe. Er regt sich über Max auf und bestätigt, dass der Freund unserer Tochter der Toten Geld und ihren Schmuck gestohlen habe. Auf dem Geldbeutel von Frau von Lingenthal seien seine Fingerabdrücke gefunden worden und den Schmuck hatte er in seiner Wohnung im Drogenlager hinter den Badewannenkacheln deponiert. Mit Rausholen werde das also nichts.

Dieser Max bleibe auf jeden Fall bis auf Weiteres in Haft. Und außerdem hätte er im ersten Verhör gestanden, die Frau erschlagen zu haben. Einige Stunden später hätte er sein Geständnis widerrufen, aber die Polizei würde davon ausgehen, dass er der Täter sei. Nach deren Meinung sei Bleibtreu auf Turkey gewesen und hätte Frau von Lingenthal um Geld anbetteln wollen, als sie ihm keines gegeben hätte, habe er zugeschlagen. Für die Polizei sei der Fall so gut wie abgeschlossen.

Was mir allerdings nicht einleuchtet: Wer hat die Lingenthal von oben bis unten mit Schokoladen-Peeling eingeschmiert? Das wird ja wohl nicht dieser Max gewesen sein. Da hätte ich eher den Finanzexperten Konradi oder einen anderen jungen Lover der Lingenthal in Verdacht.

Natürlich liegt Alina wieder weinend in meinen Armen.

»Mama, du musst mir glauben, Max hat dieser Frau kein Haar gekrümmt.«

»Aber ihr Geld und ihren Schmuck hat er gestohlen, da beißt die Maus keinen Faden ab.«

»Ja, so wie es aussieht, hat er das. Aber er würde niemals einen Menschen erschlagen. Ich weiß das, Mama. Wir müssen was tun.«

»Ach Alina, wir können doch nichts machen.«

»Wenn die Bullen sich nicht drum kümmern, dann müssen wir eben selbst ermitteln. Die im Film machen das doch auch immer.«

»Alina, da ist ein klitzekleiner Unterschied, die im Film sind Schauspieler, die machen nur, was im Drehbuch steht. Wir sind weder Schauspieler, die in einem Film mitspielen, noch haben wir ein Drehbuch. Alina, wie und was sollen wir denn ermitteln?«

»Die Frau war doch mit deinem Schoko-Peeling beschmiert, das war doch nicht der Max. So, wie die dalag, hat die das nicht selbst gemacht. Man müsste wissen, wer das war.«

Tja, das wüsste ich auch gerne. Nach Aussage der Polizei lag ein breitflächiger Pinsel neben der Leiche. Und im Badezimmer soll sich jemand seine Schoko-Hände gewaschen haben, so stand es heute in der Zeitung mit den vier großen Buchstaben.

»Eigentlich kann das doch nur einer ihrer Lover gewesen sein oder dieser junge Finanzexperte Konradi. Wieso kannte dein Max überhaupt die Lingenthal?«

Meine Befürchtung behalte ich für mich. Es könnte ja sein, dass er einer ihrer bezahlten Lover war. Junkies machen bekanntlich so einiges, um an Geld für Drogen zu kommen.

»Nein Mama, das glaubst du jetzt nicht wirklich, oder? Du denkst, dass Max sie mit Schoko-Peeling eingecremt hat? Und du denkst, dass er mit ihr für Geld … Der schläft doch nicht mit so einer alten Frau.«

»Mein Kind …«

»Mama, hör auf! Wir sollten uns lieber um diesen Konradi kümmern. Ich werde den gleich mal googeln.«

In Anbetracht dieser Tatsachen und besonders aufgrund Alinas Gemütszustands schließe ich den Schoko-Traum heute früher.

Zu Hause sitze ich mit meiner Tochter vor dem Computer und wir googeln und googeln, aber diesen angeblichen Finanzexperten finden wir nicht. Vielleicht könnte ich ja mit der Schwester von Frau von Lingenthal sprechen. Aber was soll ich der denn sagen? Und wenn ich einfach behaupte, Frau von Lingenthal hätte ein Kilo Pralinen bestellt und schon beim letzten Mal bezahlt und mich gebeten, diese zu ihr nach Hause zu liefern. Das war schon mehrmals der Fall gewesen. Natürlich könnte ich nicht so tun, als wüsste ich von nichts, aber ich könnte ja sagen, dass ich die Pralinen auftragsgemäß liefern möchte, da sie bereits bezahlt seien. Bei dieser Gelegenheit könnte ich kondolieren und nebenbei nach diesem Finanzexperten fragen.

Aber warum sollte ich mich da einmischen? Mein Blick fällt auf meine Tochter mit den roten Augen. Der Polizei konnte nichts Besseres als Max Bleibtreu widerfahren, als Junkie gibt er einen denkbar guten Täter ab. Was, wenn dieser Max unschuldig ist, sich die Polizei jedoch für diese Tatsache nicht interessiert, weil sie einen schnellen Ermittlungserfolg vorweisen will oder muss?

»Ich werde der Schwester von Frau von Lingenthal gleich morgen früh einen Besuch abstatten.«

»Mamillliiii, dankkkkeeee!« Alina wirft sich mir stürmisch in die Arme.

Meine innere Stimme hingegen zeigt mir heftig einen Vogel.

4

Am nächsten Tag bestehe ich darauf, dass Alina ihre Samstagsnachhilfe aufsucht. Sie kann ja nicht die ganze Zeit daheim rumsitzen und mit mir Schokoladen-Peeling rühren, bis dieser Max wieder freikommt. Falls das überhaupt so bald der Fall sein wird; ich hege da so meine Zweifel.

»Du stattest der Schwester der Schoko-Leiche heute einen Besuch ab, gell Mama?«, versichert sich meine Tochter.

»Alina! Der Name der Toten ist Frau von Lingenthal und nicht Schoko-Leiche.« Diese Pietätlosigkeit muss ein Ende haben.

»Hauptsache wir finden den Mörder.«

Alina umfasst ihre lila Bowle mit der Aufschrift *Ich ess kein Mäh und kein Muh! Und du?* und nippt an ihrer heißen Sojamilch.

»Mama, was heißt das denn? Willst du auf eigene Faust den Mörder finden? Nee, oder? Sag, dass das nicht wahr ist.« Lucas sieht mich irritiert von der Seite mit diesem Blick an, als wolle er seine verrückte Mutter gleich in die Geschlossene einweisen lassen, gleichzeitig beißt er herzhaft in sein zweites, dick bestrichenes Leberwurstbrot.

»Ich will nur mit der Schwester von Frau von Lingenthal reden, sonst nichts.«

»Das wäre ja auch noch schöner, wenn du dich da einmischen würdest. Ich meine, du hast mit deinem Laden genug zu tun.«

Bei diesen Worten stopft mein Sohn Smartphone und Laptop in den Rucksack und im nächsten Augenblick ist er verschwunden.

Wollte mir Lucas soeben sagen, dass ich mit der Chocolaterie überfordert bin?

»Mami, ich finde das voll cool von dir, dass du den Mörder deiner besten Kundin suchst. Der Max ist auf jeden

Fall unschuldig. Der braucht uns jetzt, wie soll der allein seine Unschuld beweisen können?«

»Also Alina, jetzt mach mal halblang. Ich führe lediglich ein Gespräch. Ich suche keinen Mörder.«

»Du schaffst das schon. Mamili, ich glaub an dich.«

Nach einem feuchten Kuss auf meine Wange ist Alina in Richtung Nachhilfe unterwegs.

Meine Tochter scheint da einiges kräftig misszuverstehen. Nur weil ich mal mit Frau Bartels reden will, heißt das noch lange nicht, dass ich einen Mörder suche. Wie bin ich gestern nur auf diese Idee mit dem Gespräch gekommen? Vielleicht sollte ich das Ganze bleiben lassen? Ich meine, ich bin schließlich keine Privatdetektivin oder so etwas.

Aber dann gehe ich doch früher los und stelle im Schoko-Traum eine Geschenkpackung für Frau Bartels zusammen, ausschließlich mit ihren Lieblingstrüffeln, noch eine große Schleife drum und fertig.

Ich überquere den Neckar über die *Alte Brücke*. Schon von Weitem sehe ich die *Villa Lingenthal* am Neuenheimer Hang unterhalb des Philosophenwegs. Sie wirkt wie ein kleines Schloss.

Ich klingle an der Messingpforte und blicke möglichst seriös in die Kamera der Videoüberwachung. Über die Sprechanlage teile ich mein Anliegen mit. An der Tür empfängt mich die kleine runde Köchin, alles an ihr ist rund, ihr Gesicht genauso wie ihre Figur, sie scheint ihr Essen zu lieben. Ich habe sie schon einmal gesehen, als ich Pralinen für Frau von Lingenthal vorbeigebracht habe. Sie führt mich in eine Art Bibliothek und bittet mich, dort Platz zu nehmen. Hier hat mir Frau von Lingenthal schon einmal einen Tee serviert. Ich sitze in einem alten plüschigen, sehr bequemen Ohrensessel. Die Pralinen habe ich auf dem Tisch abgestellt.

Als ich Frau Bartels sehe, bekomme ich einen Schreck, sie scheint um Jahre gealtert zu sein. Schon immer sah sie, neben ihrer Schwester, die die ältere der beiden war, wie eine alte, abgearbeitete Frau aus. Aber jetzt? Ihr kurzes hellblondes, inzwischen fast graues Haar steht wild von ihrem Kopf ab, ihre geröteten Augen sind weit in die Höhlen abgesackt, ihr Rock in Größe vierundfünfzig schlottert an ihrem Körper.

Ich spreche Frau Bartels mein Mitleid aus. Es kommt von Herzen.

»Das ist alles so schrecklich. Ich kann mir ein Leben ohne meine Schwester gar nicht vorstellen. Gisela fehlt mir so sehr. Als mein Mann vor achtzehn Jahren starb, ging es mir sehr schlecht, meine Schwester hat mich zu sich geholt. Sie hat so unendlich viel für mich getan. Und jetzt weiß ich nicht, wie es weitergehen soll.« Einige Minuten hängt sie ihren Gedanken nach. »Ach, ich bin eine schlechte Gastgeberin. Darf ich Ihnen einen Tee anbieten? Ich ziehe im Garten alle meine Kräuter selbst.«

»Ja, gerne.«

Frau Bartels ist sichtlich froh, ein bisschen reden zu können. Es scheint nicht viele Verwandte zu geben, die sich zurzeit um sie kümmern. Die lassen sich sicherlich erst blicken, wenn's ums Erben geht. So ist das mit Verwandtschaft.

Nachdem sie in Richtung Küche verschwunden ist, um den Tee selbst zuzubereiten, stöbere ich in einem Stapel Zeitschriften, der auf einem kleinen Beistelltisch liegt. Unter dem *Echo der Frau* liegt ein Flyer der Partnerschaftsvermittlung *4ever Young*. Höchst interessant! Es könnte ja sein, dass die Lingenthal über diese Partnervermittlung ihre jungen Männer kennengelernt hat, vielleicht sogar diesen Konradi. Diese Vermittlung werde ich zu Hause gleich mal googeln. Ehe ich mich versehe, steht Frau Bartels wieder vor mir. Sie muss den Tee schon vor meinem Kommen vorbereitet haben.

Mit Blick auf den Flyer sagt sie: »Irgendwann musste ja so etwas passieren. Diese vielen jungen Männer, die es nur auf Giselas Geld abgesehen hatten.« Sie wischt sich eine Träne aus ihren roten Augen. »Immer und immer wieder habe ich sie gewarnt, Gisela wollte davon nichts hören. Stellen Sie sich vor, meine Schwester hat mir diesen Flyer in die Hand gedrückt und gesagt, dass ich mich dort auch mal hinwenden soll. Ich frage Sie? Wer tummelt sich denn dort? Das sind doch alles zwielichtige Gestalten.«

Jetzt entnimmt sie der blau-weißen Teekanne ein Tee-Ei und schenkt Kräutertee in die beiden hauchdünnen Porzellantässchen ein.

Der Tee riecht frisch und belebend nach Minze, Melisse und einem anderen Kraut.

»Dies ist mein Lieblingstee: Pfefferminze und Zitronenmelisse mit einem Hauch Lavendel.«

»Er schmeckt vorzüglich, Frau Bartels.«

Ich erkundige mich, wann die Beerdigung ihrer Schwester stattfinden wird.

»Den Termin können wir erst festlegen, nachdem die Leiche frei …, freigegeben …« Die Stimme von Frau Bartels wird immer leiser, zum Schluss des Satzes bricht sie vollständig ab und geht in ein heftiges Schluchzen über.

Ich stehe auf, setze mich aufs Sofa neben die arme Frau und lege meinen Arm um sie. Frau Bartels bricht im Schutz meines Armes in Tränen aus. Ich streiche ihr sanft über ihre Haare, so wie ich das bei Alina immer mache.

»Sie müssen die Trauer zulassen. Weinen Sie ruhig, Frau Bartels, das ist völlig in Ordnung.«

Da ich ja nicht ganz uneigennützig hier bin, fühle ich mich nicht wirklich gut, als ich zu Frau Bartels sage: »Ihre Schwester hat einen Herrn Konradi erwähnt, sicherlich wird er ein Freund der Familie sein und Ihnen in dieser schweren Zeit beistehen.«

Ich habe bis vor einigen Sekunden nicht gewusst, dass ich zu so etwas fähig bin, einen Menschen ausfragen, und dabei seine schwächsten Momente ausnutzen.

Der Name *Konradi* zeigt seine Wirkung. Das Schluchzen wird wieder heftiger. Was mir Frau Bartels sagen will, verstehe ich nur sehr undeutlich.

»Diesem Kon-ra-ra-di hä-hätte ich au-au-ch einen Mord zu-zugetraut.«

»Wie kommen Sie denn darauf?«

»Der hat so etwas Berechnendes, Verschlagenes. Irgendwie kann man dem nicht trauen, das hat mir mein gesunder Menschenverstand gleich gesagt. Ich habe den mehrmals kurz gesehen, als er meine Schwester besucht hat.«

»Haben Sie Ihre Vermutung schon der Polizei mitgeteilt?«

»Ein Polizist hat sich für heute Mittag angekündigt. Er hätte noch einige Fragen.«

»Sie müssen ihm von diesem Konradi erzählen.«

»Aber die Polizei hat den Mörder doch schon. Es war dieser Drogensüchtige, der war einige Male hier, ich glaube, meine Schwester wollte ihm helfen. Sie war so ein guter Mensch. Immer dachte sie, alle Menschen seien so gut wie sie selbst. Ich habe sie gewarnt, aber auf mich hat sie ja nicht gehört, besonders nicht, wenn es um diese jungen Männer ging. Ich habe ihr immer gesagt: Die nutzen dich lediglich aus.«

Nachdem sich Frau Bartels etwas beruhigt hat, wird sie erneut von einem Weinkrampf geschüttelt. Ich behalte sie einige Minuten tröstend in meinen Armen. Diese arme Frau tut mir aufrichtig leid.

Kurz erwäge ich, sie noch einmal auf Herrn Konradi anzusprechen, lasse es dann aber doch bleiben. Bestimmt hat Frau von Lingenthal ihn über die Partnervermittlung *4erver Young* kennengelernt. Dort werde ich mich als Nächstes umsehen.

»Frau Bartels, ich muss jetzt in meinen Schoko-Traum, aber zögern sie nicht, mich anzurufen, sollten Sie Hilfe benötigen. Versprechen Sie mir das?«

»Danke, das ist sehr nett von Ihnen, Frau Eppstein.«

Ich drücke Ingrid Bartels meine Visitenkarte in die Hand. Auf die Rückseite habe ich meine Handynummer notiert.

Als ich schon an der Haustür stehe, rennt mir Frau Bartels hinterher, weil ihr eingefallen ist, dass sie die Pralinen, die ich gebracht habe, noch nicht bezahlt hat. Ich sage ihr, das sei ein Geschenk, sie bedankt sich vielmals und verspricht mir, mich über den Beisetzungstermin zu informieren.

Im Schoko-Traum bin ich heute nicht ganz bei der Sache. Mehrmals verrechne ich mich, als ich Kunden das Wechselgeld herausgebe. Das passiert mir sonst nie. Aber mit meinen Gedanken bin ich bei der armen Frau Bartels und dieser Partnervermittlung. *4ever Young* klingt eher nach einer Vermittlung für Senioren, aber dieser Konradi ist sicherlich kein Senior. Frau von Lingenthal hat ja von ihrem jungen Finanzexperten gesprochen, aber vielleicht ist ja ein Mann mit achtundfünfzig für eine über sechzig Jahre alte Dame *jung*. Tja, erst mal muss ich einiges über diese Partnervermittlung erfahren.

An diesem Vormittag wollen zehn Leute Schokoladen-Peeling kaufen, bei der letzten Kundin frage ich, wieso gerade Schoko-Peeling, sie sagt »Sie stehen doch heute damit in der Zeitung.«

Klar, hätte ich mir denken können.

In der Mittagspause rase ich nach Hause. Inzwischen haben wir statt des Dauerregens eine Hitzewelle. Vor unserem Haus kehrt Blockwart Grantler missmutig den Gehsteig. Er brummelt mir einige Worte hinterher, ich beachtete ihn allerdings nicht. Das Wort *Schoko-Leiche* habe ich verstanden. Die Zeitung, die heute Morgen nicht im Briefkasten gesteckt hat, lugt jetzt daraus hervor. Sie sieht gelesen aus, das war der Grantler, da würde ich drauf wetten.

Das macht der immer, wenn etwas Interessantes in Heidelberg passiert ist, dann nimmt er die Tageszeitung morgens aus unserem Briefkasten und steckt sie wieder rein, nachdem er sie gelesen hat. Dieser alte Geizhals! Daher auch die Bemerkung mit der Schoko-Leiche.

Alina sitzt am Tisch und kaut an einer Karotte. Das Kind sieht Jahre älter aus, als noch vor einer Woche. Sie will sofort wissen, ob ich den Mörder schon gefunden hätte.

»Alina! Ich habe doch nur mit Frau Bartels gesprochen. Ach, diese arme Frau, die ist völlig verzweifelt.«

Und dann teile ich meiner Tochter mit, was Frau Bartels über Konradi gesagt hat und berichte ihr von der Partnervermittlung *4ever Young*.

Alina zerrt mich sogleich in ihr Zimmer und fährt ihren Computer hoch. *4ever Young – die Partnervermittlung für Junggebliebene jeden Alters*, lesen wir.

»So was Blödes, was soll das den heißen?«

»Na ja, dass sie halt Senioren vermitteln«, erkläre ich meinem noch viel zu jungen Töchterchen.

»Du gehst da hin! Schau Mama, du zahlst einen bestimmten Betrag und dann kannst du dir verschiedene Kurzvideos von Männern ansehen. Und dann machst du ein Treffen mit diesem Konradi aus.«

»Ich werde da nicht hingehen. Außerdem sieh dir mal den Betrag an, was das kostet. Das ist doch Wahnsinn.«

»Mama, für die Wahrheit muss man Opfer bringen.«

Wie bitte? Also so langsam geht mir das alles etwas zu weit.

Alina druckt den Flyer aus.

In der Küche fällt mein Blick auf die Tageszeitung. In einem Artikel wird erwähnt, dass die Tote das Schokoladen-Peeling zu Lebzeiten in der Heidelberger Chocolaterie Schoko-Traum gekauft habe. Das nenne ich kostenlose Werbung. Ich beschließe, am Abend einige Kilo Schoko-

Peeling anzurühren und mir tagsüber die Vorbestellungen zu notieren.

Dann wärme ich uns beiden schnell noch eine Gemüsesuppe auf, bevor Alina zur Nachhilfe abdüst und ich in den Laden spute.

In einer ruhigen Minute wähle ich die Nummer meiner Mutter, irgendwann muss ich das Gespräch hinter mich bringen. Warum also nicht jetzt?

Wie immer will meine Mutter, dass wir, und damit meint, sie mich, Alina und Lucas, sie endlich mal wieder besuchen kommen. Seit ich meine Chocolaterie habe, ist dies allerdings noch seltener als zuvor der Fall, denn mit dem Geschäft habe ich für mein Verhindertsein eine plausible Ausrede.

»Yvonne wohnt inzwischen in der Nähe von Heilbronn und sie will wieder heiraten. Ihr dritter Mann ...«

»Mama, BITTE, du weißt, dass mich das nicht interessiert.«

»Aber irgendwann muss diese Zankerei mit euch beiden doch mal ad acta gelegt werden. Deine Schwester wird in drei Monaten heiraten, du solltest dieses Ereignis zum Anlass nehmen, sie endlich um Verzeihung zu bitten ...«

»ICH, ICH soll Yvonne um VERZEIHUNG bitten? Mama vergiss es! Wenn hier eine um Verzeihung bitten müsste, dann ja wohl meine Schwester. Darauf kann ich allerdings gerne verzichten.«

»Tanja ...«

»Mama, Yvonne und ich haben seit zwanzig Jahren keinen Kontakt mehr, akzeptiere das endlich. Gib mir bitte Papa.«

Einige wenige Sätze wechsle ich mit meinem Vater, der nie sehr gesprächig am Telefon ist, der mir mehrmals versichert, wie sehr er mich und seine Enkelkinder liebt. Ich weiß ja, ich bin seine Lieblingstochter. Dann drücke ich die Aus-Taste.

Mein Herz rast und ich habe mein T-Shirt nass ge-schwitzt. Warum belasten mich diese Gespräche mit meiner Mutter noch immer? Ist meine Mutter der Auslöser hierfür oder liegt es daran, dass sie jedes Mal versucht, mir etwas über meine Schwester zu erzählen?

Eine Kundin betritt meinen Laden und ich bin heilfroh, dass ich meine Grübeleien unterbrechen muss.

Tatsächlich nehme ich zehn Bestellungen für Schoko-Peeling entgegen. Nicht zu fassen!

Am Nachmittag kommt zuerst Biggi und kurze Zeit später fällt Steffi in den Schoko-Traum ein. Ich habe den beiden eine Menge zu berichten. Mit meinen Freundinnen hatte ich am Tag zuvor kurz telefoniert und beide auf heute vertröstet. Jetzt berichte ich ihnen zunächst ausführlich die Verstrickungen unserer Familie in den Schoko-Leichen-Fall. Ich schildere ihnen das Gespräch mit meinen Kindern und beide sitzen mit offenstehendem Mund da. Als ich allerdings bei meinem Gespräch mit Frau Bartels angekommen bin, gehen die Reaktionen der beiden in völlig unterschiedliche Richtungen.

Biggi echauffiert sich: »Bist du verrückt geworden? Spielst du jetzt Matula? Ich meine, so etwas ist doch gefährlich. Da läuft ein Mörder frei herum. Glaubst du, der lässt sich von dir freiwillig fangen? Wenn der merkt, dass du den suchst, dann wehrt er sich doch. Dafür gibt es unsere gute alte Polizei. Und so schlecht wie ihr Ruf ist die allemal nicht. Lass die nur machen.«

»Ach Biggi, ist ja klar, dass du Schiss hast. Also ich finde das cool, wenn wir den Mörder der Schoko-Leiche suchen. Ich bin dabei. Mensch du hast doch gehört, die haben Alinas Freund verhaftet, die suchen sicherlich nicht mehr nach einem Mörder, wenn die einen haben. Ich sage nur *Harry Wörz*, ihr könnt euch doch gut an diesen Justizskandal des Pforzheimers erinnern. Der hat jahrelang unschuldig im Knast gesessen, der Fall wurde nie ganz geklärt.«

»Steffi, das ist doch etwas anderes. Und diese Fehlurteile kommen selten vor.« Biggi schüttelt den Kopf.

»So selten kommen die sicherlich nicht vor, man weiß es nur nicht«, beharrt Stefanie.

»Also, ich werde nicht zulassen, dass die Alinas Freund des Mordes anklagen, nur weil er ein Junkie ist und Frau von Lingenthal Geld und Schmuck geklaut hat«, stelle ich entschieden fest.

Steffi bestätigt: »Wie schon gesagt: Ich bin dabei.«

Ich reiche den Flyer der Partnervermittlung *4ever Young* an die beiden weiter.

»Die haben eine Zweigstelle in Heidelberg. Wir können doch zu dritt hingehen.« Steffi sieht uns auffordernd an.

»Also mich könnt ihr als Privatdetektivin streichen. Nicht mein Job. Mensch Mädels, wenn ihr das macht, dann begebt ihr euch in echte Gefahr. Das ist kein *Ein Fall für zwei*.«

»Aber vielleicht *Ein Fall für drei*«, versucht Steffi einen Scherz, der allerdings bei unserer Freundin nicht gut ankommt.

Biggi trinkt den Rest ihrer heißen Schokolade, stellt die leere Tasse geräuschvoll auf die Untertasse, wortlos nimmt sie ihre Tasche und geht in Richtung Tür.

»Biggi, bitte«, versuche ich, sie zum Bleiben zu überreden.

An der Tür dreht sie sich noch einmal um. »Mädels, ohne mich. Und tschüss!«

»Die ist echt sauer. Ich weiß gar nicht, warum.« Steffi sieht mich fragend an.

Nun, ich weiß schon, warum, und ihre Worte haben durchaus Wirkung auf mich gezeigt.

»Vielleicht hat Biggi recht und wir sollten den ganzen Ermittlungskram der Polizei überlassen«, gebe ich zu bedenken.

»Wir ermitteln doch nicht, wir sehen und hören uns nur ein bisschen um.«

44

Und schon zückt Steffi ihr Handy und vereinbart für sich und eine Freundin einen Termin für nächsten Montag am späten Nachmittag in der Partnervermittlung *4ever Young*.

5

Tagsüber verkaufe ich Unmengen Schokoladen-Peeling, zum Glück habe ich am gestrigen Sonntag zu Hause gemeinsam mit meiner Tochter drei Kilogramm von dem schwarzen Gold hergestellt.

Steffi will um sechzehn Uhr zur Lagebesprechung hier sein, um halb sechs haben wir unseren Termin in der Partnervermittlung *4ever Young*. Alina wird heute die Spätschicht im Schoko-Traum übernehmen.

Am Vormittag informierte mich Oliver darüber, dass der erneute Haftprüfungstermin von Max nicht zu einer Änderung der Situation geführt habe. Da Polizei und Staatsanwaltschaft weiterhin davon ausgehen, dass er der Mörder von Gisela von Lingenthal ist, bleibt er weiterhin in Gewahrsam. Irgendwie hatte ich ein bisschen meine Hoffnungen auf diesen Termin gesetzt. Ich dachte, wenn sie einen anderen Verdächtigen suchen, dann werde ich diese Ermittlungen auf eigene Faust einstellen. In diesem Fall, hätte ich den abendlichen Termin gecancelt. Wie es jetzt aussieht, würde meine schöne Tochter kein Wort mehr mit mir reden, wenn ich nicht wenigstens versuchen würde, die Unschuld von ihrem Max, na ja, wenigstens seine Unschuld in Bezug auf den Mord an Frau von Lingenthal, zu beweisen, sonst scheint das kein Mensch zu versuchen. Wohl ist mir bei der Sache nicht; ich bin keine besonders mutige oder forsche Person. Das alles bereitet mir eine diffuse Angst, wenn ich ehrlich bin. Ich meine, was mache ich denn, wenn der Konradi plötzlich vor mir steht, wie soll ich dem denn ein Geständnis entlocken? Und selbst wenn er den Mord zugeben würde, dann würde der mich doch in der nächsten Minute abmurksen. Wer oder was sollte ihn daran hindern? Zum ersten Mal wird mir klar, warum Polizisten Waffen tragen. Vielleicht sollte ich mir ein Pfefferspray besorgen, hatte ich als Studentin immer in der Tasche, wenn ich spät abends von den Vorlesungen oder anderen nächtlichen Aktivitäten nach Hause gegangen bin.

Das Spray hättest du damals lieber gegen Oliver einsetzen sollen. Meine innere Stimme nervt. Ich antworte ihr: *Ach, quatsch, dann gäbe es ja unsere beiden wunderbaren Kinder nicht.*

Warum komme ich bei jedem Thema wieder auf Oliver?

Ich sollte mir vielmehr überlegen, einen Selbstverteidigungskurs an der Volkshochschule zu belegen. Die meisten Privatdetektive im Fernsehen beherrschen so etwas aus dem Effeff.

Steffi tänzelt aufgeregt in den Schoko-Traum. Für sie scheint *Mördersuchen* ein neues schönes Spiel zu sein. Von Angst keine Spur.

Ich bereite für meine Freundin und mich in der kleinen Küche eine heiße Anti-Kummer-Schokolade zu. Ich hoffe, sie macht auch mich ein bisschen mutiger.

Etwas zu heftig rühre ich im Topf und schreie zu Steffi in den Verkaufsraum: »Weißt du was, wir bräuchten eine betuchte ältere Dame, dann könnte ich mich als ihre Tochter ausgeben. Vielleicht könnten wir so den Konradi zur Strecke bringen und ihn des Mordes an Frau von Lingenthal überführen.«

Schon der Schoko- und Gewürzduft entfaltet seine Wirkung; meine Angst ist fast verflogen.

»Was brauchen Sie? Wen wollen Sie des Mordes überführen?«

Oh je, das ist eindeutig Frau Wilhelms Stimme, eine meiner Stammkundinnen. Ich habe nicht gehört, dass jemand den Schoko-Traum betreten hat. Als ich nach vorne komme, ist meine Birne rot wie Chili.

Nun bekommt auch Frau Wilhelm eine Tasse heiße Schokolade und Steffi klärt sie über unsere Privatermittlungen auf.

»Kein Problem, sie können gerne meinen Namen verwenden«, sagt Frau Wilhelm in meine Richtung gewandt.

Zieh jetzt bloß nicht auch noch deine Kunden da mit rein, du wirst doch wohl deine Kundin nicht in Gefahr bringen wollen?

Meine innere Stimme warnt mich.

Im Gegensatz zu Biggi scheint Frau Wilhelm keine Probleme damit zu haben, in unsere Mördersuche involviert zu werden, vielmehr scheint ihr das viel Spaß zu bereiten. Ich weiß nur, dass sie Lehrerin an einem hiesigen Gymnasium war und ihr Mann Professor an der Uni Heidelberg. Zu ihrem einundsiebzigsten Geburtstag durfte ich vor zwei Monaten mehrere Schokoladen-Spezialitäten und Kuchen nach Eberbach liefern. Mit Steffi zusammen habe ich die süßen Schätze an einem Sonntagmorgen hingefahren. Ihr Anwesen ist schon sehr imposant. Mir fällt ein, dass Frau Wilhelm eine Tochter hat, die in meinem Alter sein müsste.

Gemeinsam entwerfen wir einen Schlachtplan. Frau Wilhelm will unbedingt mit uns gemeinsam dieser Partnervermittlung einen Besuch abstatten. Zu dritt schieben wir dann los.

Alina, die zehn Minuten vor unserem Abgang im Schoko-Traum eingetroffen ist, scheint sich über unser Trio sehr zu amüsieren.

4ever Young hat eine Villa in Bergheim bezogen, das Interieur sieht gediegen aus, so wie sich das für eine Senioren-Partnervermittlung gehört. Schränke in schwarzem Eichenholz, große weiße Bodenfliesen mit hellen haarigen Teppichen drauf. Die Inhaberin der Heidelberger Filiale stellt sich als Frau Eisleben vor. Sie scheint etwas überrascht zu sein, dass wir gleich zu dritt hier einfallen, lässt sich aber nichts anmerken, sie ist schließlich Profi. Fünfunddreißig plus, blonde lange Haare, gertenschlank, glitzernde, meterlange Fingernägel, lindgrünes Kostüm, High Heels, unter dem rosa T-Shirt zeichnen sich große, feste Brüste ab. Jede Wette: Die waren teuer.

Sie erklärt uns, dass sie zunächst einen Betrag über die Kreditkarte abbuchen wird, dann können wir uns mehrere Videofilmchen von Männern ansehen. Je nach Höhe der Abbuchung eine bestimmte Menge. Steffi lehnt dankend ab, als sie den Preis hört. Mit ihren Frischfleischbörsen im Internet ist das hier natürlich nicht zu vergleichen. Da ich mich als besorgte Tochter von Frau Wilhelm ausgegeben habe, bleibt also nur noch Frau Wilhelm, die jetzt über ihren Männergeschmack und ihre besonderen Vorlieben, Hobbys und so weiter durch Frau Eisleben befragt wird. Die Partnerschaftsvermittlerin scheint einen nie endenden Katalog auszufüllen, die Geheimdienste können unmöglich mehr Informationen über uns gesammelt haben. Frau Wilhelm gähnt demonstrativ.

Die Sekretärin hat uns inzwischen Kaffeespezialitäten serviert, die trinken wir aus teurem schönem Porzellan. In einer Etagere liegen verschiedene Plätzchen und Süßigkeiten parat. Die Pralinen verschmähe ich, sie sind Massenware, die können nicht mit meinen Spezialitäten mithalten. Vielleicht sollte ich Frau Eisleben ein Angebot meiner Chocolaterie unterbreiten. Zum Glück fällt mir rechtzeitig ein, dass ich ja Sabine Wilhelm bin und als solche mitnichten die Inhaberin des Schoko-Traums.

Nachdem der Betrag von Frau Wilhelms Kreditkarte abgebucht wurde, schlägt Frau Eisleben fünf Männer vor. Mehr gibt es erst einmal nicht. Wir sehen uns die fünf kurzen Videos zusammen an. Im ersten Clip sitzt ein etwa Achtzigjähriger auf dem Sofa der Eisleben und preist mit schlechtsitzendem Gebiss seine Potenz und sein Geld. In der nächsten Sequenz redet ein etwa Fünfundsiebzigjähriger ziemlich seniles Zeug; ich tippe auf Alzheimer. Und dann der Höhepunkt, ein Scheintoter, aufgenommen in seinem Bett, sabbert unverständlich ins Mikro, dass er endlich eine Frau sucht, die ihn pflegt und als Dank einmal alles erben darf. Ich nehme an, dies sind die Ladenhüter. Nach der ersten Abbuchung muss man da durch.

»Eventuell habe ich das nicht deutlich gemacht, aber ich dachte mehr an einen *jüngeren* Mann.« Frau Wilhelm kann nicht fassen, was ihr, als Frau von Welt, hier zugemutet wird.

»Kommt noch«, ist der Kommentar der Eisleben, als sie das nächste Filmchen startet.

Dieses männliche Prachtexemplar ist immerhin noch nicht in Rente, aber leider ist es nicht Konradi. Auch der letzte Mann ist nur eine Enttäuschung.

»Nun, ich glaube nicht, dass ich hier etwas Passendes finde. Ich dachte an erheblich jüngere Männer. Verzeihen Sie, Frau Eisleben, dass ich das so offen ausspreche. Wissen Sie, alt bin ich selbst. Ich habe alles, ausreichend Geld, ein stattliches Anwesen, Personal, eine gut geratene Tochter«, hierbei fällt ihr Blick auf mich, »was mir fehlt, ist ein bisschen Spaß.« Sie zwinkert mir unverhohlen zu.

Die Sekretärin betritt den Raum: »Frau Eisleben, Herr Konradi ist am Telefon.«

»Sagen Sie ihm, ich werde ihn zeitnah zurückrufen.«

Konradi? Unser Konradi? Also doch!

Einer inneren Eingebung folgend sage ich: »Mama, ich glaube, wir lassen das für heute. Wir wollten doch noch überlegen, was wir mit den Fünfhunderttausend Euro machen, die gestern frei geworden sind und die jetzt auf deinem Girokonto liegen. Erst müssen wir uns um einen guten Finanzexperten kümmern, dann suchen wir dir einen schnuckeligen jungen Mann.«

»Oh, vielleicht kann ich Ihnen auch mit einem Finanzexperten dienlich sein. Herr Konradi, der gerade angerufen hat, ist ein ausgesprochen verantwortungsbewusster Finanzexperte. Diesen Mann kann ich Ihnen wärmstens empfehlen.«

»Hm, ich weiß nicht«, ziert sich Frau Wilhelm.

»Herr Konradi ist wirklich sehr gut; er ist einer der Besten.«

Fragt sich nur in was? Im Altere-Frauen-umbringen? Im Geld-aus-der-Tasche-ziehen? Oder – im Bett? Die Eisleben bekommt garantiert Provision, wenn sie den an ihre betuchten Kunden vermittelt. Logo! Daher der Geheimdienst-Fragenkatalog.

»Na ja, ich kann mir diesen Finanzexperten ja mal ansehen«, sagt die Wilhelm jetzt gnädig. »Sie haben ja meine Nummer. Können Sie einen Kontakt herstellen? Gelddinge sind ja Vertrauenssache, da ist es immer gut, wenn man jemand empfohlen bekommt, der tatsächlich etwas von seinem Metier versteht.«

»Ja, da haben Sie vollkommen recht, Frau Wilhelm. Selbstverständlich stelle ich gerne den entsprechenden Kontakt her.«

»Gut, ich komme dann zu einem späteren Zeitpunkt noch einmal bei Ihnen vorbei und dann sehen wir uns zusammen weitere interessante Männer an.«

Wir verabschieden uns etwas hastig von der Eisleben.

Danach sitzen wir zu dritt im hinteren Raum eines Restaurants in der Hauptstraße mit Blick auf Bilder des alten Heidelbergs und warten auf unsere Bestellung. Wir benehmen uns wie Teenager, während wir laut lachend über den Termin in der Partnerschaftsvermittlung ablästern. Die Leute an den Nebentischen sehen schon zu uns rüber. Das ist uns egal, sollen die doch über uns denken, was sie wollen. Frau Wilhelm teilt mir einiges über ihre Tochter Sabine mit. Sollte sich Konradi tatsächlich bei ihr melden, wird sie ein Treffen mit ihm vereinbaren. Diesen Termin werde allerdings ich wahrnehmen und mich als Frau Wilhelms Tochter auszugeben. Ich werde sagen, dass meine Mutter leider erkrankt sei und ich mich daher um dieses Finanzgeschäft kümmern müsse.

Da hätten wir uns noch viele Filmchen ansehen und eine Menge Geld bezahlen können. Gisela von Lingenthal hat den Konradi über die Eisleben kennengelernt, aber nicht als jungen Lover, sondern als Finanzexperten. Darauf wäre ich nie und nimmer gekommen.

Als ich Alina über die Neuigkeiten in Kenntnis setze, greift sie sich theatralisch an den Kopf. »Mama, von der Sabine Wilhelm gibt es sicherlich Bilder im Internet und was, wenn die ein Account bei *Facebook*, *Twitter* oder sonst wo hat?«

Oh, an so etwas haben wir natürlich nicht gedacht. Alina googelt die Frau sofort. Da sind verschiedene Bilder drin, aber zum Glück nicht von unserer Sabine Wilhelm, auch bei keinem bekannten sozialen Netzwerk ist sie angemeldet. Zum Glück, denn Frau Wilhelm hat schon gesagt, ich sähe ihrer Tochter kein bisschen ähnlich. Wäre zu doof, wenn ich schon vor meiner ersten Ermittlung enttarnt würde. Sabine Wilhelm wohnt in einer eigenen Wohnung in Eberbach, ist unverheiratet und hat keine Kinder. Sie spielt Tennis. Und sie ist blond, ich hätte mir ja zur Not meine braunen Haare blond färben lassen können, aber der Rest …?

»Mensch gibt's schon wieder nichts Anständiges zu essen? Mama, du wirst echt nachlässig«, mault mein Sohn, als er zur Tür hereinkommt.

»Und du immer Unverschämter«, kontere ich ihm. »Kinder, ich mach uns jetzt erst mal was zu essen.«

Für Alina und mich koche ich Ratatouille mit Reis, für Lucas haue ich ein überdimensionales Steak in die Pfanne, das versöhnt ihn mit der Welt und sogar mit seiner Mutter.

Als wir mampfend am Tisch sitzen, unterrichtet Alina ihren Bruder über unser Vorhaben.

Mein Sohn findet das gar nicht gut. »Mama, du bist weder Matula noch Wilsberg! Mensch, so was ist gefährlich. Das ist doch kein Krimi. Das ist echt!«

»Ich will mir diesen windigen Finanzexperten Konradi einfach ansehen. Nur gucken, sonst nix.«

»Trotzdem, Mama, du in deinem Alter. Und du hast nicht mal eine Knarre.«

»Beim Ansehen kann ja nichts passieren. Was soll er mir in einem Café schon tun. Mich erwürgen?«

»Also ich finde das voll cool. Die Mama ist echt spitze. Sie will doch nur beweisen, dass der Max unschuldig ist.«

»Unschuldig ist dein Max nicht, Schwesterchen.«

»An dem Mord schon oder willst du das jetzt anzweifeln?«

»Nein, klar, einen Mord hat der Max nicht begangen. Der würde niemals einen Menschen erschlagen. Aber fürs Ermitteln sind echt die Bullen zuständig, Tanja.«

»Aber die Bullen machen doch nix. Der Max ist doch ein klasse Täter. Junkies traut man zu, dass sie alles für Geld machen, sogar eine wehrlose, alte Frau erschlagen. Warum sollten die denn noch weitersuchen. Da wären die doch blöd. Mensch Brüderchen, die brauchen schnelle Ermittlungsergebnisse, mit denen sie an die Öffentlichkeit gehen können. Hast du dir mal die Zeitungen angesehen? Die stehen voll unter Erfolgszwang.«

»Tja, da ist was dran«, stirnrunzelnd pflichtet mein Sohn Alina bei.

»Max braucht jetzt echt unsere Hilfe. Mamili, du bist die Coolste.« Sanft drückt mir Alina ein nasses Bussi auf die Wange. So viele Küsse wie in den letzten Tagen habe ich in den letzten Jahren nicht von meiner Tochter bekommen.

6

Zwei Tage später vibriert mein Handy in der Hosentasche. Frau Wilhelm teilt mir mit, dass Konradi sich gemeldet hätte. Für den nächsten Tag um siebzehn Uhr habe sie mit ihm eine Verabredung in einem Café in Neckarsteinach ausgemacht. Er habe es mit dem Termin sehr eilig gehabt. Wenn es mir nicht passen würde, könnte ich das Treffen ja aufgrund der Krankheit meiner Mutter, an dieser Stelle lacht sie laut und herzlich, verschieben. Frau Wilhelm bedauert, erst mal raus aus dem Spiel zu sein. Für weitere *Privatschnüffeleien* stehe sie aber gerne wieder zur Verfügung. Ich bedanke mich überschwänglich bei ihr. Ohne ihre Hilfe wäre ich niemals an diesen Konradi herangekommen.

Ich sollte mir für das Gespräch eine Strategie überlegen. Aber welche? Eigentlich müsste ich doch nach den vielen *Tatorten, Polizeirufen,* nach so vielen *Fällen für zwei, Brunettis* und *Mankells* bestens Bescheid wissen. Tue ich aber nicht. Ich habe nicht den geringsten Plan. Vielleicht weis Steffi Rat.

Das Telefonat mit ihr ist nicht wirklich hilfreich. Immerhin habe ich jetzt ein passendes Kleid; Steffi ist der Ansicht, dass ich dringend ein sexy Outfit brauche. Sie wird mir ein rotes Kleid vorbeibringen. Aber ich habe immer noch null Plan. Ich beschließe, da einfach mal hinzugehen und zu sehen, was passiert. Ich meine, die im Fernsehen würden verkabelt und vernetzt bei der Verabredung auftauchen und hinter irgendeinem Vorhang hätten sich dreißig schwer bewaffnete Polizisten positioniert. Tja, das ist jetzt dumm, auf ein Spezialeinsatzkommando der Polizei kann ich leider nicht zurückgreifen.

Immerhin hat mir Steffi versprochen, sich um siebzehn Uhr auch in diesem Café aufzuhalten. Meine Freundin hat nicht vor, mich diesem Mörder allein auszuliefern. Fünf Minuten später: Ein Anruf von Biggi. Sie wird selbstverständlich zusammen mit Steffi in das Café kommen, obwohl ich mir anhören muss, wie sehr sie diese Aktion missbilligt. Mehrmals muss ich ihr versprechen, auf mich aufzupassen.

»Was soll mir denn an diesem öffentlichen Ort passieren?«

»Man weiß nie, bei solchen ausgebufften Typen. Da habe ich schon so einiges gehört. Er könnte dir ja K.-O.-Tropfen ins Glas träufeln.«

»Oh Biggi, du siehst eindeutig zu viele Krimis.«

Immerhin: Auf meine Freundinnen ist Verlass.

Für Alina und Lucas haben die Pfingstferien begonnen. Eigentlich war geplant gewesen, dass Oliver zwei Wochen mit den Kindern in den Süden fliegt, jedoch bei ihm kam mal wieder ein wichtiger Strafprozess dazwischen. Es ist schon auffällig, dass sich die beiden nicht einmal über den verpatzten Urlaub mit ihrem Vater ärgern. Sicherlich haben sie nicht damit gerechnet, dass es tatsächlich klappen würde, da bei ihrem Vater, auch während unserer Ehe nicht nur einmal ein wichtiger Termin dazwischenkam. Die meisten Urlaube verbrachten wir zu dritt.

In der Mittagspause rase ich nach Hause, um für meine Kinder etwas zu kochen. Nach dem Mittagessen kommt meine Tochter mit in den Schoko-Traum. Ich muss ihre Erwartungen dämpfen. Sie stellt sich tatsächlich vor, ich gehe da hin, sage diesem Konradi, dass er den Mord an Frau von Lingenthal gestehen soll, der macht das und frei ist ihr Max. Kinder, nein!

Ich gehe früh nach Hause und nehme mir dort noch eine kleine Auszeit, dusche in Ruhe, genehmige mir noch einen Kaffee mit einem Stück Schokoladenkuchen. Dann schlüpfe ich in Steffis Kleid, das sie mir für das heutige Treffen geliehen hat.

Auf den Kuchen hätte ich verzichten sollen. Jetzt kommt meine Erkenntnis zu spät. An mir wirkt das Kleid eher wie eine Wurstpelle, hätte ich mir denken können, Steffi ist viel dünner als ich. Mich selbst und meine Figur sehe ich immer mit besonders kritischen Augen. Doch als ich mich längere Zeit im Spiegel betrachte, überzeuge ich mich davon, dass die Wurstpelle doch nicht so schlimm ist, und denke, dass das mit dem Kleid vielleicht gar keine so schlechte Idee war.

Ich werde diesen Mörder, diesen Unmenschen, dieses Schwein, diesen schmierigen, windigen Finanzexperten schon irgendwie zur Strecke bringen. Das wäre doch gelacht! Ich nicke meinem Spiegelbild kämpferisch zu, während mich meine innere Stimme auslacht.

Frau Wilhelm hat mir mitgeteilt, dass Konradi den Immobilienteil der *Rhein-Neckar-Zeitung* aufgeschlagen vor sich liegen hätte. Sehr passend!

Ich entdecke ihn sofort. Meist sind entweder junge oder ältere Mädchen um diese Uhrzeit in dem Café. Konradi ist der einzige Mann, der allein an einem Tisch sitzt. Ich marschiere auf ihn zu.

Als ich am Nebentisch vorbeigehe, zwinkere ich meinem Sondereinsatzkommando unauffällig zu, das vor Kaffee und megagroßen Tortenstücken sitzt.

So, jetzt werde ich diesem windigen Finanzexperten und möglichen Mörder meiner besten Kundin mal gehörig auf den Zahn fühlen. Der wird sich wundern!

»Herr Konradi?«

Er sieht mich irritiert, fast etwas ängstlich, an. Ich reiche ihm meine Hand.

»Wilhelm. Sabine Wilhelm. Meine Mutter lässt sich entschuldigen, sie fühlt sich heute leider unpässlich, daher hat sie mich gebeten, Sie aufzusuchen.«

Ich setze mich ihm gegenüber. Jetzt lächelt er. Und wie er lächelt. Er lächelt und lächelt und lächelt. Es ist kein Lächeln, es ist ein Strahlen, ein Schmelzen.

»Das Gespräch mit Ihnen war meiner Mutter sehr wichtig. Ich hoffe, Sie sind nicht allzu enttäuscht, dass Sie mit mir vorliebnehmen müssen.«

»Nein, ähm, überhaupt nicht, äh …, ganz im Gegenteil.«

Noch immer lächelt er, als hätten sie ihm die Mundwinkel nach oben getackert.

Er reicht mir die Speisekarte und die Eiskarte. Ich bestelle einen Latte macchiato, Konradi auch.

Ja, er ist anpassungsfähig. Hätte ich ein Kännchen Tee bestellt, hätte er das sicherlich auch geordert.

Aber irgendwie sieht dieser Konradi anders aus, als ich ihn mir vorgestellt hatte, ganz anders. Tja, was soll ich sagen? Er sieht fantastisch aus. Ein bisschen zu aalglatt, aber sonst, eine Mischung aus George Clooney und Robert Redford in ihren besten Jahren. Er könnte auch in einem Film mitspielen. Na ja, spielt er ja – quasi.

»Mit Ihrer Mutter, das ist hoffentlich nichts Ernstes?«

»Nein, nein, ich denke nicht, aber sie ist in einem Alter, wo man sich auch einmal unpässlich fühlen darf. Eigentlich ist meine Mutti ganz fit.«

»Sie spielt viel Tennis, oder?«

Woher weiß der das? Klar, die große Volksbefragung der Frau Eisleben. Die hat alles brühwarm an den Konradi weitergegeben.

»Spielen Sie auch? Tennis meine ich, wir könnten ja mal ein Einzel zusammen wagen, gerne auch ein gemischtes Doppel. Ich würde mich freuen.«

»Nein, da muss ich Sie enttäuschen. Meine Mutter spielt sehr gut, schon als Kind habe ich mich daher gegen Tennis gewehrt. Meine Mutter und ich verstehen uns heute prächtig, aber, na ja, in der Pubertät musste ich mich von ihr abgrenzen. Sie wollte unbedingt, dass ich Tennis spiele und umso mehr sie es wollte, umso weniger wollte ich es.«

Konradi nickt mir wissend zu.

Was erzähle ich da eigentlich? Dieser Mann klebt an meinen Lippen. Allerdings nicht nur dort, sein Blick gleitet immer wieder ab und verhakt sich in meinem Ausschnitt. Meine Brüste sind nicht ganz so groß und fest wie die der Eisleben, aber dafür sind sie nicht aus Silikon. Alles echt! Für die Idee mit dem Kleid bin ich Steffi unendlich dankbar. Ich werfe den beiden einen kecken Blick zu. Sie scheinen mit sich selbst beschäftigt zu sein. Der Konradi könnte mich hier in aller Öffentlichkeit abmurksen, meine Freundinnen würden das nicht mitbekommen, so sehr sind sie in ihre Unterhaltung vertieft. Beachten die mich gar nicht? Oder sind die einfach nur verdammt gut? Keine Ahnung.

Inzwischen erzählt mir Konradi etwas aus seiner Kindheit.

Er spricht mit leichtem hessischem Akzent und seine Stimme hat den zarten Schmelz lange conchierter Schokolade.

Ursprünglich stamme er aus Frankfurt-Höchst. Er berichtet, dass er nicht mit goldenen Löffeln im Mund geboren worden sei und sich hätte alles hart erarbeiten müssen. Dann bricht er abrupt im Satz ab, wahrscheinlich ist ihm eingefallen, dass ich mit goldenen Löffeln im Mund geboren wurde. Zum Glück hat er nicht weitergesprochen, ich wollte gerade kontern: Wer wird das schon? Aber ich wurde ja wohl, als Sabine Wilhelm.

Konradi sieht mich an, als würde er total auf mich abfahren. Wenn ich es nicht besser wüsste, würde ich ihm diese Nummer abkaufen. Sein Lächeln ist bezaubernd. Und diese großen, grauen Augen mit diesem sehnsüchtigen Blick, da liegt so viel Unsicherheit, Gebrochenheit und Zerrissenheit darin. Wahnsinn! Frau möchte diesen Mann beschützen, ihm endlich die Geborgenheit geben, die ihm fehlt. Dieser Blick und dieses Lächeln könnten der Grund sein, das macht ihn für Frauen so anziehend.

Ich ermuntere ihn, mir weiter aus seiner Kindheit zu erzählen. Er jedoch möchte mehr über meine Mutter wissen. Konradi hat sich wohl wieder auf seinen Auftrag besonnen. Das sollte ich auch tun, bevor ich mich in den vergucke. Ach Quatsch! Kann mir nicht passieren, ich weiß doch: Der Typ ist ein Schwein.

Wir machen jetzt ein Frage- und Antwortspiel über meine Mutter. Gleich wird er zur Sache kommen.

Das gibt es doch nicht! Die Bedienung lädt vor meinen Freundinnen weitere zwei gigantische Tortenstücke ab. Ich bereue, dass ich großzügig gesagt habe: »Geht auf meine Rechnung.« Diese zweite Fuhre werde ich definitiv nicht bezahlen. Die denken wohl, sie könnten sich hier auf meine Kosten vollfuttern? Schließlich bin ich knapp bei Kasse, denn ich habe Frau Wilhelm, gegen ihren Willen, das Geld zurückgezahlt, das ihr die Eisleben für die Video-Clips aus der Tasche gezogen hatte. Außerdem ist diese Schwarzwälder-Kirschtorte, von der Biggi gerade eine große Gabel voll in ihr dunkelrot geschminktes Mündchen schaufelt, keineswegs aus Reis. Ich denke, die macht eine Reisdiät. War da nicht was? Morgens, mittags und abends Reis? So wie es aussieht, ist sie inzwischen auf die Schwarzwälder-Kirschtorten-Diät umgestiegen. Typisch Biggi!

Konradi ist meinen Blicken an den Nachbartisch gefolgt. Ich muss mich wieder auf mein Gegenüber konzentrieren, sonst fliegt meine Tarnung auf.

Langsam kommt er zur Finanzkrise und schon fällt das entscheidende Wort: *Betongold.*

»Wissen Sie Frau Wilhelm, ich würde Ihrer Mutter dringend zu Immobilien raten. Mit der Finanz- und Wirtschaftskrise, das ist ein ständiges Auf und Ab. Wenn Sie mich fragen, ist die Krise noch lange nicht vorbei. Die Staaten haben allesamt ihre Hausaufgaben nicht gemacht, daher wird die Krise wie ein Bumerang immer wieder zurückkommen. Sollte es irgendwann tatsächlich zu einem Crash kommen, und Frau Wilhelm, das ist keine Frage *ob* oder *ob nicht*, sondern lediglich eine Frage der Zeit, also ein *wann*. Da darf man sich nichts vormachen, für den Worst Case müssen Sie vorgesorgt haben. Das Geld auf der Bank wird dann nichts mehr wert sein, die Aktienkurse werden ins Bodenlose stürzen, aber Immobilien, die sind auch nach der Krise noch was wert. *Betongold* halt.«

»Könnte man da nicht gleich in richtiges Gold …«

»Auf keinen Fall!« Konradi faltet die Hände gestenreich vor seiner Brust zu einer merkelschen Raute. »Der Goldpreis geht natürlich hoch, wenn die Krise schlimmer wird, aber wenn zum Beispiel Staaten ihre Goldreserven abstoßen, was in Krisenzeiten keine Seltenheit ist, dann ist der Goldpreis nicht zu halten und stürzt ins Bodenlose. Ich sage Ihnen, der Goldpreis fährt immer Achterbahn. Immobilien sind die einzig krisensichere Währung. Das sagt Ihnen bei Ihrer Bank so offen keiner. Klar, die Bankberater bekommen in der Regel hohe Provisionen, wenn Sie Ihnen die bankeigenen oder banknahen Fonds vermitteln. Ich als privater Finanzexperte kann da ganz anders agieren.« Er hat jetzt einen sehr kompetenten Gesichtsausdruck. »Wie viel möchte Ihre Mutter denn investieren?« Den letzten Satz versucht er, betont beiläufig zu stellen.

»Es sind gerade Fünfhunderttausend Euro frei geworden, aber bei einem guten und sicheren Objekt, würde meine Mutter noch weitere Geldreserven freimachen können.«

»Na, das klingt doch sehr vielversprechend.«

Er sieht mir direkt in die Augen: »Frau Wilhelm, darf ich Sabine zu Ihnen sagen? Ich heiße Dirk.«

»Ja, äh …, selbstverständlich …, gerne.« Ich bin diesem Typen nicht gewachsen. Der wickelt mich um den kleinen Finger. Zum Glück habe ich kein Geld. Jetzt verstehe ich, dass sich die älteren Damen gerne mit ihm sehen lassen. Der ist eine Nummer zu groß für mich. Und zu gutaussehend, zu charmant, zu, ach, was weiß ich alles. Jetzt ergreift er meine Hand.

Oh Gott, fühlt sich das gut an. Und diese Augen!

»Weißt du was, über Geld können wir immer noch reden. Erzähl mir lieber etwas über dich, das interessiert mich viel mehr.«

Jetzt hat es mir die Sprache verschlagen.

Er lächelt schon wieder dieses umwerfende Lächeln. Mir kommen sündige Gedanken, die in meinem Kopf wirklich nichts, rein gar nichts, verloren haben. Ich stelle mir Konradi nackt vor. Das, was ich sehe, gefällt mir. Wie es wohl ist, den neben sich im Bett liegen zu haben und … Nein! Schluss!

Meine innere Stimme ermahnt mich: *Das ist der Mörder von Frau von Lingenthal. Ich muss dir das so direkt sagen, bevor der, ja, was macht der überhaupt mit dir?*

Keine Ahnung. Hat der mir irgendwelche Tropfen in den Kaffee geträufelt? Bewunderungstropfen, Liebestropfen? Hier stimmt was nicht. Ich bin doch sonst nicht so leicht rumzukriegen.

Und dann gerade dieser schmierige Konradi.

So schmierig ist er nicht, kontere ich meiner inneren Stimme. *Eigentlich ist er doch ganz nett.*

Sie schleudert mir entgegen: *Du stehst nicht auf blonde Männer, die haben dir immer nur Unglück gebracht.*

Da hat sie recht. Mein erster fester Freund war blond, und wie hat es geendet? Meine Schwester Yvonne hat ihn mir ausgespannt, dieses verdammte Biest.

Ich muss mich auf meinen Auftrag besinnen. Was mache ich hier? Ich suche den Mörder von Frau von Lingenthal. Und der sitzt vor mir.

Tanja, lass dir von diesen sehnsüchtigen Augen nichts vormachen. Alles an dem ist falsch. Sein Lächeln, sein charmantes Getue. Alles.

Ja, meine innere Stimme hat recht.

Ich sage ihm, dass ich jetzt gehen müsse, da ich heute noch einen Termin hätte. Er zahlt für uns beide. Immerhin, ich hatte damit gerechnet, dass er die Rechnung der reichen Frau Wilhelm überlassen würde, von wegen

Gleichberechtigung und so. Das sind wohl die kleinen Investitionen, die er im Vorfeld tätigen muss.

»Sabine, … ich möchte dich wieder sehen … Ich muss dich wiedersehen. Unbedingt!«

Erneut hält er meine rechte Hand.

»Kannst du nicht das Finanzgeschäft für deine Mutter abwickeln, dann könnten wir uns besser kennenlernen.«

Klar, er will das Geld von Frau Wilhelm kennenlernen, nicht dich.

»Ähm, ja, äh, meiner Mutter steht zurzeit nicht der Kopf nach Finanzdingen, daher habe ich vor, mich um die Anlagestrategie zu kümmern.«

»Das ist gut, sehr gut. Gibst du mir deine Handynummer?« Er hat schon sein iPhone gezückt, um meine Nummer einzuspeichern. Oh Schreck!

»Ehm, ich, ich, habe mein Handy zuhause vergessen, ich, ich habe eine neue Nummer und die weiß ich nicht.«

»Das ist süß, du kennst deine eigene Handynummer nicht?«

»Ich rufe mich selbst so selten an.«

Konradi lacht. Er kann nicht nur lächeln, er kann auch lachen. Und was für ein Lachen. So herzlich. So warm. Wir lachen beide etwas zu laut. Ich fühle den Blick meiner Freundinnen auf mir ruhen.

»Sabine«, sagt er jetzt ganz leise, »du gefällst mir.«

Er drückt mir eine Visitenkarte in die Hand, auf der steht seine Handynummer und Finanzexperte Dirk Konradi.

Wir gehen noch ein Stück zusammen, dann steigt er in sein Auto. Seine Begleitung habe ich abgelehnt, ich habe gesagt, ein Stück weiter würde mein eigenes Auto stehen. Als er außer Reichweite ist, gehe ich ins Café zurück.

Steffi und Biggi sehen mich ganz komisch an.

»Ihr habt ja geturtelt, was das Zeug hält. Ich dachte, du wolltest einen Mörder überführen? Entweder stellst du dich besonders gescheit und abgebrüht an, Tanja, oder … verdammt dumm und dämlich.« Steffi sieht alles.

Wohl eher: Verdammt dumm und dämlich. Aber diese Blöße will ich mir vor meinen Freundinnen keinesfalls geben.

»Ich habe doch nicht mit dem geflirtet, das gehörte doch zu meinem Plan.«

»Und was hattest du für einen Plan?«, will Steffi wissen.

»Ich wollte ihn dazu bringen, dass er mich unbedingt wiedersehen will. Und das ist mir gelungen.«

»Heißt das, das war nicht mein einziger Undercover-Einsatz?«, will Biggi wissen.

Und dann gebe ich meinen Freundinnen die Unterhaltung zwischen Konradi und mir wieder.

Sogar Steffi gibt zu, dass der Typ verdammt gut aussieht: »Wenn der kein Mörder wäre, den würde ich garantiert nicht von meiner Bettkante stoßen.«

»Jetzt kriegt euch beide mal wieder ein. Der Typ ist unser Feind. Ich meine: Hallo, er ist ein Mörder!«, ruft uns Biggi zur Räson.

»Also, ob er ein Mörder ist, steht ja gar nicht fest«, verteidige ich ihn.

»Oh nein, sag jetzt nicht, du hast dich tatsächlich in den Typen verguckt?«, will Steffi wissen.

Ich eiere rum und sage etwas von Objektivität, keine Vorverurteilung, was alles noch viel Schlimmer macht. Natürlich kann ich meinen Freundinnen nichts vormachen. Spätestens jetzt haben beide geschnallt, dass ich nicht die coole Ermittlerin bin, die alles im Griff hat und den Täter nur mal schnell an die Angel kriegt.

Sie sitzen beide da und schütteln ihre Köpfe im gleichen Takt.

»Tanja. Tanja«, flöten sie im Chor. Und dann muss ich mir was anhören.

Meine innere Stimme nickt nur zustimmend.

Am Abend schildere ich Alina und Lucas wie der Nachmittag verlaufen ist. Dass ich von dem Typen ziemlich hingerissen bin, lasse ich umständehalber weg. Meine Tochter ist sichtlich enttäuscht. Sie dachte tatsächlich, ich treffe den ein einziges Mal und alle Probleme lösen sich in Wohlgefallen auf. Als ich ihr mitteile, dass ich Konradi wiedersehen werde, leuchten ihre Augen.

»Geil, Mama. Ich weiß, du wirst das Geständnis aus ihm rauspressen.«

Ich erzähle, dass er meine Telefonnummer wollte.

»Mama, du brauchst unbedingt ein extra Mörder-Handy. Wenn er dich anruft, meldest du dich sonst mit deinem richtigen Namen.«

Meine kluge Tochter! Ich verspreche, mir gleich morgen früh ein Prepaid-Handy zu kaufen.

Lucas verdreht lediglich die Augen und verschwindet kopfschüttelnd in sein Zimmer, nicht ohne ein »Mama, Mama!« zu stöhnen.

Danach erstatte ich Frau Wilhelm einen kurzen telefonischen Rapport, schließlich bin ich als ihre Tochter aufgetreten. Auch in diesem Gespräch erwähne ich weder Konradis sehnsüchtige Augen noch sein bezauberndes Lächeln und auch nicht seinen umwerfenden Charme.

7

Am nächsten Morgen will Lucas wissen, wie viele Seiten meine Homepage haben soll und was ich an Text und Bilder aufnehmen möchte.

Oh je, das hatte ich völlig vergessen. Mein Sohn hatte angeboten, zusammen mit seinen Freunden Florian und Sebastian während der Pfingstferien eine Homepage für den Schoko-Traum zu basteln. Ich verspreche, meine Freundinnen für die Mittagspause als Models, zu engagieren, Alina wird auch kommen und Lucas wird die Fotos schießen. Mein Sohnemann will zunächst einmal vier bis fünf Seiten erstellen, zusätzlich will er einen Online-Shop installieren. Ich verstehe von diesem Kram nichts, ist für mich *Neuland*, aber da bin ich ja in prominenter Gesellschaft.

Nach dem Frühstück begleitet mich Lucas in einen Handyladen, denn ich will mit seiner Hilfe ein weiteres Mobiltelefon kaufen. Das gestaltet sich allerdings schwieriger als gedacht, denn ich bestehe auf einem kleinen und einfachen Tastengerät, das reicht meiner Meinung nach völlig als Mörder-Handy und somit als Zweithandy völlig aus. Lucas aber meint, ohne Smartphone mit Touchscreen gehe gar nichts.

»Mensch Mama, du kannst dir nicht so ein peinliches Senioren-Handy kaufen.«

»Das ist doch kein Senioren-Handy, guck doch mal, die Tasten sind ganz klein.«

»Mama, das Omateil ist völlig veraltet und voll peinlich.«

»Finde ich gar nicht. Und der Preis! Sieh doch!« Ich halte ihm das Omateil unter die Nase. »Ist auch in Ordnung.«

Ich weiß wirklich nicht, was Lucas jetzt wieder hat. Es muss doch nicht immer die neueste Technik sein; diese Technik-Affinität meines Sohnes treibt mich – gelinde gesagt – in den Wahnsinn.

Der Händler schaut etwas hilflos von einem zum anderen.

»Also, ein Ermittlerhandy sieht anders aus.«

Ach, plötzlich brauche ich ein Ermittlerhandy!

»Ich bin schließlich weder Polizistin, noch Privatdetektivin, für meine Zwecke reicht das einfache Handy völlig aus.«

»Okay, Mama, wenn du dich blamieren willst, dann nur zu.«

»So ein Quatsch!«

»Mit dem ollen Ding kannst du nicht mal ins Internet.«

»Ich will damit ja nur telefonieren. Es muss mir weder Spiegeleier braten, noch soll es meine Wäsche waschen können. Ich brauchs zum Telefonieren und das kanns.«

Ich bezahle mein Senioren-Handy und verabschiede mich zuerst vom Verkäufer und dann von meinem Sohn.

Jetzt sitze ich im Schoko-Traum und studiere die superkurze Gebrauchsanleitung. Garantiert hilft mir Lucas bei dem peinlichen Teil nicht weiter, wenn ich nicht weiß, welche Tasten ich drücken muss. Ich finde das Klapphandy eigentlich ganz schick. Nur weil es nicht ins Internet kann, ist es doch noch lange kein Oma-Handy. Es kann sogar fotografieren und das recht gut. Aber ich will mit dem Ding lediglich telefonieren und das nur mit einer einzigen Person, mit Dirk Konradi. Nun, telefonieren reicht nicht, er wird mir höchstwahrscheinlich auch mal eine SMS senden. Bestimmt geht es mir dann wie Steffi, die kann das Handy auch nicht aus der Hand legen, wenn ein neuer Fisch angebissen hat. Aber Konradi ist kein Fisch, er ist ein Mörder, *mutmaßlicher* Mörder, würde Alina sagen. Wenn ich ehrlich bin, glaube ich inzwischen nicht mehr, dass er etwas mit dem Mord zu tun hat. Vielleicht ist er ja tatsächlich nur ein verdammt guter Finanzberater.

Oh Gott, dich hat es tatsächlich megamäßig erwischt!

Die nun wieder, ich tue so, als würde ich sie nicht hören.

Es gelingt mir tatsächlich, das Mobiltelefon einzurichten, mit Klingeltönen und all dem Kram. Als Klingelton speise ich *Tage wie diese* von den *Toten Hosen* ein. Das wird Lucas wieder superpeinlich finden, sobald er es hört. Probeweise simse ich mir selbst von meinem Tanja-Handy auf mein Sabine-Handy. Wenn es klingelt, dann muss ich mich entweder mit *Wilhelm, Sabine* oder mit *Hallo* melden. Vielleicht ist *Hallo* besser, denn bei vollem Schoko-Traum oder an der Ladenkasse im Supermarkt kommt das bestimmt komisch, wenn ich mich mit *Wilhelm* oder *Sabine* melde. *Hallo* ist da doch unverdächtiger. Zur Not werde ich mich die nächste Zeit nur noch mit *Hallo* am Telefon melden, dann kann sich auch kein Fehler einschleichen.

Und dann schicke ich meine erste SMS an Dirk.

Keine zwei Sekunden später läutet das Telefon.

»Sabine. Endlich meldest du dich. Ich muss dich wiedersehen. Unbedingt!«

Ich grinse blöd vor mich hin und meine innere Stimme lästert: *Tanja, der meint nicht dich, der meint das Geld von Frau Wilhelm. Das will der sehen.*

Aber meine Stimmbänder scheint das nicht zu interessieren, sie sagen: »Ja, ich dich auch.«

Ja, ich dich auch! Hallo Tanja, geht's noch? Das ist ein Mörder, okay, mutmaßlicher Mörder, aber trotzdem.

Meine innere Stimme schüttelt unablässig den Kopf, sie hält mich für total durchgeknallt. Ich kanns ihr nicht verdenken.

Mit Dirk verabrede ich mich für morgen Nachmittag.

»Ich hol dich ab. Pack ein Handtuch ein und deinen Bikini.«

Beinah hätte ich *ja gerne* gesagt, zum Glück ist mir noch eingefallen, dass ich nicht in Eberbach wohne, sondern in Heidelberg. Ich teile ihm mit, dass ich in Heidelberg vorher eine gute Freundin im Krankenhaus besuchen müsse und wir verabreden uns um vierzehn Uhr vor dem Eingang des Hauptbahnhofs. Nicht gerade der idealste Treff-

punkt, aber mir ist auf die Schnelle nichts Besseres einge-
fallen. Meine morgige Nachmittags-Schicht im Schoko-
Traum muss Alina übernehmen, schließlich bin ich in
Mission Max unterwegs.

Am Mittag kommen meine Models Steffi und Biggi. Ich
koche heiße Schokolade und schlage Sahne. Heiße Schokolade mit einer Sahnehaube in schönen Tassen macht
sich auf einem Foto verdammt gut aus. Alina stolpert zuerst in den Laden, kurz nach ihr kommt Lucas. Er hat sich
die Profikamera eines Freundes ausgeliehen. Bei techni-
schen Geräten versteht mein Sohn keinen Spaß, da muss
immer alles auf dem neuesten Stand sein. Die Socken zieht
er schon mal mit Loch an und auch ungewaschene Unter-
hosen machen ihm nichts aus. Aber die Technik muss
stimmen. Ich will ja nicht meckern. Ich bin froh, dass er
mit seinen Freunden die Website für den Schoko-Traum
erstellt und auch die Fotos dafür schießt. Ich serviere heiße
Schokolade und Pralinen, Biggi und Steffi sitzen an einem
hinteren Bistrotisch, an dem Tisch davor sitzt Alina, vor
einem Latte macchiato XXL und einem gefüllten Pralinen-
schälchen. Die Bilder werden garantiert megagut.

Das Mörder-Handy piepst und zeigt den Eingang einer
SMS an.

Ich freu mich sehr. Bis gleich! GlG Dirk

Was heißt der Abschlussgruß *glg*? Gut ich grüße? Geil ich
geil? Grüße im Geilen? Ich habe keine Ahnung. Alina klärt
mich auf, dass das kein I wie Ina, sondern ein l, wie liebe
ist.

»Mensch Mama«, sagt sie tadelnd, »das heißt: *Ganz liebe
Grüße*. Manchmal kommst du echt aus dem Muspott.«

Danke! Bin ich aber auch wieder dumm. Ehrlich, darauf
wäre ich nicht so schnell gekommen.

»Ich freu mich auch. GlG Tanja.«

Mein Finger ist schon auf *Senden*, da bemerke ich im al-
lerletzten Augenblick meinen Fehler. Schnell lösche ich

Tanja und schreibe *Sabine*. Jetzt auf *Senden*. Und weg mit dem Ding.

Zuerst steht das Fotoshooting an. Mein Sohnemann fotografiert nicht nur meine Gäste mit der heißen Schokolade in der Hand, mich beim Verkaufen und Servieren, sondern auch einzelne Pralinen und den Laden aus allen nur möglichen Perspektiven. Es sieht sehr professionell aus, was er da veranstaltet. Noch ehe er seine Fotosession beendet hat, greife ich meine Badetasche und verabschiede mich.

»Mama pass bloß auf dich auf. Ich halte das nicht für eine gute Idee, was du da machst.«

Langsam scheint mein Sohn der Vernünftigere von uns beiden zu werden, zumindest hört er sich heute so an. Ich werfe allen meinen Lieben Handküsschen zu und bin dann mal weg. Steffi musste ich versprechen, dass ich ihr eine SMS schicke und darin mitteile, wohin wir zum Schwimmen fahren.

Als ich zum Hauptbahnhof komme, steht Dirk schon dort und lächelt mich an und wie er lächelt.

Er gibt mir Wangenküsschen. Oh, wie süüüß!

Ich glaube, du solltest deinen neuen Beruf als Privatschnüfflerin besser wieder an den Nagel hängen, das ist nichts für dich. Du bist diesem ausgebufften Typen in keinerlei Hinsicht gewachsen.

Meine innere Stimme ist echt die totale Spaßbremse. Ich schreie sie an: *Schnauze Lutscher!* Mann, geht die mir auf die Nerven!

Dirk nimmt mir meine Badetasche ab. Ich wehre mich ein bisschen, aber er lässt nicht locker. Ganz Kavalier. Wir müssen einige Minuten zum Auto gehen.

»Wo fahren wir denn hin?«

»Überraschung!«

Und schon sitze ich in seinem Cabrio und wir lassen uns den Wind um die Ohren wehen.

»See oder Schwimmbad?«, taste ich mich vor.

»See, ich bin kein Schwimmbadtyp. Aber, wenn du unbedingt ins Becken möchtest, das gibt es dort auch.«

»Nee, nee, bin auch kein Schwimmbadtyp.«

Er lacht. Und wie er lacht.

»Heddesheimer Badesee?«

»Lass dich überraschen. Magst du die *Toten Hosen*?«

»Klar. Meine Lieblingsband.«

»Ich wusste, wir beide passen zusammen. Wir können ja mal gemeinsam auf ein Konzert gehen.«

»Abgemacht.«

Habe ich abgemacht gesagt, nee oder? Ich würde wetten, dass wir in Heddesheim landen. Die Richtung stimmt. Schade, wenn ich das gewusst hätte, dann hätte ich meine Eintrittskarten mitgenommen. Ich kaufe immer Zehnerkarten. Seit der diesjährigen Saisoneröffnung war ich mit den Kindern und auch mit meinen Freundinnen schon mehrere Male am Heddesheimer Badesee.

Oh, du Scheiße! Dort treffe ich immer Leute, die ich kenne: Kunden, Schulkameraden von Lucas, Freundinnen von Alina, andere Mütter, Väter und Lehrer aus den beiden Schulen meiner Kinder. Heddesheim ist so nah an Heidelberg, da lässt sich so etwas nicht vermeiden. Was mache ich, wenn die mich mit meinem Nachnamen ansprechen? Oh, Mist, Mist, Mist.

Tja, das hättest du dir vorher überlegen sollen. Weißt du jetzt, warum Polizisten eine Ausbildung haben?

Kann man Privatschnüffler auch lernen, sicherlich gibt es hierzu ein Fernstudium. Für alles gibt es ein Fernstudium. Ich versuche mich, zu beruhigen. Vielleicht fahren wir ja an einen ganz kleinen See irgendwo in der Pfalz oder im Odenwald.

Aber nein, Dirk sagte, dort wäre auch ein Becken.

Und schon parkt er seinen Wagen an der Straße Richtung Ladenburg, denn die Parkplätze am Eingang des Sees sind alle besetzt. Nach den letzten beiden Regentagen wollen heute alle das wunderschöne warme Wetter ausnutzen.

Wir stellen uns in die Schlange an der Kasse. Dirk hat anscheinend keine Zehnereintrittskarten. Ich versuche, mich möglichst unsichtbar zu machen. Wie geht das? Wenn ich das nur wüsste! Auf jeden Fall sehe ich nicht nach rechts oder links, ich blicke stur geradeaus.

Dirk stürmt gleich an den Becken vorbei. »Ich liege immer dort hinten an der zweiten Dusche, hinter dem dritten Baum.«

»Wir liegen immer einen Baum weiter.« Das stimmt. Verrückt! Eigentlich hätten wir uns schon begegnen müssen. Aber hier sind so viele Menschen. Vielleicht sieht mich deshalb auch keiner. Dirk breitet eine große Decke aus und stellt den Picknickkorb drauf. Als Kind habe ich immer von diesen Picknickkörben geträumt. Ich dachte, wenn ich groß bin, dann werde ich so einen haben, einen Picknickkorb, den man aufklappen kann, mit Besteck, Porzellan-Kaffeetassen, Gläsern, einem Kuchen, Kaffee, einer kleinen Flasche Wein, wie bei Rotkäppchen. Dieser Mann lässt meine geheimsten Träume wahrwerden.

Wir haben unsere Straßenkleidung noch nicht ausgezogen, als zwei pickelige Teenager an uns vorbeirennen.

»Hallo, Frau Eppstein!«

»Guten Tag, Frau Eppstein!«

»Hallo ihr zwei«, sage ich.

Scheiße! Scheiße! Scheiße!

Das musste ja passieren!

Dirk sieht mich erstaunt an.

Ausrede? AUSREDE? Wo bist du?

»Das war jetzt witzig, oder?«

Oh Gott! Was sage ich jetzt?

»Wieso nennen die dich *Frau Eppstein*?«

»Also pass auf. Wir sind öfter an diesem See und vor drei Jahren ist mir das zum ersten Mal hier passiert. Da sagte eine ältere Frau: ›Hallo, Frau Eppstein, einen schönen

Gruß an Ihre Mutter.‹ Ich sagte: ›Sie verwechseln mich‹, aber dann kam schon der Nächste und beim Rausgehen grüßte mich wieder jemand mit diesem Namen. Ich hab's dann aufgegeben, es richtigzustellen. Ich meine, soll ich ständig sagen: Ich heiße aber Wilhelm? Das war mir zu doof.«

»Voll krass!«

Das finde ich allerdings auch!

Gib Ruhe!

»Und dann ist mir diese Verwechslung auch einige Male in Heidelberg passiert, da war mir klar, dass ich eine Doppelgängerin haben muss. Und ganz oft haben die Leute meine Mutter grüßen lassen. Vor einem Jahr oder so, stand ich dann am Bismarckplatz an der Ampel Ecke Sofien- und Hauptstraße am Eingang zur Altstadt. Von der anderen Straßenseite her starrte mich eine Frau an, sie konnte ihren Blick gar nicht von mir wenden und dann ging sie mir nach und sagte: ›Darf ich Sie ansprechen? Sie sehen meiner Tochter wie aus dem Gesicht geschnitten ähnlich.‹ Sie war ganz irritiert. Ich sagte ihr dann, dass ich schon oft angesprochen worden sei und ihr von allen möglichen Leuten Grüße ausrichten soll. Sie konnte es nicht fassen. Ihrer Tochter bin ich allerdings noch nie begegnet.«

Na ja, wie auch, du hast dir das Ganze ja gerade eben ausgedacht. Ich wusste nicht, dass du so gut lügen kannst. Alle Achtung!

Innere Stimmen sind schrecklich. *Der Mensch wächst halt mit seinen Aufgaben,* antworte ich ihr.

»Das ist echt ein Hammer. So etwas hab ich noch nie gehört.«

»Ist voll irre. Irre krank, würde Alina, meine To … tolle Nichte, sagen.«

»Wie alt ist deine Nichte?«

»Sie ist fünfzehn; ein Alter, in dem die Eltern schwierig werden.«

Dirk öffnet lachend seinen Picknickkorb. Er hat einen Gugelhupf drin, einen Gugelhupf(!), außerdem Kaffee,

Wein, Cola und Wasser, sogar Milch und Zucker. Gott, dieser Finanzberater denkt an alles.

»Leider nicht selbst gebacken, nur selbst gekauft, aber für dich würde ich auch noch lernen Kuchen zu backen.«

Oh Gott, was macht der Mann schöne Komplimente!

»Du siehst klasse aus in deinem Bikini.«

Der hört ja gar nicht auf mit seinen Komplimenten.

Schleimer!

Ruhe!

Nach dem Genuss des Kuchens und des Kaffees gehen wir in Richtung See zum Schwimmen.

»Hallo, Frau Eppstein, auch hier?«

»Hallo!«

Eine Kundin, ich kenne nicht einmal ihren Namen. Dirk amüsiert sich köstlich darüber.

»Los, Frau Eppstein, wer zuerst am Absperrseil ist.«

Und schon krault er los. Ich schwimme ihm gemächlich hinterher.

Das mit der Ausrede hat ja gut geklappt. Aber ich brauche einen Plan. Ich meine, jeder Ermittler hat doch einen Plan, oder? Was würde Wilsberg an meiner Stelle machen? Er würde sich als Erstes Ekkis Auto leihen und dann … Ach, ich will mir diesen wunderschönen Tag nicht durch irgendwelches Pläneschmieden vermiesen. Ich werde diesen Tag einfach genießen.

Mensch Tanja, Mörderfangen geht anders, ganz anders.

Schnauze!

Damit bringe meine innere Stimme endgültig zur Ruhe.

»Wo bleiben Sie denn, Frau Eppstein?«

»Das gefällt dir. Ja, ja, mach du dich nur über mich lustig«, sage ich gespielt miesepeterisch.

»Sorry, ich kann mir vorstellen, dass dich das nervt, wenn du ständig mit einem falschen Namen angesprochen wirst. Sabine, ich verspreche dir, ich nenne dich nur bei deinem richtigen Namen.«

Kann das sein, dass meine Birne rot wie eine Tomate geworden ist? Auf was habe ich mich da nur eingelassen? Wie komme ich da wieder raus? Will ich das überhaupt?

Gemeinsam schwimmen wir zurück.

Es erscheint, als erheben sich direkt hinter dem See die Berge des Odenwalds, von unserem Platz auf der Decke scheinen die Hügel fast zum Greifen nah. Ich liebe diesen See, er hat ein bisschen etwas vom Meer. Und egal wie viele Menschen sich hier tummeln, man kann immer noch bequem im See schwimmen.

Obwohl wir den ganzen Kuchen verputzen und alles leeren, was Dirk mitgebracht hat, gehen wir später in eine nahe gelegene Pizzeria zum Abendessen und unterhalten uns prächtig. Wobei ich ständig aufpassen muss, dass ich mich nicht verplappere und nicht sage *mein Sohn* oder *meine Tochter*. Ich wusste nicht, wie anstrengend es ist, eine falsche Identität anzunehmen, an jeder Ecke lauern neue Fallstricke. Wie machen das nur diese vielen Menschen in den Zeugenschutzprogrammen?

Wir sitzen bis lange nach Sonnenuntergang im Freien, obwohl es herrlich warm ist, hat sich noch keine Stechmücke hierher verirrt.

Dirk möchte mir sein möbliertes Zimmer in Schwetzingen zeigen, aber ich sage ihm, dass ich dringend nach meiner Mutter sehen müsse. Er fährt mich dann nach Heidelberg, da ich ihm gesagt habe, dass dort mein Auto stehen würde.

»Danke Sabine, für diesen wunderschönen Nachmittag und den Abend.«

Ehe ich mich versehe, drückt er mir einen schnellen Kuss auf den Mund. In meinem Bauch fliegen Tausende Schmetterlinge hoch und runter. Meine Gebärmutter zieht sich zusammen. Mein Körper will mehr, viel mehr. *Gib Ruhe!*, befehle ich ihm, aber der scheint sich nicht um meine Worte zu scheren.

»Ja, es war ein wunderschöner Tag. Danke Dirk.«

Und dann mache ich schnell, dass ich wegkomme, bevor mein Unterleib die Befehlshoheit über mich beansprucht.

Zum Glück sind beide Kinder außer Haus, Lucas ist bei seinen Freunden und Alina wollte mit ihrer Freundin Jana ins Kino. Ich sitze mit einem Krimi in der Hand im Wohnzimmer und grinse dämlich in der Gegend rum. Ich habe mich tatsächlich in diesen Dirk verliebt.

Er ist ein Mörder.

Meine innere Stimme quakt schon wieder dazwischen.

Das ist überhaupt nicht erwiesen, schreie ich ihr entgegen. Und übrigens, Dirk hat heute nicht ein einziges Mal die Worte *Geld* oder *Betongold* benutzt.

Aber das ist doch gerade seine Masche, du dumme Kuh.

Damit könnte sie natürlich nicht ganz unrecht haben, aber ich will ihr nicht glauben. Nein, ich will nicht. Ich will einfach nicht.

Das Telefon läutete Sturm. Steffi! Sie ist stinksauer. Ich sollte doch simsen, wo wir uns aufhalten. Das hatte ich völlig vergessen.

»Mensch, wir haben uns Sorgen gemacht, wir haben schon überlegt, die Polizei einzuschalten.«

»Die Polizei? Seid ihr wahnsinnig, nur weil ich mit einem Mann zum Schwimmen gehe?«

»Du warst mit einem *Mörder* schwimmen, schon vergessen?«

»Das ist doch alles nicht erwiesen. Wer sagt denn, dass er überhaupt etwas mit dem Mord zu tun hat?«

»Mensch Tanja, dich hat es aber mächtig erwischt. Du bist so was von über beide Ohren in diesen Konradi verknallt.«

»So ein Blödsinn.«

Wie kann sie nur auf so etwas Abwegiges kommen? Ich würde mich doch niemals in einen Mörder verlieben.

8

Fünf Kurznachrichten habe ich am nächsten Morgen auf meinem *Mörder-Handy*. Insbesondere aufgrund der überaus netten und charmanten Kurznachrichten, die mir Dirk geschickt hat, beschließe ich, mein Mobiltelefon kurzerhand in *Dirk-Handy* umzubenennen.

So ein Quatsch! Dirk ist doch kein Mörder. Nie und nimmer! Ein Mann, der eine Frau beim ersten Date zum Schwimmen an einen See einlädt und einen Picknickkorb mit einem Gugelhupf mitbringt. Einen Picknickkorb! Und was für einen! Ein Traum von einem Picknickkorb! Ein Traum von einem Mann! Ich sitze am Frühstückstisch vor einer Tasse Kaffee und träume von Dirk. Wenigstens schläft meine innere Stimme noch, die hätte sicherlich ihre fiesen Kommentare dazu abgegeben. Wenn Dirk tatsächlich ein Schwein wäre, das nur mein, beziehungsweise das Geld von Frau Wilhelm, wollte, dann wäre sein Verhalten schon überaus abgebrüht. So handelt nicht einmal ein Mann, der alte Damen über den Tisch zieht. Er hat gestern weder das Wort *Geld* noch das Wort *Betongold* ausgesprochen. Nicht ein einziges Mal. Und auch seine SMS sprechen eine eher verliebte Sprache. Der Typ steht auf mich. Okay, ich auch auf ihn. Bei unserer nächsten Verabredung werde ich ihn über meine wahre Identität aufklären. Danach stelle ich ihm einfach die folgende Frage: Ach sag mal, hast du eigentlich Frau von Lingenthal umgebracht? Und er wird antworten: Spinnst du, ich bring doch niemanden um. Und dann wird das ein für alle Mal zwischen uns geklärt sein und wir beide können uns den schönen Dingen des Lebens widmen.

»Morgen Mama! Schön, dass du noch lebst!«

»Sonst geht's dir gut, ja, mein Sohn?«

»Mama, hör endlich auf mit dem Scheiß. Das kann echt in die Hose gehen, was du da machst. Mensch, der ist doch bestimmt gefährlich. Stell dir doch mal vor, der bekommt raus, dass du gar nicht die bist, für die er dich hält. Was dann? Der tickt doch völlig aus.«

»Das war doch nur ein harmloses Treffen am Badesee, was soll da schon passieren?«

Ich schenke meinem Sohn einen Kaffee ein und stelle eine Dose Pfälzer Leberwurst in seine Reichweite. Er soll essen und trinken und endlich still sein. Der malt ja den Teufel an die Wand.

»Tanja, mit einem Mörder am Badesee. Was da passieren kann? Wie naiv ist das denn? Der Typ drückt dich unter Wasser, du bekommst keine Luft mehr und ersäufst. Du wirst dich nicht mehr mit diesem Mörder treffen!«

Lucas spielt sich ja auf, als wäre er mein Ehemann.

»Der Dirk ist auf keinen Fall ein Mörder, da musst du keine Angst haben.«

»Hab ich aber!«

Ich gebe meinem Filius einen nassen Schmatzer auf die Wange, den er energisch wegwischt.

»Ma-ma, Ma-ma!«

Schnell verschwinde ich unter die Dusche. Zu weiteren Diskussionen habe ich nicht die geringste Lust.

Viel zu lange lasse ich mir das warme Wasser über meinen Nacken und beide Schultern laufen, zum Glück schläft meine Tochter noch, die hätte bestimmt wieder gemotzt: »Mama, das ist nicht sehr ökologisch.« Komisch, ab einem gewissen Alter wollen einem die Kinder sagen, wo's langgeht. Aber noch bin ich die Mutter!

Als ich angezogen aus meinem Zimmer komme, streiten Alina und Lucas. Ich höre gerade noch die Wortfetzen: »Die Alte spinnt doch, die muss gestoppt werden«, natürlich aus Lucas' Mund.

»Meinst du mich, bin ich die Alte, die gestoppt werden muss?«

»Quatsch Mami!« Meine Tochter wirft ihrem Bruder einen tödlichen Blick zu.

»Tanja, das ist doch alles kein Spiel.« Tanja! Mein Sohn sagt *Tanja*. Wenn er mich mit meinem Vornamen anspricht, ist es ernst, sehr erst. Entweder bin ich ihm dann peinlich oder er hat Angst um mich. Im heutigen Fall trifft wohl eher die zweite Aussage zu.

Ich umarme ihn von hinten und drücke ihn ganz fest: »Du musst keine Angst haben. Ich bring mich nicht in Gefahr. Versprochen!«

»Ehrlich, Mama?«

»Ehrlich!«

Lucas will am heutigen Samstag noch einmal mit seinen Freunden an dem Internetauftritt des Schoko-Traums rumbasteln und Alina will mit einigen Freundinnen zum Shoppen. Nachmittags wird Alina mir in der Chocolaterie helfen.

Ich biege von der Schiffgasse in die Hauptstraße ein, als mein *Dirk-Handy* klingelt. Er will mich unbedingt so schnell wie möglich wiedersehen. Will ich ja auch. Wir verabreden uns um fünfzehn Uhr zu einer Wanderung nach Neckargemünd.

Ich schließe mein Geschäft auf und als Erstes rufe ich Alina auf ihrem Handy an. Sie wird rechtzeitig kommen, und mich bis abends im Schoko-Traum vertreten. Das macht sie gerne für ihre mördersuchende Mama.

Als mich Dirk gestern nach meinem Beruf fragte, sagte ich ihm, ich sei in der Werbebranche tätig, zurzeit hätte ich Urlaub, ab der nächsten Woche müsse ich jedoch wieder arbeiten. Ich erzählte ihm etwas von Selbstständigkeit, eigener Hände Arbeit und Freiheit, oder so ähnlich. Eine Frau, die nicht arbeiten müsste, weil ihre Mutter als reiche Witwe Geld und Immobilen zuhauf hat, die aber freiwillig einer regelmäßigen Tätigkeit nachgeht. Das zollte ihm Respekt ab.

Wir vereinbarten als Treffpunkt den Kornmarkt, direkt vor dem Eingang der Bergbahn. Dirk hatte ich mitgeteilt, ich müsse noch einmal meine kranke Freundin in der Klinik am Neckar besuchen. Hatte ich sie gestern Steffi oder Biggi genannt? Keine Ahnung. Wie behalten sich echte Detektive oder Undercover ihre vielen Lügen? Gibt es da Tricks? Bestimmt haben die Dateien, in denen alles abgespeichert ist. Sollte ich mir vielleicht auch anlegen, ohne komme ich jedenfalls ständig ins Schleudern. Ich werde Dirk heute reinen Wein einschenken, er soll wissen, dass ich nicht die reiche Sabine Wilhelm bin, sondern nur eine alleinerziehende Mutter und kleine Selbstständige auf Mördersuche.

Dirk steht schon vor dem Eingang zur Bergbahn. Dieser Mann sieht wieder umwerfend aus. Seine etwas zu langen, blonden Haare stehen verwuselt vom Kopf ab. Klar, das Cabrio! Er trägt ein perlnachtblaues Polohemd, das seine grauen Augen mit den blauen Umrandungen zum Strahlen bringt und eine Designer-Jeans, auf der Nase wieder seine Luxus-Sonnenbrille. Komisch, bei jedem anderen würde ich *Lackaffe* denken, nicht bei Dirk. Er drückt mir wieder einen Kuss auf den Mund.

Sind wir jetzt ein Paar? So richtig sicher bin ich mir da nicht. Von so einem Mann kann *frau* sonst nur träumen.

Alles bloß Fassade, du blöde Kuh, der will doch nur dein Geld oder besser das von Frau Wilhelm.

Ich bringe meine innere Stimme sofort zum Schweigen. Von der werde ich mir diesen wunderschönen Nachmittag mit Dirk nicht verderben lassen.

»Ich muss dir etwas sagen, später.« Sein Blick ist sehr geheimnisvoll.

»Ich dir auch, später«, antworte ich.

Ja! So fühlt sich Glück an.

»Wenn du möchtest, dann nehme ich gerne die Sachen aus deinem Rucksack bei mir rein, dann hast du kein Gepäck.«

»Macht dir das nichts aus, auch noch mein Zeug schleppen zu müssen?«

Für alle Fälle habe ich eine Flasche Wasser, eine dünne Jacke und einen Taschenschirm eingepackt. Das Wetter ist schön, aber am Himmel sind einige Wölkchen und in der Nacht kam es zu Starkregen und einem heftigen Gewitter.

»Gib schon her.«

Dirk packt meinen schwarzen Rucksack in seinen großen.

Auf diese Idee wäre Oliver niemals gekommen, ganz im Gegenteil, der hätte mir seine Kamera, seine Jacke und eine große Flasche Cola in meinen Rucksack gesteckt und hätte nicht einmal gefragt, ob er ihn tragen soll.

Mit der Bergbahn fahren wir über die Zwischenstation *Schloss* zur *Molkenkur*. Ich liebe die Fahrten mit der Bergbahn, obwohl ich diese schon unzählige Male mit meinen Kindern und auch mit meinem Ex unternommen habe.

»Weißt du, dass hier oben die zweite Burg Heidelbergs stand?« Dirk schüttelt den Kopf. »Sie wurde 1537 durch einen Blitzschlag zerstört.«

Von der Aussichtsplattform der Bergbahn genießen wir den grandiosen Blick auf Heidelberg, unser Panorama erstreckt sich über den Odenwald und die Rheinebene. Heute kann man besonders weit sehen.

»Ich war schon zweimal hier oben, aber mit dir ist es am Reizvollsten.«

Oh, der fängt schon wieder mit seinen Komplimenten an.

Wir gehen am *Märchenparadies* vorbei und an der *Sternwarte*. Als wir den *Alten Hilsbacher Weg* langspazieren, lenkt Dirk das Thema geschickt auf die Finanzkrise und die immer höher steigenden Immobilienpreise.

»Aber auch in Deutschland kann es doch zu einer Immobilienblase kommen«, werfe ich laienhaft ein.

Dirk erklärt mir, warum dies angeblich bei uns auf keinen Fall passieren könne.

»Die Kreditvergabe in Deutschland ist viel sicherer als in den USA. Dort haben die Leute einfach Häuser ohne Sicherheiten gekauft und die Banken haben das alles voll mit Krediten finanziert. Bei uns ist das anders. Hier musst du erst mal Sicherheiten auf den Tisch legen, die Banken finanzieren nur, wenn sie ihr Geld auch zurückbekommen.«

Meinen Einwand, dass auch bei uns Kredite durch Banken immer einfacher vergeben würden, fegt er mit einer Handbewegung weg. Na gut, er muss es ja wissen, schließlich ist er der Finanzexperte.

Beinah hätten wir die Abzweigung *Schützenhausstraße* verpasst, weil ich nur noch Augen für Dirk habe.

Inzwischen berichtet er mir über verschiedene Immobilien, zu deren Kauf er meiner Mutter raten könne. Im Gegensatz zu gestern ist er heute ganz Finanzberater. Schade, eigentlich. Der Dirk von gestern hat mir besser gefallen, viel besser. Ich überlege, ob ich meine Tarnung tatsächlich lüften soll. Vielleicht ist es besser, die Geschehnisse noch etwas aus der Deckung zu beobachten. Obwohl –, sicher, dass Dirk kein Mörder ist, bin ich mir auf jeden Fall.

»Was wolltest du mir eigentlich sagen, später?«

»Ach so, ja, dass wir unbedingt einen Termin zur Besichtigung der Immobilien ausmachen müssen, sonst sind die Filetstücke alle weg und das wäre doch schade.«

Ach so! Was hatte ich erwartet? Dass er mir die große Liebe gesteht?

»Hat das nicht noch etwas Zeit?«

»Ehrlich Sabine, du solltest jetzt zeitnah handeln. Ihr dürft euch nicht zu viel Zeit lassen, die besten Wohnungen sind sonst alle verkauft und bei den restlichen geht der

Bauträger mit dem Preis in die Höhe. Das macht der immer so. Ist ganz normal.«

»Wo sind denn diese Immobilien?«

»Wie gesagt, da gibt es viele verschiedene Möglichkeiten. Ihr könnt hier in Heidelberg kaufen, aber derzeit kommen auch äußerst interessante Objekte in Berlin, Dresden oder München infrage.«

»Hm.«

»Ach ja, Frankfurt, da geht auch noch was.«

»Frankfurt?«

»An der nördlichen Peripherie habe ich ein äußerst lukratives Angebot im Portfolio. Hättet ihr daran Interesse? Dann kann ich ja gleich mal die Termine in Heidelberg und Frankfurt klar machen für nächste Woche.«

»Das ist nicht so günstig, ich meine, ich muss dann wieder arbeiten. Nach dem Urlaub kann ich mir nicht gleich wieder freinehmen.«

»Die Termine in Heidelberg kann ich auf deine Mittagspause legen, wo ist denn dein Büro genau?«

»Ähm …, in der Altstadt, Nähe Heiliggeistkirche.«

Er findet, das sei perfekt, eine Stunde reiche aus.

»Und für Frankfurt habe ich eine tolle Idee, da könnten wir doch zusammen nächstes Wochenende hinfahren.«

Am nächsten Samstag muss Alina den Schoko-Traum schmeißen. Ein Wochenende mit Dirk! Ich lecke mir über die Lippen. Ja, das stelle ich mir schön vor.

»Ich hole dich Samstagmorgen ab und am Sonntagabend bist du wieder zu Hause. Wie findest du das? Wir können uns ein Zimmer in einem kleinen aber feinen Hotel nehmen, vielleicht in Königstein.«

»Das ist im Taunus, oder?«

Über unseren Weg huscht ein Eichhörnchen und klettert behände den Stamm einer alten Eiche empor. Wir bleiben stehen und sehen ihm nach, bis es in der Baumkrone verschwunden ist.

»Sabine, ich mag dich. Ich bin gern mit dir zusammen.« Dirk bleibt stehen und ich blicke in seine großen grauen Augen.

»Ich mag dich auch.«

Und dann küssen wir uns. Erst ganz zart und dann immer wilder. Ich weiß nicht, was passiert wäre, wenn da nicht diese Großfamilie mit mehreren Kindern an uns vorbei gegangen wäre.

Dirk lächelt mich an und nimmt meine linke Hand in seine rechte, als wir weitergehen.

»Was wolltest du mir eigentlich sagen?

»Ach, ähm, dass es mir gestern sehr gut gefallen hat in Heddesheim. Und dein Picknickkorb, der war der Hammer. Von so einem habe ich schon als Kind geträumt.«

Dirk lacht, ein wunderschönes, glucksendes Lachen. Dann nimmt er mich in den Arm und drückt mich fest an sich.

Ich bin unsicher, ob ich meine Tarnung aufgeben soll. Tief in mir ist da so ein ungutes Gefühl, das ich mir selbst nicht erklären kann. Ich beschließe, das nächste Wochenende im Taunus abzuwarten, dort haben wir Zeit und können reden.

Nach fast zweistündiger Wanderung sitzen wir in Neckargemünd in einem Restaurant mit Blick auf den Neckar und lassen uns beide eine Schlachtplatte schmecken. Die Leberknödel sind spitze. Auch Dirk scheint es zu schmecken, allerdings bringt er immer wieder die Wichtigkeit von Immobilien ins Spiel.

Danach fahren wir mit der S-Bahn zurück nach Heidelberg und gehen zum Kornmarkt, da Dirk sein Auto dort im Parkhaus abgestellt hat.

»Wir fahren kurz nach Schwetzingen, in mein Zimmer. Dort liegen die Prospekte für die Immobilien, die gebe ich dir mit, für dich und deine Mutter.«

Gleich als wir losgingen, erkundigte sich Dirk nach dem Wohlbefinden meiner Mutter. Na gut, vielleicht nicht ganz uneigennützig. Aber er ist schon sehr aufmerksam. Als ich einmal kurz fröstelte, holte er ungefragt meine Jacke aus seinem Rucksack und hängte sie über meine Schultern.

Wir fahren über die Ringstraße und Speyerer Straße auf der B 535 nach Schwetzingen. Zwanzig Minuten nach dem wir losgefahren sind, parkt Dirk seinen Wagen auf einem Anwohnerparkplatz vor einem dreistöckigen Altbau nahe der Fußgängerzone.

»Ich habe hier ein möbliertes Appartement.«

Das Zimmer ist aufgeräumt, das Bett sieht frisch bezogen aus.

»Sabine, ich würde gerne mit dir …, du weißt schon.«

»Äh, ich weiß nicht, ich glaube, ich bin noch nicht so weit.«

Verdammt, ich könnte dem Typ die Kleider vom Leib reißen, warum stammle ich einen derartigen Quatsch. Ich bin sooo weit. Und wie weit ich bin! Ich komme garantiert in Nullkommanix Sekunden.

Klar, dieser Mörder geilt dich auf.

Nein, meine innere Stimme ertrage ich jetzt nicht.

Mein Traummann verschwindet im Badezimmer.

Ich muss mich entscheiden, und zwar schnell. Will ich oder will ich nicht? Warum eigentlich nicht? Wenn Dirk und ich nächstes Wochenende gemeinsam in einem Zimmer übernachten, dann wird es mit hundertprozentiger Sicherheit passieren.

Dirk kommt aus dem Bad zurück. Jetzt verschwinde ich kurz zum Frischmachen.

Auf dem Klodeckel sitzend denke ich: Warum also sollten wir nicht gleich zur Sache kommen? Wo ist mein Problem? Ich habe keines und verlasse erwartungsvoll das kleine Bad.

Dirk geht auf mich zu, sanft streicht er mir eine Haarsträhne aus meinem Gesicht und küsst mich und wie er mich küsst. Zuerst auf meine Wangen, meine Nase, meine Augenbrauen und dann endlich auf meinen Mund. In meinem Bauch trudeln tausende Schmetterlinge auf und nieder. Langsam steige ich aus meinem Kleid. Dirk entledigt sich mit einem Griff seines Polo-Hemdes und reißt sich seine Jeans und seine Unterhose vom Leib. Gekonnt öffnet er meinen BH.

Sein lüsterner Blick macht mich wahnsinnig an. Endlich mal wieder ein Mann, der mich begehrt.

Das Geld von Frau Wil …

Nein! Ich lasse sie nicht ausreden, heute bin ich dran. Ich will meinen Spaß. Jetzt!

Dirk öffnet die oberste Schublade seines Nachtschränkchens und befördert eine Packung Kondome hervor. Drei Kondome packt er aus und legt sie griffbereit auf den Nachttisch.

Na, der hat ja eine Menge vor.

Wir legen uns nebeneinander ins Bett. Ich spüre sein Verlangen, rieche den Duft seiner Haut. Wie gut dieser Mann riecht, wie zarte Frühlingsblumen am Abend. Ich will ihn! Ja, ich will!

Zärtlich nuckelt Dirk an meiner rechten Brustwarze, mit zwei Fingern zwirbelt er meine linke Brustwarze und mit der anderen Hand geht er nach unten auf Tuchfühlung. In meiner Gebärmutter scheint jemand ein Feuerwerk zu entfachen.

Ich könnte wahnsinnig werden vor Glück.

Wann hatte ich zum letzten Mal Sex? Nein, daran möchte ich jetzt nicht denken.

»An Tagen wie diesen …«

Ich denke zunächst, die *Toten Hosen* singen in meinem Kopf, vor Freude. Es dauert einen langen Augenblick, bis ich registriere, dass es mein Handy ist, das dudelt. Zunächst ignoriere ich es. Es soll still sein. Sofort! Da werde ich jetzt nicht rangehen. Auf keinen Fall! Aber nachdem die Melodie zum dritten Mal von vorne zu dudeln beginnt, denke ich, es muss ein wichtiges Telefonat sein. Vielleicht ist etwas passiert, mit Alina oder Lucas?

Dirk lächelt mich liebevoll an und sagt gütig: »Macht nichts. Sabine, geh ruhig ran.«

»Sorry.«

Ich stehe auf, umständlich fische ich das Handy aus meinem Rucksack.

»Mama, du musst unbedingt sofort nach Hause kommen«, sagt Alina. »Deine Freundin Biggi sitzt hier und flennt Rotz und Wasser.«

»Was ist denn los?«

»Keine Ahnung, ich glaube, es geht um ihre Tochter. Ich wusste gar nicht, dass Biggi eine Tochter hat.«

»Ich bin in dreißig Minuten da.«

»Ist was passiert?«, will Dirk wissen.

»Es ist etwas mit meiner Freundin Biggi.«

»Hoffentlich nichts Ernstes, deine Freundin liegt nicht im, im …«

»Nein, nein, sie liegt nicht im Sterben. Die Operation ist gut verlaufen, die augenblicklichen Probleme sind wohl eher psychisch, aber ich muss da hin. Auf der Stelle.«

»Verstehe. Ich fahre dich. In welches Krankenhaus müssen wir?«

Wir lesen unsere Klamotten vom Boden auf und ziehen uns an.

»Ins …«, wie heißt das doch gleich, »ins Krankenhaus St. Vincentius. Das ist in der Unteren Neckarstraße.«

Dieses Krankenhaus liegt in unmittelbarer Nähe zu unserer Wohnung.

Schweigend fahren wir Richtung Heidelberg.

»Du machst dir Sorgen um deine Freundin?«

»Allerdings. Große Sorgen.«

Das ist wenigstens mal nicht gelogen.

Als Dirk mich vor der Klinik für Innere Medizin absetzt, will er wissen, ob er mitkommen soll? Ich lehne dankend ab. Schnell verabschiede ich mich und renne in das Krankenhaus, als ginge es tatsächlich um Leben und Tod.

Da ich hier schon einmal eine Nachbarin besucht habe, kenne ich mich etwas aus und biege hinter dem Eingang gleich rechts ab, denn dort geht es zur Hintertür. Aus einem mir unerfindlichen Grund ist diese heute verschlossen. Daher drehe ich der kleinen Vorhalle noch eine Runde und blättere interessiert in einem Prospekt, bevor ich die Klinik wieder verlasse. Dirks Auto ist nicht mehr zu sehen. Ich renne nach Hause.

Biggi scheint sich inzwischen etwas beruhigt zu haben. Sie spielt mit Alina und Lucas das Kartenspiel *Phase 10 Master*.

So schlimm kann es also nicht sein. Und dafür vermasselt die mir meinen ersten Sex mit Dirk. Ich schließe die Wohnzimmertür etwas zu laut und werfe meine Tasche mit Schmackes in die Ecke.

»Biggi, wer ist gestorben?«, frage ich alles andere als mitfühlend.

Jetzt fängt sie wie auf Kommando wieder an, zu schluchzen. Ich verstehe immer nur: »Meine Tochter, meine Tochter.«

Ich ziehe Biggi in mein Zimmer, damit wir uns ungestört unterhalten können.

»Ich habe meine Tochter im Internet gefunden. Ich weiß jetzt, dass sie in Hamburg wohnt. Was macht die denn in Hamburg?«

»Das ist doch gut, dass du jetzt weißt, wo Sarah wohnt, dann kannst Kontakt zu ihr aufnehmen.«

»Nee!«

»Biggi, du bist die Mutter. Du bist die Klügere. Melde dich doch bei ihr. Du musst ihr verzeihen.«

»Das sagt ja gerade die Richtige. Im Verzeihen und Erste-Schritte-Machen bist du ja Expertin. WIE lange hast du keinen Kontakt mehr zu deiner Schwester?«

»Das tut doch jetzt nichts zur Sache.«

»Doch, tut es wohl.«

»Ich habe seit zwanzig Jahren nicht mehr mit Yvonne gesprochen. Ja, vielleicht ist das ein Fehler. Und wenn das so ist, dann musst du ja nicht den gleichen Fehler begehen. Das mit meiner Schwester war eine ganz andere Situation. Sarah ist deine Tochter. Und das mit deinem Mann, das ist doch alles schon so lange her. Wie lange eigentlich?«

Falsche Frage! Biggi liegt tränenüberströmt in meinen Armen. Sie schnieft und schnieft. Warum nur weinen in der letzten Zeit die Menschen in meiner Nähe so viele Tränen?

»Er hat sich vor sieben Jahren umgebracht. Wie soll ich denn zu ihr Kontakt aufnehmen? Sie hat mir die alleinige Schuld an seinem Tod gegeben. Ich meine, wie kann man seiner Mutter die Schuld am Tod des Vaters geben, wenn der depressiv war. Der war krank, psychisch krank, und das schon seit Jahren. In unserer Beziehung lief schon lange nichts mehr. Unter normalen Umständen hätte ich mich lange Zeit vor seinem Selbstmord von ihm getrennt. Aber ...«

Ich reiche Biggi eine neue Packung Papiertaschentücher. Dieses Drama kenne ich zur Genüge, aber so etwas muss man sich als beste Freundin immer und immer wieder anhören.

»Als Ehefrau kannst du doch deinen Mann nicht alleine lassen, wenn er krank ist. Meine Tochter hätte mir im Fall einer Trennung garantiert erst recht die Schuld an seinem Selbstmord gegeben. Aber eigentlich war es egal. Es hätte ja nicht schlimmer kommen können.«

»Wie alt ist Sarah inzwischen?«

»Achtundzwanzig.«

»Wie hast du sie denn gefunden?«

»Ich gebe ihren Namen schon seit geraumer Zeit immer mal wieder ins Internet ein. Steffi hatte ja schon lange angeboten, Sarahs Adresse zu ermitteln, das wäre für sie ja kein Problem gewesen. Das habe ich abgelehnt, weil ich dachte, Sarah würde irgendwann ihren Fehler einsehen und sich von selbst melden. Na ja, und jetzt habe ich immer wieder ihren Namen ins Internet eingegeben. Und plötzlich war da ein Foto von ihr. Sie arbeitet in einem Reisebüro in Hamburg. Vielleicht bin ich schon Oma und weiß es nicht einmal.«

»Hast du versucht, ihre Anschrift oder Telefonnummer ausfindig zu machen?«

»Klar! Geheimnummer, sicherlich will sie nicht, dass ich sie finde.«

»Könntest du nicht auch über deine Arbeitsstelle ihre Anschrift rauskriegen?«

»Ja, schon, aber sie will ja nicht gefunden werden.«

»Na ja, immerhin hat sie ein Foto von sich ins Internet gestellt, wenn sie auf keinen Fall gefunden werden wollte, dann hätte sie das sicherlich nicht getan.«

»Vielleicht hast du recht.«

»Du kannst doch jetzt in Ruhe überlegen, wie du weiter vorgehen möchtest.«

»Es ist nur so vieles wieder hochgekommen. Ich bin dann einfach schnell zu dir gefahren. Alina hat gesagt, du wärst wieder mit diesem Mörder unterwegs.«

»Ach, das ist doch Quatsch. Der Konradi, der ist nicht Frau von Lingenthals Mörder. Nie und nimmer!«

»Mensch Tanja, du hast dich voll in den verguckt. Das ist doch gefährlich. Ich meine, vielleicht ist dein Blick derzeit durch eine rosarote Brille verklärt, und wenn du wieder klarsehen kannst, dann ist es eventuell schon zu spät, weil er dich um die Ecke gebracht hat.«

Jetzt fängt die auch noch an.

»Oh Birgit, ich glaube, du siehst zu viele Krimis.«

Meine Freundin wühlt aus ihrer großen Handtasche die Tarot-Karten hervor.

»Soll ich dir mal die Karten legen?«

»NEIN DANKE! Untersteh dich!«

»Dann lege ich die mir jetzt selbst.«

9

Am Montagmorgen machen sich meine beiden Kinder nach einem schnellen Frühstück in Richtung Feriennachhilfe auf.

Samstagabend hatten wir drei, nachdem Birgit nach Hause gefahren war, noch lange zusammengesessen. Alina und Lucas wollten zunächst alles über Biggis Tochter wissen, sie nahmen großen Anteil an ihrem Schicksal. Später schmiedeten die beiden Pläne für ihre eigene Zukunft. Alina sagte, sie wolle nach ihrer Mittleren Reife entweder eine Ausbildung als Erzieherin beginnen oder gleich das Fachabitur nachholen. Lucas ist sich nach wie vor nicht sicher, ob er den Weg seines Vaters als Jurist einschlagen oder lieber ein Informatikstudium beginnen soll. Ich werde den beiden auf keinen Fall reinreden, sie sollen sich selbst für ihren Beruf entscheiden können. Noch vor einem Jahr wäre eine solche Unterhaltung mit den Kindern unmöglich gewesen, sie hätten beide nur gesagt: »Kein Bock auf Zukunft. Wie soll ich denn wissen, was in ein paar Jahren sein wird.« Und ihre ganze Lebenszeit mit Arbeit zu vergeuden, konnte sich weder Alina noch Lucas vorstellen. Meine Kinder werden erwachsen. Auf der einen Seite ist das sehr schön und ich freue mich, aber auf der anderen Seite bemerke ich auch, dass mir das Loslassen ganz schön schwerfällt.

In der letzten Woche habe ich meine Chocolaterie etwas vernachlässigt. Daher mache mich heute am Sonntag gleich auf in den Schoko-Traum. Das Schoko-Peeling ist aus, auch meine Pralinen und Trüffel in Eigenkreation gehen zur Neige. Die meisten Pralinen beziehe ich von einem Großhändler, aber ein kleines Sortiment stelle ich selbst her. Und damit dies auch so bleibt, werde ich sicherlich über fünf Stunden in der kleinen Küche des Schoko-Traums herumwerkeln. Als Erstes fertige ich meine Schoko-Traum-Trüffel, die seit dem Eröffnungstag der Renner sind. Für die Ganache, die in die Vollmilch-Schokoladen-Hohlkörper gefüllt wird, koche ich zunächst die Sahne mit Vanillemark und Glukosesirup auf. Jetzt temperiere ich die Vollmilch-Kuvertüre auf 40-45 Grad, lasse sie auf 26 Grad abkühlen, um sie dann erneut besonders vorsichtig auf 30-32 Grad zu erhitzen. Jetzt gebe ich etwas Butter dazu und verrühre die temperierte Schokolade mit der Vanille-Sahne. Die Flüssigkeit lasse ich abkühlen, bevor ich sie in eine kleine Plastikflasche gießen werde, um damit die Hohlkörper zu füllen. Es riecht herrlich. Ich liebe es, mit Kuvertüre zu arbeiten, die einen höheren Anteil Kakaobutter enthält als Schokolade.

Während der Abkühlzeit richte ich schon die Hohlköper-Schalen aus Zartbitterschokolade für die Cappuccino-Pralinen. Zudem habe ich vor, heute noch Schoko-Knusper-Cornflakes herzustellen, die kleinen Schoko-Berge mag Alina in allen Varianten, in weißer, Vollmilch- und Zartbitterschokolade. Leider ist mein Temperier-Automat defekt, daher muss ich heute mit einem Thermometer in einer Edelstahlschüssel auf der Herdplatte arbeiten. Ich bin so beschwingt von gestern, dass mir das alles nichts ausmacht. Immer wieder muss ich an Dirk denken. Er ist schon ein ganz besonderer Mann. Zu schade, dass wir beide gestern nicht zur Sache kamen. Ich hatte sehr, sehr große Lust mit Dirk zu schlafen. Aber: Das nächste Wochenende verbringen wir ja zusammen in Königstein und Frankfurt. Eines weiß ich ganz genau, mein Handy werde ich dann ausschalten. Weder Biggi, noch sonst wer wird uns dort stören. Oh Mist, jetzt habe ich eine oder zwei Minuten geträumt und nicht auf das Thermometer geachtet, die weiße Kuvertüre habe ich somit auf fast 60 Grad erwärmt. Nichts mehr zu machen, das ist eindeutig zu hoch gewesen. Da werde ich wohl von vorne beginnen müssen. Warum muss ich auch immer an diesen Dirk denken? Dieser Mann hat mich schon mächtig beeindruckt. Nie und nimmer ist der ein Mörder! Am nächsten Wochenende werde ich meine Tarnung lüften. Ich möchte Dirk nichts mehr vorspielen, er soll wissen, wer ich bin und warum ich mich an ihn rangemacht habe. Rangemacht! Ich schmunzle vor mich hin. Habe ich mich an ihn rangemacht? *Rangewanzt* würde Lucas sagen. Beinah hätte ich schon wieder nicht auf die Temperatur geachtet. Ich muss mich auf das Temperieren konzentrieren. Warum nur ist das heute so schwer?

Danach gönne ich mir erst mal einen Latte macchiato. Ich sitze an einem kleinen Bistrotisch im geschlossenen Laden und erwische mich dabei, dass ich schon wieder von Dirk träume.

Jetzt ist aber Schluss! Ich trinke den Kaffee aus und begebe mich in die Küche zurück, dort rühre ich noch ein Kilo Schoko-Peeling an.

Für heute reicht es.

Am nächsten Morgen begebe ich mich früher als sonst in den Schoko-Traum, denn die Pralinen vom Vortag müssen mit Kuvertüre luftdicht verschlossen werden.

Es riecht köstlich schokoladig. Diesen Geruch liebe ich. Genüsslich schiebe ich mir einen frischen Schoko-Traum-Trüffel in den Mund. Ich lutsche zunächst an der Praline, dann ergießt sich die sämige Schoko-Sahne-Füllung in meine Mundhöhle. Herrlich! Die Pralinen sind gestern besonders gut gelungen. Obwohl ich immer die gleichen Zutaten in entsprechender Menge verwende, variiert der Geschmack jeweils um Nuancen. Irgendwie scheint hierbei nicht nur die Qualität der Zutaten eine Rolle zu spielen, sondern auch meine eigene Tagesform.

Um halb zehn schließe ich die Chocolaterie auf.

Kurze Zeit später kommt Frau Langguth-Staufer mit ihren Zwillingen Emma-Lena und Paul-Luka. Die Kids sind zweieinhalb und sehr süß, aber auch sehr quirlig, wenn sie das Geschäft verlassen haben, muss ich immer aufräumen und meist einiges aussortieren, welches nicht mehr zum Verkauf geeignet ist.

Ich gehe rasch in die Küche, um für uns alle heiße Schokolade zuzubereiten. Die vier Tassen stelle ich dann auf einen Bistrotisch.

»Frau Eppstein, ich bin so froh, dass Sie mir zur Anti-Kummer-Schokolade geraten haben. Ich schlafe jetzt viel besser ein. Die Zwillinge scheuchen mich nachts immer noch oft aus dem Bett, da ist es wichtig, dass ich danach wieder meinen Schlaf finde.«

Das freut mich, wenn ich meinen Kunden ein klein wenig helfen kann.

Die Kinder-Monster bleiben genau zwei Minuten am Tisch sitzen, dann beginnen sie damit, die Tische in der Mitte abzuräumen. Im Gegensatz zu Frau Langguth-Staufer versetzt mich das etwas in Unruhe, vor allem, da die kleinen Süßen alles, was sie in ihre Händchen nehmen, entweder in ihr Mündchen stecken oder damit beginnen, die Süßigkeiten auszupacken, in beiden Fällen kann ich die Spezialitäten nicht mehr verkaufen. Ich gehe zu den beiden und schenke jedem einen Schoko-Lolli. Damit sind sie erst einmal beschäftigt.

Frau Langguth-Staufer lässt sich noch zwei Pralinen-päckchen zusammenstellen, eines für sich und eines als Mitbringsel.

Nachdem die drei den Laden verlassen haben, kontrolliere ich die Schokoladen-Spezialitäten auf dem Tisch. Heute hatte ich Glück, die Schokoladen-Lollis haben mir einen guten Dienst erwiesen. Alles ist heil geblieben.

Steffi trudelt in ihrer Mittagspause als Erste im Geschäft ein. Sie ist völlig genervt von einer Kollegin, die ihr immer die ganze Arbeit zuschustert.

»Manchmal könnte ich eine Bombe in das Einwohnermeldeamt werfen. Man könnte meinen, diese Tussis würden für den Zickenkrieg bezahlt, den sie austragen und nicht für ihre Sachbearbeitertätigkeit. Ich könnte dieser Ilse echt an die Gurgel gehen.«

»Ich glaube, Steffi, ich würde dir heute nicht zu einem Kaffee raten, sondern zu einer heißen Anti-Kummer-Schokolade, dazu zwei Pralinen Schoko-Traum.«

»Das klingt gut. Haben! Haben! Sofort!«

Ich koche gleich eine Tasse für uns beide und auch eine für die Dritte in unserem Bunde. Während ich im brodelnden Topf rühre, bringe ich Stefanie auf den neuesten Stand bezüglich Biggi und ihrer Tochter. Steffis Wunsch, alles über die Ermittlungen an der Mörderfront zu erfahren, ignoriere ich beharrlich.

Birgit kommt, sie hat sich inzwischen wieder etwas gefangen. Sie möchte immer noch keinen Kontakt zu ihrer Tochter aufnehmen. Es gelingt Stefanie und mir nicht, sie vom Gegenteil zu überzeugen. Steffi könnte die Adresse von Birgits Tochter mit einem Anruf rauskriegen. Sie muss aber versichern, dass sie die Anschrift auf keinen Fall in Erfahrung bringen wird. Wie ich meine Freundin kenne, wird die sich nicht daran halten, dafür ist sie viel zu neugierig.

»Ich will, dass meine Tochter sich bei mir entschuldigt.«

»Dann gib ihr doch die Möglichkeit dazu«, schlage ich vor.

»Mensch Tanja, ich habe dir vorgestern schon gesagt, dass du ja wohl *die* Expertin in Sachen Verzeihen bist. Du hast zwanzig Jahre keinen Kontakt zu deiner Schwester und dann willst du mir was erzählen.«

»Na ja, von Tanja kannst du immerhin lernen, wie man es nicht macht«, gibt Steffi zu bedenken.

Etwas eingeschnappt halte ich mich zurück. Das mit meiner Schwester kann man doch nicht mit Biggis Situation vergleichen. Und schon hacken beide auf mir herum, aber nicht wegen meiner Schwester, sondern wegen Dirk.

Biggi rollt die Augen: »Die ist doch völlig in diesen Konradi verschossen.«

»Liebe Tanja, das weiß doch jedes Kind, dass man nicht mit einem Tatverdächtigen, gegen den man ermittelt, in die Kiste springt.«

»Sehr witzig, ihr beiden. Im Gegensatz zu dir, Steffi, springe ich mit niemanden gleich in die Kiste. Nur weil ich mit dem am Badesee und beim Wandern war, habe ich doch noch lange keinen Sex mit dem.«

»Wie, ihr habt immer noch nicht?«

Nein, verdammt, immer noch nicht, möchte ich schreien.

Biggi gibt noch eins drauf: »Tanja, dieser Konradi ist ein Mörder. Ich verstehe, dass das irgendwie aufregend ist.«

»Du kannst die Sache ruhig beim Namen nennen, Biggi, dass der Typ ein Mörder ist, macht unsere Tanja rattenscharf.«

»Mensch Mädels, das ist völliger Quatsch. Erstens ist der Dirk kein Mörder, nie und nimmer, und zweitens habe ich nichts mit dem.«

Leider! Da war am Samstag Biggi vor.

»Also jetzt mal Klartext. Ich habe dich noch nie so verliebt gesehen. Du bist verknallt in diesen Mörder. Und wie! Das ist auch der Grund, warum du nicht mehr klar denken kannst. Das ist halt so, in diesem Zustand.«

»Steffi, ich bin in keinem Zustand!«

So langsam nerven mich die beiden beachtlich, daher bin ich mehr als froh, als die Mittagspause meiner Freundinnen vorüber ist und sie sich trollen. Da denkt man, dass man sich auf seine Freundinnen verlassen kann und dann fallen die einem derart in den Rücken. Wer solche Freunde hat, braucht keine Feinde.

Nachdem die beiden weg sind, checke ich mein *Dirk-Handy*. Er wünscht mir einen wunderschönen ersten Arbeitstag nach meinem Urlaub. Und – er vermisst mich. Ich simse sofort zurück.

Am Dienstagmittag schließe ich sehr früh meinen Schoko-Traum. Ich habe mich mit Dirk in einem Kaffeehaus und Restaurant in der Hauptstraße verabredet. Ich gehe früh los, damit ich einen Platz in einem der hinteren Räume für uns besetzen kann, damit mich niemand sieht, der mich kennt.

Ich öffne die Tür und mein Blick fällt auf Dirk. Er sitzt im vorderen Raum an einem großen trapezförmigen Tisch, direkt hinter ihm in einer Nische steht die lebensgroße Statur der Justitia. Na, wenn das mal kein schlechtes Omen ist! Dirk lächelt mich an. Ich setzte mich ihm gegenüber an die schmale Seite des Tisches. Das, was ich sehe, irritiert mich: Dirk mit der Justitia im Hintergrund. Allerdings habe ich durch meinen Sitzplatz, der mich völlig auf Dirk fokussiert, den Vorteil, dass man mich nur von hinten sehen kann und mich daher hoffentlich niemand erkennen wird.

Dirk lächelt und wie er lächelt.

Da wir nicht viel Zeit haben, suchen wir uns aus der Kuchenauslage jeder ein Stück Torte aus und bestellen dazu Latte macchiato. Beim Essen erläutert mir Dirk den Verkaufsprospekt der Immobilien.

Als wir das Lokal verlassen, kommt mir Frau Langguth-Staufer mit ihrem Zwillingskinderwagen entgegen. Sie ist dabei, mich stürmisch zu begrüßen, als ich ihr, hinter Dirks Rücken, verschiedene Zeichen gebe. Ich lächle ihr nur zu und gehe schnell weiter. Das ist noch einmal gut gegangen.

Wir fahren in die Weststadt. Hier zeigt mir Dirk eine Baustelle, auf der ein moderner Komplex mit zahlreichen Luxus-Wohnungen hochgezogen wird. Wir können nur von außen schauen. Aber das sieht schon sehr imposant aus. Ich könnte mir durchaus vorstellen, hier eine oder zwei Wohnungen zu kaufen. Mir fällt gerade noch rechtzeitig ein, dass mir hierzu leider das nötige Kleingeld fehlt. Manchmal vergesse ich, dass ich nicht Sabine Wilhelm bin, dann gehe ich ganz in meiner Rolle auf. So muss es guten Schauspielern ergehen.

Danach fahren wir noch rasch in die Bahnstadt. Hier wurden in den letzten Jahren zahlreiche Häuser mit modernstem Ökostandard erbaut. Dirk erklärt, dass die meisten Heidelberger der Bahnstadt zunächst skeptisch gegenübergestanden hätten, aber inzwischen seien alle begeistert.

»Aufgrund der großen Nachfrage wurden die geplanten Bauabschnitte in der Bahnstadt um zwei Jahre vorverlegt.«

Wenn wir hier kaufen möchten, dann müssten wir uns beeilen, von wegen Filetstückchen und so. Wir müssten uns aber nicht sofort auf ein Objekt festlegen. Ich soll mir am Wochenende noch die Wohnungen in Frankfurt ansehen und dann sollten wir gemeinsam möglichst zeitnah eine endgültige Entscheidung treffen.

Während der Besichtigung ist Dirk heute wieder ganz der Finanzexperte.

Als wir uns verabschieden, sagt er plötzlich zu mir: »Sabine, du bist zu gut für mich.«

Und weg ist er.

Was sollte dieser Abgang denn? Lange muss ich darüber nachdenken, einen Reim kann ich mir allerdings nicht darauf machen.

Gefühlte tausendmal nehme ich mein Handy zur Hand. Nichts! Wenn ich ihn anrufe, dann sagt mir eine weibliche Stimme, dass der Teilnehmer derzeit nicht erreichbar ist, auch nach drei Kurznachrichten meinerseits, erhalte ich keine Antwort.

Abends führen mir Lucas und sein Freund Florian die Demoversion des Internetauftritts Schoko-Traum vor, den sie erstellt haben. Die Jungs haben ganze Arbeit geleistet. Die Website ist spitze geworden. Und sie haben auch gleich einen Online-Shop installiert. Das heißt, ich kann mein Sortiment jetzt auch im Internet verkaufen. Ich zahle jedem der beiden einhundertfünfzig Euro, obwohl sie sich dagegen sträuben.

»Und außerdem dürft ihr beide mal kostenfrei einkaufen.«

Flori sieht seinen Freund an. Lucas nickt.

»In Ordnung, Frau Eppstein, ich komm gerne drauf zurück.«

»Sollen wir den Internetauftritt gleich ins Netz stellen?«

»Ja, klar.«

Einige Minuten später präsentieren sie mir meine Homepage im Internet.

»Wie funktioniert das denn alles?«

»Das zeige ich dir morgen Abend, Mama. Da probieren wir alle Funktionen aus. Der Shop ist ziemlich raffiniert aufgebaut, er nimmt dir eine Menge Arbeit ab. Du musst allerdings schon selbst auf die Anfragen antworten und die Wünsche deiner Internetkunden erfüllen. Der Shop verschickt die Schokolade leider noch nicht automatisch.«

»Schade! Vielleicht könnt ihr bei Gelegenheit das alles so programmieren, dass der Shop die Pralinen selbst herstellt und an die Kunden verschickt. Wäre irgendwie sehr praktisch.«

»Kommt noch, Mama.«

Ich knutsche meinen Sohnemann, Florian lacht.

Erst zwei Tage später klingelt mein *Dirk-Handy*. Endlich.

»Sabine, es tut mir leid, dass ich mich nicht gemeldet habe.«

Viel zu früh sage ich: »Jetzt rufst du ja an.«

Hierdurch verzichtet Dirk leider auf weitere Ausführungen und Gründe, warum es in den letzten Tagen diese Funkstille seinerseits gab. Wir verabreden uns für Samstagvormittag um zehn Uhr in Heidelberg.

»Ich muss am Samstag schnell noch einiges in der Werbeagentur fertigmachen, die Arbeit wächst mir nach dem Urlaub immer über den Kopf.«

Die Lügen kommen mir inzwischen schon sehr leicht über die Lippen, besonders einfach ist das Lügen am Telefon, vielleicht weil der Körper viel schwerer Lügen kann, mit irgendeiner unbedachten Geste macht man sich leicht verdächtig. Ich lerne dazu.

Mit meiner kleinen Reisetasche bepackt, steige ich am Samstagmorgen pünktlich in Dirks Cabrio. Und dann geht's auf nach Königstein. Die Besichtigung der Wohnungen in Frankfurt soll erst am Sonntagvormittag stattfinden. Danach will mir Dirk die *Klappergass* in Sachsenhausen zeigen. Der heutige Tag ist für uns beide reserviert. Zuerst werden wir unser gemütliches Hotelzimmer in Königstein beziehen und dann eine ausgiebige Taunuswanderung unternehmen. In einem italienischen Restaurant werden wir zu Abend essen und zum Schluss den Tag gemeinsam ausklingen lassen. Ich finde, das Ausklingen hört sich besonders gut an. Können wir nicht damit anfangen? Es ist erbaulich, so etwas zu denken, ohne gleich eine Litanei von Bedenken heruntergebetet zu bekommen. Gut, dass ich meiner inneren Stimme für das Wochenende einen Maulkorb verpasst habe. Mein Handy ist ausgeschaltet. Die Kinder und meine Freundinnen sind weit, weit weg, niemand und nichts können uns diesmal stören. Endlich Sex mit meinem Traummann!

Xavier Naidoo ist der Meinung: Dieser Weg wird kein Leichter sein. Dieser Weg wird steinig und schwer. Wollen wir mal hoffen, dass er da unrecht hat. Ich muss in mich hineinkichern. Die ganze Welt könnte ich umarmen. Dirk ist auffällig still. Na ja, so ist das bei Männern öfter, wenn's in der Beziehung ernst wird. Das kennt *frau* ja.

Inzwischen singen *Die Ärzte*: Männer und Frauen sind das nackte Grauen … Denn Männer und Frauen ist zuzutrauen, dass sie sich gegenseitig gerne die Nacht versauen.

Na ja, das muss nicht so sein. Bei Dirk und mir trifft das garantiert nicht zu. Diese Nacht wird die Nacht meiner

Nächte. Endlich werden wir zur Sache kommen. Wenn ich ehrlich bin, kann ich es fast nicht mehr abwarten. Ich könnte diesem Prachtexemplar von Mann die Kleider vom Leib reißen. Weiß auch nicht, was mich zurzeit reitet …

Ich blicke ihn von der Seite her an und grinse dümmlich. Dieser Finanzberater ist aber auch zu lecker. Mit der Zunge fahre ich mir über die Lippen. Wann war ich jemals so hungrig nach Sex? Wann hat mich zum letzten Mal ein Mann so aus dem Gleichgewicht gebracht? Keine Ahnung, es muss Jahre her sein, viele Jahre. Unzählige Jahre. Die Zeit der Dürre ist vorbei. Endlich! Ich fühle meinen neuen sündhaft teuren BH unter dem nicht weniger sündhaft teuren Marken-T-Shirt, egal, mir ist nach Sündigen, viel, viel Sündigen.

Die Meldung über einen Falschfahrer, auf der A 67 zwischen Darmstadt und Groß-Gerau reißt mich aus meinen schönsten Träumen.

Dieser Dirk ist auch so ein Falschfahrer, ein falscher Fuchziger ist der, Warts ab!

Warum meldet sich meine innere Stimme immer dann, wenn ich sie am wenigsten gebrauchen kann? Und warum ist die immer so grundlos negativ? Ich ziehe für alle Fälle fester an dem Knebel, den ich ihr für heute verpasst habe.

Dirk bemerkt meine Irritation und bezieht sie auf die Verkehrsmeldung: »Keine Angst Sabine, wir fahren nicht auf der A67, die Meldung betrifft uns nicht.«

Ich nicke und schwelge weiter in meinen wilden Gedanken. Diesen herrlichen Morgen und diese Vorfreude genieße ich königlich, während mir der Fahrtwind um die Ohren pfeift.

In das kleine Städtchen Königstein verliebe ich mich auf den ersten Blick.

Ach, diese Vorfreude!

Das Hotel ist schon von außen ein Traum.

Beim Einchecken gibt es Probleme, das Hotel ist ausgebucht. Es liegt keine Reservierung auf Dirks Namen vor. Mein Traummann wird etwas laut. Nützt aber nichts, er hat keine schriftliche Bestätigung.

»Wir bestätigen in der Regel immer per Fax, E-Mail oder SMS.«

Damit kann Dirk nicht dienen. Immerhin telefoniert die Dame für uns und nennt uns ein anderes Hotel, zu dem wir fahren.

Dieses Haus sieht aus, als hätte es seine besten Jahre lange, lange hinter sich. Dirk will gleich wieder abreisen, nachdem wir das Zimmer besichtigt haben.

Ich beruhige ihn: »Ist doch nur für eine Nacht.«

Das Hotelzimmer ist ungemütlich wie eine Bahnhofsvorhalle. Aber wir haben ja uns.

»Ich muss mal telefonieren.«

Dirk verschwindet nach draußen. Ich sehe ihn im Garten, wie ein Tiger im Käfig läuft er hin und her, während er ins Telefon brüllt. Leider kann ich nicht verstehen, was er sagt. Das Fenster ist gekippt, ich verstehe nur Wortfetzen. Erst denke ich, er will ein anderes Hotelzimmer besorgen, aber ich höre mehrmals das Wort *Immobilie*. Es scheint also ums Geschäft zu gehen.

Dirk ist sehr aufgebracht, als er wieder ins Zimmer kommt. »Lass uns spazieren gehen.«

»Ich würde mir gerne die Burgruine ansehen.«

»Später! Nachher zeige ich dir nicht nur die Burg Königstein, sondern auch die Burg Falkenstein, aber erst muss ich laufen.«

Wir verlassen unser Hotel und gehen nebeneinander den Römerbergweg entlang bis in den Wald. Ich traue mich nicht, nach Dirks Hand zu greifen, derart abwesend wirkt er. Er läuft so schnell, dass ich ihm nur unter großer Anstrengung folgen kann.

»Verzeihung, Sabine, es tut mir alles so leid.«

»Was tut dir leid?«

Zum ersten Mal wird mir bewusst: Das hier, das wird nicht so, wie ich mir das vorgestellt habe. Schade! Ich hatte mich so sehr auf dieses Wochenende mit Dirk gefreut.

»Was ist denn mit dir los?«, frage ich mit sanfter Stimme.

»Ach Sabine, du bist einfach zu gut für mich.«

»Jetzt erzähl doch nicht so einen Quatsch. Du bist genau der Richtige für mich.«

Dirk nimmt mich in den Arm und drückt mich.

Jetzt küss mich endlich, denke ich. Tut er aber nicht.

Stattdessen sagt er noch einmal: »Sabine, ich bin nicht der Richtige für dich. Du hast einen besseren Mann als mich verdient, einen viel Besseren.«

»Ich glaube, das kannst du schon mir überlassen«, sage ich etwas gereizt.

Dirk will umkehren.

»Das morgen mit dem Termin, das klappt nicht. Wir können uns diese Immobilie nicht ansehen.«

»Aber das macht doch nichts, dann finden wir eben eine oder zwei andere Wohnungen. Wir können doch was in Heidelberg kaufen. Da waren doch ganz interessante Objekte dabei.«

Ich bin gerade mal wieder ganz Sabine Wilhelm. Wieso will Dirk mir in Frankfurt keine Immobilie zeigen? Und wieso ist er nicht der Richtige für mich?

»Ach, Sabine, wenn du mich wirklich kennen würdest, dann würdest du mich hassen.«

»Dirk, erzähl doch nicht so einen Quatsch. Ich werde dich niemals hassen, ganz im Gegenteil.«

Pass gut auf, was du sagst! Vielleicht hat er die Lingenthal ja doch kalt gemacht. Jetzt bekommt er Gewissensbisse.

Der Knebel, den ich meiner inneren Stimme verpasst habe, scheint sich erneut gelöst zu haben.

Ich hatte mir fest vorgenommen, Dirk bei der Wanderung reinen Wein einzuschenken. Unter diesen Umständen nehme ich davon Abstand.

Nachdem wir im Hotelzimmer angekommen sind, beginnt mein Traummann sofort damit, alle seine Klamotten ungeordnet mit viel Schmackes in seine Reisetasche zu werfen.

»Was soll das denn jetzt?«, will ich erstaunt wissen.

»Ich fahr dich zurück.«

»Ich will aber nicht zurück.« Es macht mir Mühe, nicht mit dem Fuß aufzustampfen. »Dirk, ich will das Wochenende hier mit dir verbringen. Ich mag dich. Ich mag dich sehr.«

»Ja, ich mag dich auch. Das macht es ja so schlimm. Wir müssen zurück, sofort! Bitte Sabine, vertrau mir!«

»Was ist denn passiert?«

»Das kann ich dir jetzt nicht erklären. Es tut mir so leid, ich hätte doch auch gerne die Nacht mit dir verbracht. Aber es geht nicht. Es ist unmöglich.«

»Wie, Sie wollen schon wieder abreisen?«, keift die Alte an der Rezeption. »So geht das aber nicht. Ich habe Sie gerade eingetragen. Wenn Sie eingetragen sind, müssen Sie das Zimmer auch zahlen.«

Beim Bezahlen gibt es Probleme mit Dirks Kreditkarte. Sein Bargeld reicht nicht aus, ich muss was zuschießen.

Ich könnte auf der Stelle losflennen. So sehr habe ich mich auf dieses Wochenende gefreut und jetzt das!

»Dirk, rede mit mir«, sage ich, als wir im Auto sitzen und mein Traummann nur auf die Fahrbahn starrt, als hätte er einen Krampf im Nacken. »Du musst mit mir reden. Was ist denn los?«

»Sabine, ich verspreche dir, ich erkläre dir alles, aber später, gib mir etwas Zeit.«

»Ich will es aber nicht später hören. Ich will jetzt wissen, was los ist.«

Dirk steckt sich eine Zigarette an. Ich wusste bis zu diesem Augenblick gar nicht, dass er raucht. Nun, ich scheine so einiges über ihn nicht zu wissen. Und, wenn ich ehrlich bin, dann weiß er ja auch so einiges nicht über mich.

Noch mehrmals versuche ich, mit Dirk in eine Konversation einzutreten, aber er blockt mich jedes Mal unerbittlich ab. Ich gebe auf und schweigend fahren wir zurück.

Warum können Männer nicht einfach sagen, was ihnen am Herzen liegt. Wieso müssen die sich stundenlang in ihre eigene Wortkargheit hüllen wie ein einsamer Wolf? Sind das die Gene oder was? Vielleicht von früher, aus der Zeit der Jäger. Der Mann streifte tagelang allein in der Wildnis herum, um etwas zu essen aufzutreiben, daher ist für ihn ein Gespräch, insbesondere ein klärendes, nicht zwingend erforderlich. Ich komme auf die verrücktesten Gedanken. Und immer wieder sehe ich die tote Frau von Lingenthal vor mir. Vielleicht ist meine große Liebe ja doch nicht so unschuldig, wie ich denke.

Statt eines Abschiedskusses sagt Dirk nur wieder: »Sorry Sabine, aber ich bin nicht gut genug für dich. Verzeih mir.« Und schon rauscht er weg.

Konsterniert stehe ich am Neckar vor der Inneren Klinik. Wieso hat mich Dirk hier abgesetzt? Ach, ja, stimmt, ich habe ihm gesagt, ich müsse meine Freundin noch ein letztes Mal im Krankenhaus besuchen, am Montag würde sie entlassen.

10

Unsere Wohnung ist kinderleer. Zum Glück! Anscheinend verbringen Alina und Lucas das Wochenende außer Haus. Na ja, sie haben nicht damit gerechnet, dass ihre schwer verliebte Mutter vor Sonntagabend wieder zu Hause aufkreuzt. Tja, ich habe am wenigsten damit gerechnet.

Ich packe meine Kleidungsstücke aus und lege sie in den Wäscheschrank zurück. Extra zwei sexy T-Shirts und einen kurzen engen Rock hatte ich mir gekauft für dieses Wochenende. Die Einkäufe haben ein beträchtliches Loch in mein Budget gerissen, diese Fummel hätte ich mir eigentlich überhaupt nicht leisten können. Das scheint eine Fehlinvestition gewesen zu sein, wie so Einiges in der letzten Zeit, nicht zuletzt meine Gefühle für Dirk? Im Wohnzimmer setze ich mich aufs Sofa, hülle mich in unsere rote, kuschelige Fernsehdecke ein, und weine ein bisschen. Das Wochenende hätte so schön werden können. Warum habe ich immer so ein Pech mit Männern? Im ersten Augenblick, als Dirk seine Klamotten wutentbrannt in den Koffer warf, dachte ich, er hätte in seinem Telefongespräch erfahren, dass ich nicht Sabine Wilhelm bin. Aber dann hätte er sicher anders reagiert. In diesem Fall würde er wohl kaum behaupten, er wäre zu gut für mich, schließlich wüsste er, dass er einer infamen Lügnerin aufgesessen wäre. Beim nächsten Treffen muss ich dringend meine wahre Identität gegenüber Dirk lüften, sonst wird das mit uns beiden womöglich noch in einer Katastrophe enden.

Gemeinsam mit Dirk sitze ich auf seinem Bett in seinem karg möblierten Zimmer in Schwetzingen. Er ist gerade dabei, mich zu entkleiden, indem er mein neues lachsfarbenes T-Shirt nach oben streift, zum Vorschein kommt mein neuer sexy, aber sündhaft teurer BH.

Sein Handy klingelt. Er will das Gespräch wegdrücken. Ich sage ihm, er könne ruhig ran gehen, obwohl ich insgeheim hoffe, dass er genau dies nicht tut.

»Wer stört?« Nette Gesprächsannahme. Was jetzt sein Freund, die Eisleben oder wer immer an der anderen Leitung ist, wohl denkt?

»WAS? Sag das noch einmal. Das glaube ich jetzt nicht.« Mit seinem Handy verlässt er das Zimmer. Ich höre ihn vor der Tür laut telefonieren. Die einzigen Wortfetzen, die ich verstehe, sind immer nur wieder: »WIE heißt sie?« und »Ihr Name ist TANJA? TANJA EPPSTEIN?«

Oh Gott, er weiß es! Mein Herz rast. In großen Bächen rinnt mir der Schweiß die Achselhöhlen hinab. Wie soll ich Dirk nur erklären, warum ich ihm das alles vorgespielt habe? Er wird es nicht verstehen. Ich nehme mein T-Shirt und ziehe es wieder an. Es wird wieder nichts mit unserem ersten Sex. Nach diesem Telefonat wird es keinen Sex mit Dirk mehr geben, den kann ich mir abschminken. Ich könnte auf der Stelle losflennen. Noch immer telefoniert er, aber ich verstehe seine Worte nicht mehr.

Dirk reißt die Tür auf, als wolle er sie aus den Angeln heben.

Sein Gesicht wutentbrannt und tiefrot, er schreit: »DU heißt TANJA, TANJA EPPSTEIN! Deshalb haben dich die Leute so genannt, weil du so heißt, von wegen Grüße an die Mutter. Alles Lügen, alles! DU ELENDE SCHLAMPE!«

Erst in diesem Augenblick sehe ich das riesige Fleischermesser in seiner rechten Hand. Ohne etwas zu sagen, geht er auf mich zu. Jetzt sticht er mir das Messer direkt ins Herz. Ich sehe völlig unbeteiligt zu und denke: Tanja, für Erklärungen ist es nun zu spät. Ich wundere mich, dass ich mich nicht wehre und keinerlei Schmerzen verspüre. Es ist, als wäre ich paralysiert. Das ist die Quittung für meine Lügen, denke ich nur.

»MAMA, was machst du denn hier im Dunkeln? Wieso bist du nicht mit diesem Dirk in Königstein?«

Vor mir stehen Alina und ihre Freundin Jana. Ich sehe auf die Uhr: drei Uhr.

»Ich muss wohl auf der Couch eingeschlafen sein.« Als ich mich recke, spüre ich, dass meine rechte Schulter schmerzt. Na ja, es hätte schlimmer kommen können, immerhin bin ich nicht tot.

»Und warum bist du nicht in Königstein?«, will meine Tochter beharrlich wissen.

»Alina, das ist eine längere Geschichte, die erzähle ich dir morgen.«

Erst jetzt werde ich vollständig wach und mir wird die naheliegende Frage bewusst: »Alina, was macht ihr beide eigentlich hier Mitten in der Nacht? Wo wart ihr?«

»Wir waren auf einer Party, habe ich dir doch gesagt. Aber einige Jungs haben uns blöd angemacht, dann sind wir nach Hause zu uns gelaufen.«

»Ihr seid mitten in der Nacht durch Heidelberg gerannt?« Ich kann es nicht fassen. Wie naiv sind diese Gören denn?

»Die Party war nicht weit entfernt, Mama, nur drei Straßen.«

Alina guckt mich an wie die Unschuld vom Lande. Dieses Kind kann tatsächlich enorm unschuldig dreinschauen. Das hat sie eindeutig von ihrem Vater, na ja, wenn ich an die letzten Wochen denke, könnte an diesem Blick auch ihre Mutter beteiligt gewesen sein.

Ich schlage vor, dass wir morgen oder besser heute über alles reden, jetzt aber erst einmal alle drei schlafen gehen.

Mein erster Griff am nächsten Morgen geht zu meinem Dirk-Handy.

»Sorry, Sabine. Ich hatte mir das Wochenende mit dir so wunderschön vorgestellt. Es tut mir sehr leid. Dein Dirk«

Ich antworte sogleich und bitte ihn um Rückruf.

Immerhin ist er noch *mein* Dirk.

Nicht mehr lange. Du hast ja heute Nacht gesehen, was passieren wird, wenn der herausbekommt, dass du nicht Sabine Wilhelm heißt. Da kannst du dich auf was gefasst machen.

Meine innere Stimme, die will ich jetzt nicht hören. Ich drehe ihr den Saft ab.

Mühsam stehe ich auf und schleppe mich ins Bad. Dort dusche ich ausgiebig, mein Glück, dass Alina noch tief und fest schläft und mich nicht wegen des hohen Trinkwasserverbrauchs tadeln kann.

Dann gehe ich zum Sonntagsbäcker und kaufe eine riesengroße Tüte Brötchen. Als ich zurückkomme, werfe ich sofort wieder einen Blick auf mein Dirk-Handy. Nichts! Wenn ich nur wüsste, was los ist. Verliebt zu sein, ist ja schon schlimm genug. Ständig muss ich an diesen Dirk denken; seit er in mein Leben getreten ist, kann ich keinen klaren Gedanken mehr fassen. Es ist, als würde er mir unablässig eine Art Droge verabreichen. Ich bin high. Und seit gestern ist alles noch viel, viel schlimmer. Jetzt kann ich an überhaupt nichts anderes mehr denken, als an Dirk.

Endgültig beschließe ich, ihn beim nächsten Treffen über meine wahre Identität aufzuklären.

Weder Steffi noch Biggi kann ich telefonisch erreichen; ich spreche jeweils kurz auf ihren Anrufbeantworter. Ich verzichte auf lange Erklärungen, meine dünne Stimme an diesem Sonntagmorgen, den ich mit Dirk verbringen sollte, reicht aus. Die beiden werden wissen, dass Land unter ist.

Alina und Jana entschlüpfen erst gegen Mittag ihren Betten. Beide sehen etwas zerknautscht aus. Wir nehmen ein spätes Frühstück zusammen ein. Und ich lasse mir zunächst die Infos über die gestrige Party so detailgetreu wie möglich berichten und dies schließt auch die Anmache der Jungs nicht aus und auch nicht den nächtlichen Altstadtspaziergang durch Heidelberg. Natürlich muss ich im Gegenzug Alina über die Gründe informieren, die dazu geführt haben, dass ich schon am Samstag wieder zu Hause war.

Danach verschwinden die beiden Mädchen zu Jana. Ich frage mich, ob die Eltern wussten, dass ihre fünfzehnjährige Tochter gestern Nacht auf einer Party war, wahrscheinlich nicht, würde ich wetten.

Unmotiviert gehe ich durch unsere Wohnung und fühle mich, als wäre ich bei weitläufigen Bekannten zu Besuch, die nicht zu Hause sind. Alles fühlt sich so fremd an. Normalerweise wäre ich heute Morgen neben Dirk aufgewacht, er hätte mich wachgeküsst und dann hätte er mir liebevoll aus meinem seidenen nachtblauen Negligé geholfen. Und ja, ich hätte ihn gewollt und wieder und wieder. Irgendwann hätte er gesagt: Oh Sabine, jetzt haben wir den Besichtigungstermin fürs Betongold verpasst. Nichts hätte ich darauf geantwortet, stattdessen hätte ich ihn nur wieder ins Bett gezogen. Ich wähle Dirks Nummer, lande jedoch nur auf seiner Mailbox: »Bitte Dirk, melde dich. Rede mit mir, sag mir doch einfach, was los ist.«

Alle zwei Minuten fällt mein Blick auf mein Mobiltelefon, obwohl ich ein Alarmsignal eingestellt habe, sodass ich auf jeden Fall höre, wenn Dirk mir eine SMS sendet. Verliebt sein ist wie ein schwerer Grippevirus. Man muss warten, bis alles vorbei ist.

Das wird sicherlich nicht mehr lange dauern, da kannst du Gift drauf nehmen.

Nein, keine Belehrungen meiner inneren Stimme an diesem trostlosen Sonntag.

Nach einer Stunde halte ich es nicht mehr aus. Ich gehe in den Schoko-Traum, um dort verschiedene Pralinen zuzubereiten. Als Erstes fertige ich verschiedene Trüffel, danach eine Ladung Schoko-Traum-Pralinen und zum Schluss *Süße Sünde*, eine Praline mit kandiertem Ingwer. Ich liebe Ingwer. Wenn ich auf einer einsamen Insel leben müsste und nur ein Gewürz mitnehmen dürfte, dann wäre es Ingwer.

Andere Frauen würden sich in meiner Situation besaufen, ich fertige mehrere Sorten Trüffel und Pralinen an.

Man könnte jetzt der Meinung sein, das wäre gesünder, ist es aber mitnichten, denn ich muss ja ständig probieren, ob die Pralinen auch schmecken. Bei Liebeskummer steigt mein Schokoladenkonsum erheblich, da bin ich ganz Schokoladen-Junkie. Um neunzehn Uhr ist mir schlecht, weil ich eine zu hohe Dosis Schocki intus habe, was mir selten passiert. Ich beschließe, nach Hause zu gehen.

Dort sitzt Alina und sagt, dass Biggi und auch Steffi schon gefühlte hundert Mal angerufen hätten. Erst jetzt bemerke ich, dass ich lediglich das Dirk-Handy mit in die Chocolaterie genommen hatte.

Ich verziehe mich mit dem Telefon in mein Zimmer und lass mich nacheinander von meinen Freundinnen trösten. Steffi hat aber nicht vor, mich zu trösten, sie beschimpft mich, weil ich auf diesen Betrüger Dirk hereingefallen sei. Ich versuche, ihr verzweifelt zu erklären, dass er kein Betrüger ist, zumindest kann ich diesbezüglich bislang keinerlei relevante Ermittlungsergebnisse vorweisen. Aber Steffi kennt da keine Gnade.

Eine junge Journalistin der *Rhein-Neckar-Zeitung* stattet mir am Montagmorgen im Schoko-Traum einen Besuch ab. Die Tageszeitung stellt zurzeit jede Woche ein anderes neu gegründetes Kleinunternehmen vor. Und am Ende der Woche soll ein großer Artikel meines Schoko-Traums in der Zeitung stehen. Schön! Da habe ich natürlich nichts dagegen. Wir sitzen gemütlich bei einer Tasse Anti-Kummer-Schokolade und ich erzähle der Journalistin davon, wie ich meinen Traum in die Tat umgesetzt habe. Sie macht mehrere Fotos im Laden. Ich soll natürlich mit aufs Foto. Mir fällt zum Glück ein, dass es vielleicht nicht so günstig wäre, wenn meine Tarnung auf diese Weise auffliegen würde. Mit Engelszungen und Pralinenbestechung kann ich die nette Pressedame davon überzeugen, lieber nur mein Geschäft und meine Pralinen zu fotografieren.

Am nächsten Vormittag findet endlich die Beerdigung von Frau von Lingenthal auf dem Neuenheimer Friedhof statt. Weit über zweihundert Menschen nehmen an der ergreifenden Beisetzung teil. Schon bei den Worten des Pfarrers und erst recht bei den Liedern des Jugendchors und des Figuralchors der Johanneskirche muss ich ein bisschen weinen, denn wie alle Menschen, betrauere ich auf Beerdigungen immer auch die eigene Endlichkeit. Wann wird uns das näher vor Augen geführt, als dann, wenn wir einen Menschen, den wir kannten, zu Grabe tragen?

Es ist beruhigend zu sehen, dass Gisela von Lingenthal ihre letzte Ruhe in einem alten, herrschaftlichen Familiengrab findet, alles andere wäre ihrer unwürdig gewesen. Ich beschließe, ihre Grabstätte öfter mal bei meinen Spaziergängen zu besuchen.

Seit ich nichts mehr von Dirk gehört habe, befinde ich mich in einer Art Trance. Ich mache meine Arbeit im Schoko-Traum, gehe Einkaufen, koche, rede mit meinen Kindern und Kunden. Aber immer habe ich das Gefühl, dass ich mir selbst zusehe, bei allem, was ich tue und ja, ich denke unablässig an Dirk. Dirk! Dirk! Dirk! Werde ich jemals wieder an etwas anderes denken können?

Und dann endlich die große Erleichterung, als sein Anruf kommt. Er müsse mit mir reden, ob wir uns nach Büroschluss treffen könnten. Ich sage ihm, dass ich noch einen Termin habe, den müsste ich zunächst verschieben. Ich verspreche, es zu versuchen, und sage ihm, dass ich ihn zurückrufen werde.

Mist, ich erreiche Alina nicht. Die Pfingstferien sind vorbei. Heute hat die Schule wieder begonnen und sie sitzt im Klassenzimmer. Alinas Handy ist aus, wenn dies nicht der Fall wäre, würde es ihr Lehrer einkassieren. Handys sind im Unterricht strengstens untersagt. Kann ich gut nachvollziehen. Ist nur leider gerade sehr ungünstig. In meiner Verzweiflung rufe ich Biggi an und frage sie, ob sie mich ab sechzehn Uhr im Schoko-Traum vertreten könne, da ich einen dringenden Zahnarzttermin habe. Sie kann! Ich bin so froh. Allerdings lüge ich schon meine Freundin wegen Dirk an, das habe ich noch nie getan. Aber für Gewissensbisse habe ich jetzt keine Zeit. Ich beschließe, ihr später alles zu beichten. In der letzten Zeit verstricke ich mich in immer mehr Lügen. Woran das wohl liegt?

Birgit kommt und ich mache ein bisschen auf Zahnweh, bevor ich verschwinde. Schnell rase ich in unsere Wohnung, um mich umzuziehen. Mit dieser ausgeleierten Unterhose und diesem alten BH möchte ich Dirk auf keinen Fall beim ersten Sex gegenübertreten. Schließlich habe ich für die neuen Dessous eine Menge Geld ausgegeben, das ich gar nicht hatte. Da müssen die gute Stücke auch zum Einsatz kommen.

11

Am Bismarckplatz habe ich mich mit Dirk verabredet. Mit fast zehn Minuten Verspätung und völlig außer Atem treffe ich an der Straßenbahnhaltestelle ein. Weit und breit kein Dirk. Sofort denke ich, dass ich ihn verpasst habe. Ein Blick auf mein Dirk-Handy verrät mir, dass er sich nicht gemeldet hat, da sehe ich sein Auto langsam vorbeifahren. Ich renne dem Auto hinterher.

»Wir fahren zu mir«, bestimmt Dirk. Noch während ich die Beifahrertür zuziehe, fährt er los.

»Endlich hast du dich gemeldet. Ich habe mir solche Sorgen gemacht.«

»Wir müssen in Ruhe reden, Sabine.«

Nun, ich könnte mir noch einiges andere außer Reden vorstellen, aber bei Männern weiß man ja nie, was sie mit *Reden* meinen. Schon wieder schwelge ich in meinen unzüchtigen Fantasien.

Von Zeit zu Zeit lächle ich Dirk von der Seite her dümmlich an, er jedoch ist ganz in Gedanken und bekommt davon nichts mit.

Manchmal muss man die Männer in Ruhe lassen, hat meine Mutter immer gesagt. Ja Mama, ich lass ihn ja! Schweigend fahren wir nach Schwetzingen.

Exakt genau zwanzig Minuten später parkt er das Auto auf einem Anwohnerparkplatz unweit des Hauses, indem sich sein möbliertes Zimmer befindet.

Wir verlassen das Auto, gehen jedoch nicht in Richtung seines Apartments.

»Es ist so ein wunderschönes mildes Wetter heute, komm, lass uns ein bisschen im Schlosspark spazieren gehen. Der ist nicht weit entfernt.«

Dem stimme ich gerne zu. Nach einigen Tagen über 30 Grad, ist die Temperatur heute Nacht bei starkem Regen auf angenehme 27 Grad tagsüber abgekühlt.

Schweigend gehen wir nebeneinander her.

»Ich weiß gar nicht wie und wo ich anfangen soll. Sabine, ich bin nicht der, für den du mich hältst.«

Tja, Dirk wer ist das schon, denke ich. Wenn du wüsstest!

»Du liebst mich, Sabine, aber ich habe deine Liebe nicht verdient.«

»Sag so etwas nicht. Das ist doch Quatsch.«

Schweigend gehen wir weiter den Hauptweg des Schlossparks entlang. Hier sehen die Bäume rechts und links alle aus, als wären sie mit einer Schablone geschnitten, wie geklont.

Ich muss daran denken, als ich mehrmals mit Oliver und den Kindern hier spazieren war. Einmal feierten wir eine pompöse Hochzeit im kurfürstlichen Schloss, eine frühere Rechtsanwaltsgehilfin aus Olivers Kanzlei heiratete einen ortsansässigen Fabrikanten.

Am großen Weiher setzen wir uns auf eine Bank.

»Sabine, ich …« Dirk sieht mich schrecklich traurig an. »Ich …, ich wollte nur dein Geld, ich meine das Geld deiner Mutter.«

»Du wolltest WAS?«

Kannst du mir sagen, warum du jetzt so entsetzt tust, das wusstet du doch von Beginn an, deshalb hast du dich doch an ihn ran gepirscht.

Ja, stimmt. Trotzdem kann ich die Worte, die ich aus Dirks Mund höre, fast nicht glauben.

»Ich habe mich so sehr in dich verliebt, aber in deine Welt passe ich nicht. Du bist so ein guter und ehrlicher Mensch.«

Ich nehme seine Hand.

»Ach Dirk, auch ich muss dir etwas sagen. Auch bei mir ist nicht alles so, wie es aussieht. Ich bin nicht reich.«

»Ich weiß das doch. Es ist das Geld deiner Mutter und du kommst erst ran, wenn sie ins Gras …, wenn sie stirbt. Bitte Sabine, ich möchte dir in Ruhe alles erklären. Tue mir den Gefallen und sag erst einmal nichts und renn jetzt nicht weg. Ich möchte, dass du alles über mich weißt. Alles! Verstehst du?«

Pass gut auf! Wenn er die Schoko-Leiche kalt gemacht hat, dann wird er dir das möglicherweise jetzt gestehen.

»Ja, ich höre dir zu.«

»Also gemeinsam mit meinem Freund Matthias mache ich mich an ältere Damen ran und versuche an ihr Geld zu kommen, entweder biete ich ihnen an, es für sie zu einem hohen Zinssatz anzulegen, oder wir verkaufen ihnen Luxus- oder Schrottimmobilien, die sie durch uns total überteuert erwerben können.« Er sieht mich an, als würde er gleich losflennen. »Ich hab schon immer nur Scheiß gebaut.«

»Deshalb ist der Termin geplatzt, du wolltest mich nicht übers Ohr hauen.«

Okay! Dirk ist ein Betrüger, aber ein ehrlicher. Ich meine, er konnte mir diese überteuerten Immobilien nicht andrehen. Hallo? Wie süß ist das denn?

»Ich möchte dir gerne noch viel mehr über mich erzählen. Meine Mutter war Putzfrau, wir wohnten in einer Einzimmerwohnung in Frankfurt-Höchst, mein Vater hatte sich schon vor meiner Geburt aus dem Staub gemacht. Meine Mutter war der ehrlichste Mensch, den ich kannte, aber auch sie habe ich betrogen. Als Kind habe ich ihr manchmal Geld aus dem Portemonnaie geklaut. Sie wollte unbedingt, dass aus mir mal was Besseres wird, dass ich es einfacher habe. Sie hat ihr ganzes Leben nur geschuftet. Ich war ein guter Schüler und hab's von der Realschule aufs Gymnasium geschafft. Obwohl wir sehr arm waren, ja das waren wir. Ich war immer krank, wenn wir Ausflüge machten oder ins Schullandheim fuhren, natürlich nahm ich als Einziger nicht an der einwöchigen Abschlussfahrt nach London teil. Das konnte sich meine Mutter nicht leisten. Auf dem Gymi war ich ein Außenseiter. Immer. Weißt du, wie das ist?«

»Ich kann es mir vorstellen«, sage ich betont liebevoll.

»Und dann habe ich ein Stipendium bekommen, um Wirtschaftswissenschaften studieren zu können. Aber ich konnte mit dieser plötzlichen Freiheit nicht umgehen. Nach dem dritten Semester habe ich mich nur noch rumgetrieben und dann bin ich irgendwann gar nicht mehr an die Uni. Mensch Sabine, ich hatte alle Möglichkeiten und war zu blöde, um sie zu nutzen. Da war so ein Gefühl, als würde mir das nicht zustehen, als wäre ich ein Betrüger. Verstehst du das?«

»Du dachtest, du hättest dieses gute Leben nicht verdient?«

»Ja und dann lernte ich Matthias kennen. Er zeigte mir, dass es noch ein anderes Leben gibt, ein einfaches, schönes Leben. Diese alten, verschrumpelten Weiber …« Sein Tonfall wechselt in eine dunklere, unangenehme Farbe. »… die haben so viel Geld und wissen nicht, was sie damit anfangen sollen.«

Entgeistert starre ich ihn an.

»Sorry, ich meine natürlich nicht deine Mutter.«

Nein, die meint er nicht, aber Frau Wilhelm. Siehst du's endlich: Er ist ein Schwein!

»Das Schlimmste, was ich mir vorstellen kann, ist arm zu sein, damit dies nicht mehr passiert, dafür würde ich so einiges in Kauf nehmen.«

Zum Beispiel Frau von Lingenthal erschlagen.

»Sabine, ich habe so viel Murks gemacht, aber mit dir würde ich gerne ein neues Leben beginnen. Für dich wäre ich sogar bereit, mir eine richtige Arbeit zu suchen. Ich hätte nicht gedacht, dass ich diesen Satz jemals in meinem Leben aussprechen würde, aber wenn du das willst, dann suche ich mir einen richtigen Job.« Seine Stimme hat jetzt wieder einen liebevollen hellen Klang.

»Du würdest dir eine richtige Arbeit suchen, wegen mir?«, das will ich doch gleich noch einmal bestätigt wissen.

»Ja, das würde ich.«

Mensch Tanja, das ist doch alles Show, der meint das doch nicht erst.

Tut er wohl! Warum sollte er mir das alles beichten, das würde doch sonst keinen Sinn ergeben.

Was wird er sagen, wenn er erfährt, dass ich nicht Sabine Wilhelm bin? Meine Eingeweide verkrampfen sich, wenn ich nur daran denke. Ich muss ihm die Wahrheit sagen.

Inzwischen haben sich zwei ältere Frauen eingefunden, die die Enten und Nilgänse mit Bergen von altem Brot füttern. Das Geschnatter und Gezeter der immer größer werdenden hungrigen Vogelschar ist fast unerträglich laut.

»Komm, wir gehen weiter, dort hinten ist es ruhiger.« Immerhin lächelt er jetzt.

»Sabine es gibt zwei Möglichkeiten«, sagt er, als wir am Apollon-Tempel vorbeigehen.

»Wie zwei Möglichkeiten?«

»Also entweder ich suche mir einen richtigen Job, das würde ich ehrlich für dich tun. Oder …«

»Oder?«

»Oder du machst bei uns mit. Ich meine, wir wären ein klasse Team, du könntest dich als Krankenschwester ausgeben und dich bei den Alten einstellen lassen, wenn sie dein Vertrauen gewonnen hätten, kämen wir, Matthias und ich.«

Ich glaub, ich steh im Wald.

Auf der Leitung hast du gestanden in den letzten Wochen, du blöde Kuh. Kapier endlich, der Typ ist ein Schwein. Ein echtes Schwein!

»Sabine, ich will jetzt keine Antwort von dir, überleg dir alles in Ruhe. Du kannst dich für eine der beiden Möglichkeiten entscheiden. Rein theoretisch gibt es natürlich noch die dritte Variante, dass ich mit Matthias weitermache wie bisher.«

Wollte er sich vor zehn Minuten nicht noch eine richtige Arbeitsstelle wegen mir suchen? Wir verlassen den Schlossgarten, überqueren den Schlossplatz und biegen in die Mannheimer Straße nach links in die Fußgängerzone ein.

Nach wenigen Minuten stehen wir vor dem richtigen Wohnhaus und betreten Dirks Zimmer.

»Du hast bestimmt auch Hunger, ich geh schnell eine Pizza für uns holen.«

Er drückt mir die Preisliste einer Pizzeria in die Hand. Ich blicke drauf und sehe nichts. Es ist, als wäre ich blind geworden.

»Was möchtest du Liebes?«

Liebes möchte nach Hause, auf der Stelle, und weinen, ganz lange und sehr, sehr viel weinen.

»Soll ich dir auch die Pizza Diavolo mitbringen, die schmeckt echt gut.«

Ich nicke nur.

Er ist weg. Und alles ist anders. Alles. Ganz plötzlich. Verdammt, wer hat mir meine rosarote Brille von der Nase geschlagen. Zum ersten Mal sehe ich Dirk, wie er tatsächlich ist. Und was ich sehe, gefällt mir überhaupt nicht. Wo ist dieses große Gefühl geblieben, das man Liebe nennt? Es hat sich aufgelöst wie der dichte Morgennebel über der Rheinebene. Ich versuche zu erfassen, was ich fühle, aber ich fühle nichts.

So, jetzt reicht's, du naive Kuh, durchsuche sein Zimmer. Besinne dich endlich auf deinen Auftrag.

Diesmal muss ich meiner inneren Stimme recht geben. Ich gehe zum Schreibtisch und ziehe die unterste Schublade auf. Dort wühle ich mich nach hinten durch. Volltreffer! Zwei Namenslisten, an vorletzter Stelle in der ersten Liste steht *Gisela von Lingenthal, Heidelberg,* sie wurde abgehakt. Was soll ich denn jetzt machen? Ich kann doch die Listen nicht einfach einstecken. Da fällt mir mein Dirk-Handy ein, das ich wieder in Mörder-Handy umtaufen sollte. Immerhin, das Omateil kann sogar fotografieren. Ich knipse jede Liste zweimal ab, für alle Fälle und öffne die oberste Schreibtischschublade. Hinten rechts liegen hier einige Adressen von Spielkasinos. Logo, der ist spielsüchtig, dafür braucht er die viele Kohle. Konradi wollte das Geld *meiner Mutter* verspielen? Na gut, Frau Wilhelms Geld. Auf dem Schreibtisch liegt ein Brief mit einer Adresse von diesem Matthias. Ich schreibe mir die Anschrift dieses windigen Notars auf einen Zettel.

Auf dem Flur fällt eine Tür ins Schloss. Schnell setze ich mich wieder in den kleinen schwarzen Ledersessel.

Was würde ein echter Ermittler jetzt tun?

Dirk bringt zweimal Diavolo – wie passend –, mit einem großen Salat, außerdem einen Barolo. Er schenkt mir ein Glas Wein ein und schon setze ich es an und trinke es aus. Mir ist nach Rausch, nach Vollrausch.

»Du kanntest Frau von Lingenthal?«, frage ich, etwas unüberlegt.

»Ja, woher weißt du das?«

Dirk hört zu kauen auf und sieht mich verwundert an.

»Ihre Schwester hat erwähnt, dass du der Finanzberater von Frau von Lingenthal warst.«

»Ach so, klar, ihr in euren Kreisen, da kennt man sich.«

Sein Blick auf mich hat sich ebenso geändert, wie mein Blick auf ihn, nicht nur ich sehe ihn plötzlich mit anderen Augen.

»Ja, ich war ihr Finanzberater.«

»Hast du etwas mit ihrem Tod zu tun?«

Pass bloß auf, was du da tust, ist gefährlich.

Meine innere Stimme, mit der ich jetzt wieder versöhnt bin, warnt mich.

»Sabine, wie kannst du mir so eine Frage stellen?«

»Sei ehrlich, du hast heute schon eine Menge gebeichtet, da kommt es darauf auch nicht mehr an.«

Dirk legt den kleinen Rest seiner Pizza weg, erst in diesem Augenblick registriert er, dass ich keinen Krümel gegessen habe.

»Hast du keinen Hunger?«

»Ich bin hungrig nach Wahrheit.«

»Du willst es wirklich wissen, oder?«

»Ja, Dirk, das will ich.«

Er sieht mich lange an, mit einem Blick, der mir fremd ist.

»Mir scheint, ich habe zu viel gebeichtet. Aber, wenn du es unbedingt wissen willst. Ich habe keine Geheimnisse vor dir. Ich erzähl dir, wie's war.«

Na, jetzt bin ich aber gespannt.

Dirk rutscht unruhig auf seinem Sessel hin und her. Aus seiner Jackentasche zieht er eine Schachtel Zigaretten. Erst jetzt bemerke ich den Aschenbecher. Ich analysiere scharf, er will Zeit gewinnen, sicherlich ist er sich unsicher, wie weit er mit der Wahrheit gehen soll.

»Also, ich war an diesem besagten Tag bei Frau von Lingenthal, aber ich bin schon am frühen Vormittag gegangen, sie teilte mir mit, dass sie noch Besuch erwarten würde.«

»Weißt du, wen sie erwartet hat?«

»Nee, keine Ahnung, sie sprach lediglich von Besuch.«

»Hast du sie mit dem Schoko-Peeling beschmiert?«

»Bist du verrückt?«

Dirks Hände zittern, er verschluckt sich fast am Rauch. Komisch, warum ist er in diesem Augenblick ein dermaßen schlechter Lügner? Vielleicht weil er nicht damit gerechnet hat, dass ich diese Frage stellen würde, oder weil er etwas für mich empfindet? Eines ist klar: Dirk hat Dreck am Stecken. Er war am Tattag bei Frau von Lingenthal und auch, wenn er abstreitet, zum Todeszeitpunkt noch vor Ort gewesen zu sein, heißt das ja nicht, dass seine Aussage der Wahrheit entspricht. Ich glaube ihm nicht. Liegt es ausschließlich daran, dass mir meine rosarote Brille abhandengekommen ist? Keine Ahnung! Jedoch ich weiß: Der lügt!

»Dirk, bitte erzähl mir die Wahrheit. Du kannst mir vertrauen.«

Plötzlich bricht er in Tränen aus. Dirk Konradi weint. Ich setze mich auf den Boden neben den Sessel und streiche über seinen Kopf.

Habe ich tatsächlich gesagt, er könnte mir vertrauen? Na ja, da sollte er vorsichtig sein.

»Jetzt sag schon, was los war.«

»Diese alte Wachtel wollte mit diesem Schokoladenzeug eingeschmiert werden und ich hab's gemacht. Obwohl …, das war eine Mordssauerei.«

Nette Wortwahl in diesem Zusammenhang. Seine Stimme hat wieder diese unangenehme dunkle Färbung, wenn er so redet, würde ich ihm alles zutrauen.

Er spricht nicht mehr weiter.

»Was ist dann passiert?« Ich werde ungeduldig.

»Das Telefon im Wohnzimmer hat geläutet. Wir waren ja in ihrem Wellnessbad. Und na ja, die lag von oben bis unten mit Schokolade beschmiert auf einer Liege und …«

»Und?«

»Und meine Hände waren doch auch voll mit diesem Zeug. Es war einfach ein schlechtes Timing.«

»Was jetzt, der Anruf war ein schlechtes Timing?«

Dass man Männern immer alles aus der Nase ziehen muss!

»Na ja, die hat ja diese Anlage, mit der sie die Gespräche fast überall annehmen kann und auch den Anrufbeantworter hört man im ganzen Haus. Der ging an und so ein Typ stellte sich als Notar vor und sagte, dass ihr Finanzberater Konradi ein Betrüger sei und schon die Konten anderer älterer Damen geplündert hätte. Auch diese Immobiliengeschäfte seien faule Eier. Sie solle sofort zu ihm in die Kanzlei kommen und alles, was sie über diesen Konradi und den anderen Betrüger, diesen falschen Notar, hätte, mitbringen.«

»Und weiter …«

»Sie hat mich angeschrien und mich ins Gesicht geschlagen.«

Das wundert mich nicht.

»Ich habe reflexartig zurückgeschlagen.«

»Wie konntest du das tun? Frau von Lingenthal war von oben bis unten mit Schoko-Peeling beschmiert, sie hätte dir niemals gefährlich werden können. Sie war eine wehrlose alte Frau.«

Dirk lacht und dieses Lachen ist so anders als das, welches ich von ihm kenne, ganz gemein und höhnisch klingt es.

»Wehrlos? Die Lingenthal war noch nie in ihrem Leben wehrlos.«

Ich sehe Dirk lange an.

»Ich hab sie nicht umgebracht, du musst mir glauben. Als ich ging, war sie dabei aufzustehen.«

»Jetzt kannst du auch die ganze Wahrheit sagen.«

»Das ist die Wahrheit. Verdammt, Sabine, du musst mir glauben. Die Lingenthal war quicklebendig, als ich gegangen bin. Diese alte Scharteke schrie Gemeinheiten hinter mir her. Ja, es stimmt, ich bin ein elender Betrüger, aber ein Mörder bin ich nicht. Sabine, du musst mir glauben.«

Jetzt erzählt er etwas in der Art, dass diese aufgetakelten, reichen Rentner-Barbies ihm das Geld doch geradezu hinterherwerfen würden. Sie seien doch selbst schuld, wenn sie übers Ohr gehauen würden. Sie wollten das doch so. Er würde ihnen lediglich einen Gefallen tun. Das wäre quasi ein Geben und Nehmen, die klassische Win-win-Situation.

Ich sehe ihn fassungslos an.

»Ach, Sabine, ich ändere mich, für dich beginne ich ein neues Leben.«

»Es tut mir leid, Dirk, aber ich brauche Bedenkzeit, ich muss dieses Geständnis, erst mal verdauen.«

Ich stehe auf.

»Ja, Sabine, das verstehe ich. Ich liebe dich. Ein Leben ohne dich kann ich mir nicht mehr vorstellen.«

Mann, geht's auch eine Nummer kleiner?

Nee, kleiner ist aus. Der kann nicht anders.

»Ich fahre dich nach Hause.«

»Nein, bemühe dich nicht, ich fahre mit dem Zug. Ich möchte jetzt alleine sein.«

All seine Zärtlichkeit zum Abschied wehre ich ab. Und schon stehe ich vor dem Wohnblock. Ich muss mich zum Bahnhof durchfragen, plötzlich bin ich orientierungslos. Mir ist zum Flennen. In meiner Nasenwurzel ist so ein Schmerz, weil ich die vielen Tränen zurückhalten muss. Ich will nach Hause, auf der Stelle. Ich will weinen und ich will mich besaufen. So richtig die Kante geben. Tue ich sonst nie. Dies hier allerdings ist ein Sonderfall: Wann entpuppt sich die große Liebe schon als Mörder? Der hat Frau von Lingenthal umgebracht, da bin ich mir sicher. Nach diesem Auftritt traue ich Dirk alles zu.

Zu Hause ist Land unter. Ich rufe Biggi an und eine halbe Stunde später liege ich wie ein kleines Kind, jedoch halb betrunken, in ihren Armen und flenne Rotz und Wasser.

Dann erzähle ich Birgit alles, was mir Dirk gestanden hat.

Meine Freundin ist meiner Meinung: »Ich habe doch gleich gesagt, du sollst die Finger von diesem Mörder lassen. Du musst das alles diesem Polizisten mitteilen.«

Habe ich ja auch vor. Aber warum flenne ich immer noch?

»Dieser Konradi ist das alles nicht wert«, sage ich von stetigem Schniefen unterbrochen, »dieser Betrüger, dieser Mörder!«

Biggi pflichtet mir bei und reicht mir ein neues Papiertaschentuch.

Irgendwann kommt Alina nach Hause, ich putze mir die Nase, wasche mir die rot geweinten Augen mit kaltem Wasser und beschließe: »Gut jetzt!«

12

Der Briefkasten ist am nächsten Morgen leer, als ich die Tageszeitung holen will. Hat nicht jemand im ersten Stock die Tür zugeschlagen, als ich die Treppen runterkam? Das war garantiert wieder dieser Grantler. Kann der sich keine eigene Zeitung kaufen? Bestimmt steckt sie am Abend mit eindeutigen Lesespuren im Briefkasten. Ich hätte gute Lust, bei ihm an der Haustür zu klingen und ihn mal richtig zur Sau zu machen. Aber ich glaube, im Augenblick habe ich wichtigere Probleme.

Beim Frühstück teile ich meinen Kindern meine gestrigen Ermittlungsergebnisse mit.

»Mensch Mama, ich hätte nie gedacht, dass du sooo cool bist.«

Alina sieht mich irgendwie anders an als sonst. Unter normalen Umständen ist dieser Blick Tim Bendzko und anderen Sängern oder einigen Schauspielern vorbehalten.

»Mama, du kannst froh sein, dass der dir nicht den Hals rumgedreht hat. Du machst Sachen?«

Beide Sprösslinge sind der Meinung: »Dieser Konradi hat die Schoko-Leiche kalt gemacht.«

»Kinder, man kann keine Leiche kaltmachen, die ist schon kalt. Und außerdem heißt die Tote *Frau von Lingenthal* und nicht Schoko-Leiche.«

Schoko-Leiche hin oder her. Dirk ist der Mörder. Da kann er noch so schöne große Augen haben, inzwischen empfinde ich die gar nicht mehr als so groß und auch nicht als so schön, ohne rosarote Brille haben sie enorm an Attraktivität eingebüßt, wie der ganze Konradi. Wenn ich ehrlich zu mir selbst bin, weiß ich gar nicht mehr, wieso ich derart heftig auf den reagiert habe. Steffis Theorie dazu lautet: Sicherlich liegt das einzig und allein daran, dass ich so lange keinen Sex hatte. Na ja, wer weiß?

Schon in der Nacht habe ich mich entschlossen, dem Herrn Hauptkommissar Rauenberg einen Besuch abzustatten. Nachdem sich die Kinder in Richtung Schule verabschiedet haben, trete ich den Weg zur Polizeidirektion an. Ich bin mir nicht sicher, ob ich dort anrufen müsste, um einen Termin mit dem Kommissar auszumachen oder ob ich da einfach so reinschneien kann. Ein Versuch ist es wert, falls er nicht anwesend ist, kann ich ja für einen späteren Zeitpunkt ein Treffen vereinbaren.

Ich gehe durch die Hauptstraße bis zum Bismarckplatz, weiter über die Bergheimer Straße zur Römerstraße, dort befindet sich das Polizeirevier.

Ich klingle. Der Summer ertönt und ich kann die Außentür öffnen. Ein Polizist in einem Innenraum gibt mir ein Zeichen, dass ich die Tür rechts zu ihm nehmen soll. Dem Herrn Wachtmeister schildere ich mein Anliegen. Er telefoniert, ich soll mich einen Augenblick auf die Bank setzen.

Einige Minuten später kommt eine junge Polizistin mit einem langen braunen Pferdeschwanz und bringt mich ins richtige Stockwerk.

Dann warte ich vor einer Tür.

»Hauptkommissar Rauenberg wird Sie gleich aufrufen«, teilt mir die Polizistin mit und schon ist sie weg. Es ist ein bisschen wie beim Zahnarzt, nur schlimmer, ich komme mir vor, als hätte ich selbst etwas verbrochen.

»Frau Eppstein.« Kommissar Rauenberg begrüßt mich mit Handschlag und bittet mich in sein Büro.

»Gratulation, dass Ihr Schoko-Laden so gut läuft, freut mich.«

»Danke«, sage ich etwas verwundert.

Keine Ahnung, warum der mir zu meinem Erfolg gratuliert. Ist ja auch egal.

Das Telefon klingelt und er nimmt den Hörer ab. Mehrmals knurrt er in den Hörer, das hätte sein Cocker Spaniel nicht besser machen können.

Ich sitze ihm gegenüber an seinem Schreibtisch und denke, dass hier sonst immer die bösen Jungs Platz nehmen müssen. Im Raum befindet sich noch ein zweiter Schreibtisch, dieser ist verwaist. Von überall sehen mich weiße, kahle Wände sorgenvoll an. Überhaupt sieht hier alles nach Provisorium aus. Mir fällt der Artikel in der Tageszeitung über die Polizeireform ein. Gab es da nicht zu Jahresbeginn ein riesiges Stühlerücken, das immer noch anhält? Wurden nicht Hunderte Beamte von Mannheim nach Heidelberg und andere von Heidelberg nach Mannheim versetzt?

Mein Freund Brunetti, der Polizeicocker, kommt aus seinem Ruheplatz unter dem Schreibtisch hervor und lässt sich von mir kraulen. Leider habe ich heute kein Hundeleckerli für ihn.

Kommissar Rauenberg beendet das Telefonat mit einem unfreundlichen Knurren. Dieser Mann verbringt eindeutig zu viel Zeit einzig und allein mit seinem Hund.

»Frau Eppstein, was kann ich für sie tun?«

»Es geht um den Tod von Frau von Lingenthal. Ich möchte eine Aussage machen, wegen, ähm, Herrn Konradi, dem Finanzexperten. Also …« Verdammt, wie soll ich denn jetzt anfangen? »Dirk …, Herr Konradi, hat gestern in meiner Gegenwart zugegeben, dass er Frau von Lingenthal mit dem Schokoladen-Peeling eingeschmiert und …, dass er sie geschlagen hat.«

Was der Kommissar in diesem Augenblick denkt, möchte ich lieber nicht wissen.

»In welcher Beziehung stehen Sie zu Herrn Konradi?« Der Kommissar sieht mich erstaunt an und seine Stimme hat jetzt den strengen Klang meines früheren Englischlehrers.

Etwas kleinlaut stammle ich rum und berichte ihm, dass ich mich mehrmals mit Herrn Konradi getroffen hätte, um ihm ein bisschen auf den Zahn zu fühlen.

»Sind Sie WAHNSINNIG? Was mischen Sie sich denn in unsere Ermittlungsarbeit ein? Sie können doch nicht einfach einen Mörder stellen wollen?«

Ganz klein werde ich. Der Kommissar hat ja recht, und wenn er sich so echauffiert, dann sehe ich meinen Fehler ein bisschen ein.

Natürlich vergesse ich, zu gestehen, dass ich in diesen Mörder heftig verliebt gewesen war und dass wir fast zusammen in der Kiste gelandet wären. Sonst berichte ich insbesondere die gestrige Unterhaltung in allen Details. Und dann gebe ich ihm den Zettel mit der Anschrift des windigen Notars. Und ich sage ihm, dass ich noch Fotos mit zwei Namenslisten auf meinem Mobiltelefon hätte. Ich gebe ihm mein Handy und er ruft jemand an, der es zwei Minuten später abholt.

»Was haben Sie sich nur dabei gedacht, Frau Eppstein?«

Er versichert mir, dass ich ab jetzt keine Ermittlungstätigkeiten mehr zu übernehmen bräuchte, dafür sei eindeutig die Polizei zuständig und ich muss ihm versprechen, dass ich ab sofort die Finger von diesem Fall lasse, sonst würde er gegen mich wegen Behinderung der Ermittlungsarbeit vorgehen.

Rauenberg begleitet mich in ein anders Stockwerk, dort soll ich warten, bis mir mein Handy wieder übergeben wird. Mist, sicherlich hören die ab jetzt meine Gespräche ab. Na ja, ich habe ja nichts mehr zu verbergen.

Ein junger Polizist mit Nickelbrille überreicht mir wenige Minuten später mein Telefon.

Im Schoko-Traum muss ich immer wieder an Dirk denken. Was wird er sagen, wenn er erfährt, dass ich ihn bei der Polizei verpfiffen habe und dass ich gar nicht Sabine Wilhelm bin. Ich bereue, ihm nicht früher die Wahrheit gesagt zu haben, ich finde, das hätte er verdient gehabt. Hätte er das tatsächlich? Nicht, wenn er Frau von Lingenthal umgebracht hat. Ich bereite mir schon die zweite Anti-Kummer-Schokolade zu. Jedoch auch die bleibt ohne Wirkung.

Am Nachmittag hole ich neues Geschenkpapier im Lager, als vorn im Laden die Türglocke geht. Ich beeile mich und sehe gerade noch, wie Dirk das Schild an der Tür *Geöffnet* in *Geschlossen* umdreht. Mist von innen steckt noch der Schlüssel, den habe ich vergessen abzuziehen. Hat er den etwa umgedreht?

»Hallo Dirk«, sage ich mit brüchiger Stimme.

Er geht auf mich zu, als wolle er mich auf der Stelle erwürgen.

»Bist du von den Bullen oder bist du eine Privatschnüfflerin? Los rede!«

»Nichts von beiden«, sage ich leise, »mir gehört nur diese Chocolaterie«.

Wieso ist der hier und nicht schon längst verhaftet?

Er packt mich und schüttelt mich.

»DU SCHLAMPE! DU VERDAMMTE SCHLAMPE! Du hast mich bei den Bullen verpfiffen? Das glaub ich nicht.«

Warum nur habe ich jetzt ein Déjà-vu?

»Vor meinem Haus wimmelt es nur so von Bullen, die sind da mit großem Besteck aufgekreuzt, als wäre ich ein Schwerverbrecher? Was hast du denen erzählt?«

»Nur das, was du mir gestern gesagt hast.«

»Mensch Sabine, ich habe dich geliebt, wirklich geliebt. Und du hetzt mir die Bullen auf den Hals.« Seine Stimme ist ganz sanft geworden. Das ändert sich schlagartig. »SCHEISSE, du heißt ja gar nicht Sabine. Tanja. TANJA EPPSTEIN!« Jetzt wird er laut, er redet sich in Rage. »Deshalb haben dich die Leute mit diesem Namen angesprochen, weil du so heißt. Von wegen Verwechslung. Du hast mich total verarscht.«

»Dirk, es tut mir leid«, versuche ich, ihn zu beschwichtigen.

»Ach, halt doch die Klappe, du verlogenes Miststück.«

»Ich wolle dir alles sagen, aber …«

»Warum hast du dich an mich rangemacht? Was wolltest du von mir? Ich versteh das nicht.«

»Der Freund meiner Tochter wurde verhaftet und ich wollte einfach nur die Wahrheit wissen, aber dann habe ich mich in dich verliebt.«

»Erzähl mir doch nicht so einen Scheiß. Glaubst du, dass ich so doof bin und dir das abkaufe? Kannst du dir vorstellen, wie bescheuert ich heute Morgen aus der Wäsche geguckt habe, als ich die Tageszeitung aufgeschlagen habe. Ein großes Bild von meiner Sabine Wilhelm und dort steht dummerweise, du seiest Inhaberin einer Chocolaterie und würdest Tanja Eppstein heißen. Mann, das war ein Schock.«

Ach, dieser Artikel in der Zeitung, den hatte ich völlig vergessen. Stimmt, heute Morgen hat die Zeitung ja wieder der Grantler aus dem Briefkasten geklaut. Aber diese Journalistin hat doch gar kein Foto gemacht. Mist, natürlich. Die Homepage. Die hat sicherlich ein Bild von der Website genommen.

Ich stehe immer noch hinter dem Tresen und überlege, ob es etwas bringt, wenn ich ins Lager flüchte und mich dort einschließe, dann fällt mir ein, dass der Schlüssel dafür an der Eingangstür steckt. Was macht man in so einer Situation?

Tja, jetzt ist guter Rat teuer, das hättest du dir vorher überlegen sollen.

Auf meine innere Stimme habe ich jetzt keine Lust. Die ist nicht wirklich eine Hilfe.

»Wie konnte ich nur auf dich hereinfallen?«, sagt Dirk mit weinerlicher Stimme.

»Was ist da hinten?«, will er jetzt wissen.

»Die Küche und das Lager.«

»Lager klingt gut. Ist dort ein Fenster oder eine Tür?«

»Dirk, was hast du vor?«

Oh verdammt, wenn er tatsächlich Frau von Lingenthal umgebracht hat, dann hat er nichts mehr zu verlieren. Aber könnte er mir etwas antun? Na ja, warum nicht, schließlich hat er Frau von Lingenthal auch erschlagen ohne mit der Wimper zu zucken.

»Sab …, du verlogene Schlampe, ich hab dich was gefragt? Das Lager?«

»Keine Tür und kein Fenster. Dirk, was hast du vor? Es tut mir leid, ich mag dich doch und …«

Seine Stimmung ist umgeschlagen; er schreit mich an: »GEH INS LAGER.«

Unsanft schiebt er mich vor sich her.

»Sabine, SCHEISSE, ich vergesse ständig, dass du gar nicht so heißt. Wie konntest du mir das nur antun? Ich hab dich geliebt. Sogar mein Leben wollte ich für dich ändern.«

Er bugsiert mich nach hinten und gibt mir einen Stoß, im Lager falle ich über ein Paket. Ich liege am Boden, mein Bein schmerzt, ich glaube, es blutet.

Dirk sieht mit hasserfüllten Augen auf mich herunter: »Ich bring dich um, du Schlampe!«

»Dirk, bitte …«

Mit Blick auf den Computer im Lager will er wissen: »Wo stellt man den Strom ab?«

»Neben der Tür in der Küche.«

Er öffnet den Sicherungskasten und schraubt die alten Sicherungen raus.

»Schlüssel!«

»Am Schlüsselbund an der Tür.«

Ich überlege, was ich jetzt machen kann, dann höre ich, wie er von außen die Tür des Lagers abschließt. Verdammt, mein Handy liegt auf der Theke. Immerhin verdursten und verhungern werde ich hier nicht. Was hat Dirk vor? Will er mich tatsächlich umbringen?

Ich kremple mein Hosenbein hoch, am linken Bein habe ich mir eine Schürfwunde zugezogen, die ein bisschen blutet, wie mein Herz. Ich drücke ein Papiertaschentuch auf die Wunde und bin froh, dass ich etwas zu tun habe. Nach wenigen Minuten ist die Wunde gestillt. Ob mich hier einer hört, wenn ich an die Wände hämmere? Rechts neben dem Schoko-Traum ist ein Papierwarengeschäft. Mein Lager grenzt an deren Lager. Aber ich glaube nicht, dass die mich hören. Die Boutique auf der anderen Seite steht leer, da kann ich mir die Mühe sparen. Auf der Seite des Papierwarengeschäfts schlage ich wild mit den Fäusten gegen die Wand. Immer und immer wieder, so lange, bis mir die Handkanten schmerzen. Wahrscheinlich bringt das nichts. Diese alten Häuser haben dicke Mauern, normalerweise ist das auch nicht das Schlechteste. Ich überlege, ab wann mich meine Kinder vermissen werden. Na ja, so schnell sicherlich nicht. Sie denken, ich wäre bei einer Freundin, aber vielleicht …, wenn sie mich nicht auf meinem Handy erreichen. Könnte es sein, dass sie dann, nein, garantiert werden sie sich nicht an die Polizei wenden. Es ist stockfinster im Lager. Ich bin mit mir, meiner Angst und meinen Gedanken allein. Was hat Dirk vor? Er hat unmissverständlich gedroht, mich umzubringen. Wird er diese Drohung in die Tat umsetzen? Ist er dazu tatsächlich fähig? Wo ist er hingegangen? Vielleicht besorgt er sich eine Waffe oder wie hat er vor, mich umzubringen?

Ich taste mich zum Schreibtischstuhl. Immerhin sitze ich jetzt bequem. Wie lange ich wohl in diesem Verlies verbringen muss? Ich habe Durst, daher stehe ich auf und taste mich zu dem Kasten Mineralwasser vor. Auf meinem Rückweg falle ich wieder über das Paket. Ich werde nie wieder ein Paket mitten im Lager abstellen. Nie wieder! Diesmal schmerzt mein rechtes Knie. Wie kann man nur so blöd sein wie ich? Wie kann man sich nur in einen Mörder verlieben? Mit den Männern habe ich immer nur Pech. Ich weide mich an meinem Selbstmitleid und mir laufen die Tränen über die Wangen. Plötzlich fällt mir ein, dass ich erstens eine Taschenlampe – für alle Fälle – im Lager gebunkert habe und zweitens Teelichter für die Bistrotische. Die Taschenlampe müsste in der Schreibtischschublade sein. Da ist sie nicht. Mit fällt ein, dass ich sie dort rausgenommen und in den Schrank gelegt habe. Nachdem ich zum dritten Mal über das Paket stolpere, hieve ich es endlich zur Seite. Ja, die neue LED-Taschenlampe liegt im oberen Ablagefach. Sofort ist das Lager hell erleuchtet und ich fühle mich besser. Jetzt suche ich noch die Teelichter. Zu blöd, das Stabfeuerzeug liegt in der Küche. Ich durchsuche die Schreibtischschublade, finde dort aber nichts. Na ja, Romantik ist vielleicht jetzt auch fehl am Platz, für was also brauche ich Teelichter?

Was soll ich machen, wenn Dirk zurückkommt, um mich umzubringen? Mir fällt der Stock ein. Vor zwei Monaten hat doch eine ältere Dame ihren Stock bei mir vergessen. Zuerst habe ich ihn vorne im Laden stehen lassen, da die ältere Frau aber nicht wiederkam, habe ich ihn vor drei Wochen im Schrank deponiert. Damit könnte ich mich wehren. Könnte ich das? Ich meine, wäre ich wirklich fähig, damit auf Dirk einzuschlagen? In Anbetracht dieser Situation beschließe ich, dass ich dazu fähig sein muss. Er oder ich!

Ich nehme den Stock und übe schon mal. Wenn ich mich seitlich neben die Tür stelle, sobald ich ein Geräusch höre, dann müsste das klappen. Oder erwartet er einen Angriff von mir? Er muss de facto zur Tür rein, wenn er mich umbringen will. Ich werde mich wehren, schließlich brauchen Alina und Lucas ihre Mutter. Ich werde nicht zulassen, dass die beiden Halbwaisen werden. Dieser Konradi wird mich kennenlernen!

Ein Geräusch! Schnell knipse ich die Taschenlampe aus und positioniere mich mit dem Stock neben der Tür. So warte ich auf Dirk. Vor meinem inneren Auge sehe ich ihn mit einem großen Fleischermesser in der Hand. Der fest umklammerte Stock in meiner Hand zittert. Mein Herz rast.

13

Ich warte und warte, doch es tut sich nichts. Sicherlich kam das Geräusch statt vom Laden von der Straße her. Resigniert lasse ich den Stock sinken. Obwohl ich eine höllische Angst hatte, wollte ich, dass dies hier endlich ein Ende finden sollte. Denn immer wieder spulen sich zwei Filme vor meinen Augen ab: Dirk, der Frau von Lingenthal erschlägt und Dirk, der mit diesem riesigen Fleischermesser auf mich einsticht. Ich habe Angst, große Angst.

Stunden später sitze ich immer noch im Lager des Schoko-Traums. Vielleicht wurde Dirk schon verhaftet und zur Strafe lässt er mich hier schmoren. Bestimmt würde er der Polizei nicht verraten, wo ich mich befinde, so wütend, wie der auf mich war.

Trotz Angst ist mir langweilig. Eigentlich könnte ich Pralinenpäckchen packen, Zeit hätte ich jetzt. Aber an Lust fehlt es mir. Ich kann hier keine Päckchen packen, während ich auf meinen Mörder warte. Das geht gar nicht. Also klebe ich wie festgewachsen auf dem Stuhl und harre der Dinge, die da kommen. Seit Stunden passiert nichts. Inzwischen habe ich schon gefühlte tausend Mal an die Wand des Nachbarladens gehämmert. Keine Reaktion. Wahrscheinlich werde ich die Nacht hier verbringen müssen. Ich bin hundemüde, aber wenn ich schlafe, höre ich nicht, wenn mein Mörder kommt. Ich muss wach bleiben! Trotzdem nehme ich mir aus dem Regal zwei Decken, die ich dort deponiert habe. Wie gut, dass ich ein Mensch bin, der vorsorgt. Eine Decke kann ich auf den Boden legen und mit der anderen werde ich mich zudecken. Inzwischen ist es mir etwas kühl.

Mörder hin oder her, als ich müde bin, lege ich mich auf den Boden. Allerdings tue ich vor Angst kein Auge zu.

Plötzlich höre ich wieder ein Geräusch. In Sekundenschnelle erhebe ich mich. Mit dem Stock stehe ich hinter der Tür. Der älteren Dame, die ihn vergessen hat, sei Dank. Dann lösche ich das Licht der Taschenlampe.

Den Stock umklammere ich fest mit beiden Händen, so fest, dass meine Finger schmerzen. Auf meiner Stirn wird der nasse Film stärker. Reißende Schweißbäche strömen meine Achselhöhlen hinab. Dirk hat gedroht, mich umzubringen. Ich muss ihn kampfunfähig machen. Vielleicht ist das die letzte Chance mein Leben zu retten. Ich will nicht sterben. Ich darf nicht sterben. Alina und Lucas brauchen ihre Mutter.

Die Tür geht langsam auf, ich hebe den Stock weit nach oben, sobald Dirks Kopf erscheint, lasse ich den Schlagstock niedersausen.

Dirk geht zu Boden. Draußen höre ich Stimmen. Das Licht geht an und jetzt erst sehe ich, wer vor mir auf dem Linoleumfußboden liegt: Hauptkommissar Rauenberg.

Ein anderer Polizist zielt mit seiner Pistole auf mich. Ich hebe schnell die Hände hoch. Das ist ja wie im Film. Tatort live! Rauenberg hat eine große Platzwunde am Kopf, die heftig blutet.

Leider nicht heftig genug, er kann noch schreien: »NEHMEN SIE DIESE VERRÜCKTE FEST!«

Heute scheine ich sehr negativ auf alle Männer zu wirken, ich weiß gar nicht wieso.

Der junge Polizist löst eilfertig seine Handschellen vom Hosenbund, Rauenberg grinst jetzt: »Na, lassen Sie mal gut sein.«

Zu gerne hätte mich der junge Polizist verhaftet, er ist richtiggehend eingeschnappt, weil er mir keine Handschellen anlegen darf.

»Konradi hat mir gedroht. Ich dachte, dass er es ist, der kommt, um mich umzubringen.«

»Hätte er mal lieber machen sollen, dann wäre mir das hier erspart geblieben.«

136

Der Mann ist richtig witzig heute.

»Herr Kommissar, es tut mir leid.«

»Hauptkommissar!«

»Herr Hauptkommissar, es tut mir leid.« Inzwischen habe ich aus meinem Verbandskasten ein Wundschnellverbandset und mehrere Verbandspäckchen gebracht, um Rauenbergs Wunde zu versorgen.

Der Herr Hauptkommissar lässt mich aber nicht an sich ran. Nur sein älterer Kollege darf das. Komisch, dieser Mann hat kein bisschen Vertrauen zu mir. Warum nur?

»Herr Konradi konnte verhaftet werden«, teilt er mir mit. Den jungen Polizisten bittet er, mich nach Hause zu fahren, zu mir gerichtet sagt er: »Was haben Sie sich nur dabei gedacht? Ich möchte Sie morgen früh um acht Uhr in meinem Büro sehen. Ist das klar?«

»Ja, natürlich.«

Dann erklärt er den Einsatz für beendet. Von dem älteren Polizisten, dem, der seine Wunde versorgen durfte, lässt er sich zum Arzt fahren. Ich verabschiede mich kleinlaut und wünsche dem Hauptkommissar Rauenberg eine gute Besserung.

Der Polizist, der mir so gerne die Handschellen angelegt hätte, geht mit mir zum Polizeiauto. Ich muss hinten einsteigen und dabei schützt er meinen Kopf, so wie das die Polizisten im Film immer machen. Ich komme mir vor, wie eine Schwerverbrecherin. Ein unschönes Gefühl, in einem Streifenwagen zu fahren, so etwas gefällt nur Dreijährigen, die mit ihrer Kindergartengruppe eine Stippvisite bei der Polizei einlegen. Ich hingegen wäre viel lieber gelaufen, aber ich habe mich nicht getraut, Herrn Rauenberg zu widersprechen, nachdem ich ihn niedergeschlagen hatte.

Meinen Kindern erzähle ich eine etwas weniger gefährliche Version der ganzen Geschichte. Nur den Stockeinsatz gegen den Hauptkommissar schildere ich in allen Details. Alina und Lucas lachen, bis ihnen die Tränen kommen. So lustig finde ich das alles nun auch wieder nicht, schließlich wollte mich der Konradi umbringen.

Ich bin heilfroh, dass jetzt alles vorbei ist. Sabine Wilhelm ist Vergangenheit. Ich bin nur noch Tanja Eppstein. Keine Lügen mehr. Der Mörder von Frau von Lingenthal ist gefasst, Max wird nicht mehr des Mordes verdächtigt. Meine Tätigkeit als Privatschnüfflerin ist ab sofort beendet.

Vor dem Zubettgehen fällt mir noch die Tageszeitung ein. Klar, Blockwart Grantler hat eindeutige Lesespuren auf ihr hinterlassen. Aber der Artikel über meinen Schoko-Traum ist richtig schön geworden. Und ja, die nette Journalistin hat das Bild von der Homepage genommen, das kann man ihr ja auch schwerlich vorwerfen. Wieso sollte sie das Bild nicht abdrucken? Sie konnte ja nicht wissen, was sie damit auslösen würde. Die Bluse, die ich auf dem Foto trage, hatte ich während unserer Wanderung nach Neckarsteinach an. Deshalb war Dirk wohl sofort klar, dass dies keine Doppelgängerin war.

Am nächsten Morgen mache ich mich mit ziemlich starken Bauchschmerzen auf den Weg in die Römerstraße. Dort muss ich fast eine Stunde warten, bis Herr Hauptkommissar Rauenberg mir die Ehre gibt. Mehrmals frage ich nach, kann ja sein, der hat mich einfach vergessen. Ich schlage vor, zu einem späteren Zeitpunkt wiederzukommen, aber der Polizist, der mir am Vortag unbedingt gerne die Handschellen anlegen wollte, lässt mich nicht gehen. Er faselt etwas von Aussagen bei der Polizei seien Bürgerpflicht.

Dann endlich darf ich das Heiligtum des Hauptkommissars betreten. An seinem Hinterkopf klebt ein großes Pflaster. Ob die Wunde genäht werden musste? Ich frage besser nicht nach, stattdessen kraule ich Brunetti hinter seinen Ohren. Der kam gleich unter dem Tisch hervor.

Im Gegensatz zu seinem Hund wird der Herr Kommissar gleich wieder unfreundlich: »Was haben Sie sich eigentlich dabei gedacht, Ermittlungen auf eigene Faust durchzuführen?«

Ich sehe ihn kampfeslustig an, aber meine Antwort geht in seinen weiteren Beschimpfungen unter: »Der Konradi hätte Sie umbringen können, ist Ihnen das klar? Hallo, geht das bei Ihnen jetzt endlich in den Schädel rein? Ich habe Sie doch schon einmal gewarnt.«

Wie redet der denn mit mir? Was bildet der sich denn ein?

»Also Sie, die Polizei, haben ja nix gemacht. Sie hatten doch Ihren Täter, einen Junkie, dem konnte man alles so schön in die Schuhe schieben.«

»Das ist ja wohl die Höhe.« Er steht auf und sein Schreibtischstuhl knallt mit Karacho nach hinten an die weiße Wand. »Wollen Sie der Polizei, wollen Sie MIR, UNTÄTIGKEIT vorwerfen?«

»Jetzt regen Sie sich doch nicht so auf, nur weil ich ein bisschen rumgeschnüffelt habe.«

Er setzt sich wieder auf seinen Stuhl. »Ein bisschen rumgeschnüffelt ist gut. Sie haben sich als Sabine Wilhelm ausgegeben. Wissen Sie eigentlich, dass Sie damit nicht nur sich selbst, sondern auch Sabine Wilhelm und ihre Mutter in Gefahr gebracht haben?«

»Aber Frau Wilhelm, ich meine die Mutter, sie war doch eingeweiht, sie war diejenige, die den Vorschlag gemacht hat, dass wir uns diesen Konradi etwas genauer ansehen sollten.«

Na gut, so genau trifft das jetzt nicht zu, an das Mit-der-Wahrheit-nicht-so-genau-nehmen habe ich mich fast schon ein bisschen gewöhnt.

»Ich hatte eher den Eindruck, dass insbesondere SIE sich diesen Konradi etwas genauer angesehen haben. Wie weit sind Sie dabei eigentlich gegangen?«

»Wollen Sie jetzt wissen, ob ich mit ihm im Bett war? Inwieweit ist das denn erheblich für Ihre polizeilichen Ermittlungen?«

Unter dem Tisch spüre ich die kalte Schnauze von Brunetti, mir ist zurzeit nicht nach Kraulen zumute.

»Was hier ERHEBLICH ist, das können SIE getrost MIR überlassen.«

»Wir hatten keinen Geschlechtsverkehr, wenn Sie das meinen.«

Zumindest keiner, der vollzogen wurde, knapp vorbei ist auch daneben oder so ähnlich. Es gab ja immer irgendjemand oder irgendetwas, der oder das uns davon abhielt.

»Mensch, Sie haben diesen Konradi ja ganz wuschig gemacht. Der ist dermaßen in Sie, oder besser in Sabine Wilhelm, verliebt, der Mann kann ja nicht mehr klar denken.«

Ich weigere mich, darauf eine Antwort zu geben, und sehe ihn nur keck an.

»Ich möchte von Ihnen noch einmal ganz genau wissen, was Ihnen Herr Konradi gestanden hat.«

Der kann ganz schön schnell das Thema wechseln.

»Das habe ich Ihnen doch schon alles gesagt, da hat es Sie aber nicht sonderlich interessiert.«

»Ich möchte es noch einmal von Ihnen hören. Jetzt interessiert es mich.«

Typisch Mann, erst erklärt man ihnen alles, aber sie hören nicht zu und später muss man alles noch einmal wiederholen.

Es hilft nichts, in allen Einzelheiten gebe ich das von Konradi Gesagte wieder. Diesmal wird alles aufgezeichnet und dann muss ich noch einmal eine geschlagene Stunde warten, bis ich meine Aussage unterschreiben kann. Ich glaube, der lässt mich extra so lange warten, als disziplinarische Maßnahme sozusagen, weil ich mich seiner Anordnung widersetzt habe und doch weiter an dem Fall drangeblieben bin.

Zum Schluss gibt er mir noch ein paar nette Worte auf den Weg: »Sollten Sie sich noch einmal in unsere Arbeit einmischen, Frau Eppstein, dann werde ich nicht davor zurückschrecken, Sie wegen Behinderung der Polizeiarbeit verhaften lassen. Haben Sie mich jetzt verstanden?«

Uhh, jetzt bekomme ich aber Angst. Ich zittere schon am ganzen Leib.

»Glauben Sie, mir hat das Spaß gemacht? Sie können sich nicht vorstellen, wie froh ich darüber bin, dass jetzt alles vorbei ist.«

Auch, wenn Kommissar Rauenberg immer von dem Konradi als mutmaßlichem Täter spricht, bin ich mir sicher, dass die Polizei ihn für den Mörder an Frau von Lingenthal hält. Immerhin ist Alinas Max jetzt entlastet. Für den Mord kommt er wohl nicht infrage, das hat selbst Rauenberg zugegeben.

Mit über einer Stunde Verspätung schließe ich den Laden auf.

Mehrere Kunden erwähnen lobend den Zeitungsartikel. Es sind zahlreiche neue Käufer dabei, die erst durch den Bericht auf mein Geschäft aufmerksam geworden sind.

Heute ist alles ganz anders im Schoko-Traum. Ich bin überaus erleichtert, dass ich nur noch Tanja Eppstein bin. Keine falschen Identitäten mehr, keine Lügen, keine imaginären Freundinnen, die sterbenskrank in Krankenhäusern liegen, kein Dirk- oder Mörder-Handy. Nur noch meine Chocolaterie. Herrlich!

Immer wieder muss ich daran denken, ob mir Dirk tatsächlich hätte etwas antun können. Wäre er dazu fähig gewesen, mich umzubringen, nur weil ich mich als eine andere ausgegeben und ihn bei der Polizei denunziert habe? Na ja, so wie es aussieht, hat er Frau von Lingenthal auch erschlagen, nur weil sein Lügengerüst zusammenzustürzen drohte.

Wieso wollte der Rauenberg unbedingt wissen, ob ich mit dem Konradi im Bett war? Das spielt doch für die Ermittlungen keine Rolle. Irgendwie bereue ich es ein kleines bisschen, dass es nicht dazu gekommen ist. So oft waren wir kurz davor, aber wer weiß, was dann noch alles passiert wäre. Sicherlich war es so das Beste.

Das Telefon läutet. Frau Wilhelm ist dran. Der Kommissar hat sie befragt und sie will alles über gestern Abend beziehungsweise heute Nacht wissen. Ich berichte ihr die Fakten und sie ist sehr froh, dass alles gut ausgegangen ist.

Ich beschließe, Dirk und die letzten Wochen zu vergessen und mich jetzt wieder ganz auf den Schoko-Traum zu konzentrieren. Es gibt eine Menge zu tun, ich muss verschiedene Pralinensorten und Schoko-Peeling herstellen. In der letzten Zeit habe ich mein Geschäft vernachlässigt, nur weil ich mich in diesen Konradi verguckt hatte. Ich sehe schon wieder seine schönen großen Augen vor mir. Mörder-Augen! Nein, das ist vorbei, ein für alle Mal vorbei.

Ich gehe meinen Tätigkeiten nach. Aber ständig kommt mir dieses Gespräch mit diesem komischen Kauz von Hauptkommissar in den Sinn. Eigentlich eine ganz schöne Unverschämtheit, ich hätte den Konradi wuschig gemacht. Was bildet sich dieser Rauenberg eigentlich ein? Männer!

In ihrer Mittagspause kommen Steffi und Biggi vorbei und ich muss die ganze Geschichte von gestern erneut erzählen. Diesmal lasse ich nichts weg, übertreibe aber auch nicht, volle Pulle Realität. Auch die beiden sind froh, dass jetzt alles vorbei ist. Ich muss mir ein bisschen was anhören, dass ich mich in große Gefahr begeben hätte und von wegen verliebt in einen Mörder. Aber was soll's, schließlich ist es jetzt vorbei. Und verliebt bin ich auch nicht mehr.

Bei den Briefkästen begegne ich Blockwart Grantler.

»Sie sind ja eine richtige Berühmtheit, Frau Eppstein. Jetzt stehen Sie schon in der Zeitung.«

»Ja, das stimmt, Herr Grantler. Aber es ist trotzdem meine Zeitung und gnade Ihnen Gott, wenn ich Sie dabei erwische, wie sie *meine* Zeitung aus *unserem* Briefkasten fische.«

»Also, also, das, das ist …« Der Grantler hat eine rote Birne, hoffentlich kriegt der keinen Anfall. »Das ist eine üble Unterstellung. Ich würde niemals …«

Ich lasse ihn einfach stehen.

14

Blockwart Grantler passt mich abends im Hauseingang an den Briefkästen ab.

»Haben Sie schon gehört, Frau Eppstein, der Mörder der Schoko-Leiche wurde gefasst.«

Mein »Ja« interessiert ihn nicht, auch meinen Einwurf: »Die Ermordete hieß Frau von Lingenthal und nicht Schoko-Leiche«, übergeht er geflissentlich.

»Dieser Drogensüchtige hat ihr Geld und ihren Schmuck gestohlen, aber umgebracht hat sie ihr Finanzberater. Alles Verbrecher, diese Banker, das weiß doch inzwischen jeder. Früher war das ja ein angesehener Beruf, da konnte man als Elternteil stolz sein, wenn man sagen konnte, mein Filius arbeitet bei einem Geldinstitut, aber heute, da muss man sich ja für schämen.«

Ich nehme unsere Post aus dem Briefkasten und sage: »Ich muss dann mal, Herr Grantler.«

»Ach, was ich Sie noch fragen wollte, wer war denn der junge Mann, bei dem Sie letzte Woche aus dem Auto ausgestiegen sind?«

Ich sehe ihn fragend an. »Wie bitte?

»Vor dem Krankenhaus hat er das Auto angehalten, sie sind ausgestiegen und in die Klinik reingerannt und gleich wieder rausgekommen. Hoffentlich ist niemand erkrankt in der Familie.«

»Also, ich bin Ihnen in keiner Weise Rechenschaft schuldig. Ich kann aus dem Auto steigen, bei wem ich will, das braucht Sie nicht zu interessieren. Und ich kann in ein Krankenhaus gehen und nach zwei Minuten wieder rauskommen, Herr Grantler, auch das geht sie Nullkommanix an. Danke der Nachfrage: Alle in der Familie sind wohlauf!«

»Sie müssen nicht gleich verletzend werden, nur wenn ich mal eine Frage stelle.«

»Sie können so viele Fragen stellen, wie sie wollen, nur Antworten werden Sie auf solche Fragen nicht bekommen.«

Mir reicht's. Ich gehe nach oben.

Noch nicht zur Wohnungstür drinnen, überfällt mich Alina: »Papa hat gesagt, Max würde bis zum Prozess freikommen.«

»Welcher Prozess?«, frage ich noch ganz in Rage wegen Blockwart Grantler.

»Er hat doch der Schoko-Leiche Geld und Schmuck geklaut.«

»Die Ermordete heißt Frau von Lingenthal«, verbessere ich meine Tochter. Warum nennt alle Welt Frau von Lingenthal *Schoko-Leiche*? Das ist so etwas von pietätlos.

»Trotz Raub und Diebstahl und sonst noch was lassen sie ihn auf freien Fuß? Na, da hat dein Papa mal wieder ganze Arbeit geleistet.«

Seinen Ruf als Strafverteidiger, auch in aussichtslosen Fällen, hat mein Ex nicht zu Unrecht. Meine Tochter strahlt mich an wie die erste Frühlingssonne. Ich hingegen bin mir nicht so sicher, ob mir die Tatsache gefällt, dass dieser Max freikommt, denn jetzt kann sich dieser Junkie ja wieder an meine Tochter heranmachen. Was, wenn der meine Kleine anfixt oder ihr sonst irgendwelche Drogen andreht? Warum musste ich mich da überhaupt einmischen?

Es klingelt unten an der Haustür und Alina rennt, entgegen ihren sonstigen Gepflogenheiten, sofort an die Klingelanlage, um unten zu öffnen.

»Das ist Max. Gleich lernst du ihn kennen.«

»MAX?«

Auch das noch! Ich muss gestehen, dass ich meine Tochter schon seit langer Zeit nicht mehr so hibbelig gesehen habe. Was will ich eigentlich? Erst setze ich alles daran, um zu beweisen, dass dieser Max keine Schuld am

Tod von Frau von Lingenthal trägt und jetzt, wo es mir gelungen ist … Es ist mir äußerst unangenehm, dass dieser Max frei ist und auch noch hier aufkreuzt. Hinter Gitter war mir der Junkiefreund meiner Tochter lieber. Das hätte ich mir früher überlegen sollen.

»Das ist Max.«

»Das ist *meine* Mama.« Alina ist stolz wie Bolle.

Max begrüßt mich mit Handschlag. Ich kann mich nicht erinnern, wann meine Tochter zum letzten Mal so stolz auf ihre Mutter war, ich glaube, das war beim Eltern-Weihnachtsbasteln während ihrer Kindergartenzeit. Seit einigen Jahren bin ich meinen Kindern in der Öffentlichkeit oft peinlich, sind einem ja die Eltern, wenn man in diesem Alter ist, immer. Ist ganz normal. Kann ich ein Lied von singen. Bei mir hat das jedoch nie aufgehört. Meine Mutter ist mir heute noch peinlich, mein Vater allerdings nicht. Ich hoffe, dass es bei meinen Kindern andersherum sein wird.

»Ich möchte mich vielmals bei Ihnen bedanken, Frau Eppstein, ohne Sie würde mich wahrscheinlich eine Mordanklage erwarten.«

Jetzt nur eine wegen Raub und Diebstahl und was weiß ich alles, denke ich. Aber ich muss gestehen, wenn ich nicht wüsste, dass er ein Junkie ist, dieser Max, und dass er Frau von Lingenthal bestohlen hat, dann würde ich diesen jungen Mann ganz sympathisch finden. Er hat halblange schwarze Haare und ein sehr zartes ebenes Gesicht. Seine Augen haben diesen hoffnungslos sehnsüchtigen und traurigen Blick. Darauf stehen wir Frauen. Kann ich meiner Tochter nicht übelnehmen, dass sie sich in den verguckt hat. Natürlich hat er auch ein Lippenpiercing, allerdings noch weitere Piercings an den Augenbrauen. Und wer weiß, wo noch? Aber das ist ja heute normal. Über sein Elternhaus kann ich mich nicht beklagen, immerhin ist er Florians Bruder, der hängt schon seit Jahren in unserer Familie rum. Mit seiner alleinerziehenden Mutter habe ich schon oft telefoniert und bei den Elternabenden saßen wir immer nebeneinander. Über die Probleme mit ihrem ältesten Sohn hat sie nie ein Wort verloren.

Die beiden verschwinden in Alinas Zimmer. Auch wenn mir das alles nicht recht ist, weiß ich aus eigener Erfahrung, dass es rein gar nichts bringt, wenn einem die Mutter den Umgang mit einem Freund verbietet. Ganz im Gegenteil, dann wird das alles nämlich erst so richtig interessant. Also werde ich mich damit abfinden müssen, dass dieser Max jetzt irgendwie zu unserer Familie gehört. Vielleicht sollte ich mich mal mit seiner Mutter unterhalten. Ich hoffe nur, dass er Alina nicht zu Drogen verführt, oder in unserer Wohnung irgendwelche Drogen konsumiert, dann fliegt er hochkant raus.

Ich klopfe sachte an die Tür. Es dauert einen verdächtig langen Augenblick, bis ein piepsendes »Herein« von Alina ertönt.

»Ich wollte nur fragen, ob Max mitisst.«

»Gerne, Frau Eppstein, wenn es Ihnen keine Umstände macht. Etwas Richtiges zu Essen wäre schön, das Essen im Kn … Gefängnis war nicht so gut.«

»Sind Sie auch Vegetarier?«

»Bitte duzen Sie mich, Frau Eppstein. Vegetarier? Nee, bis jetzt nicht. Soll ich Ihnen beim Richten des Abendessens helfen?«

»Nein, schon okay, lass nur.«

Na, so viel Höflichkeit und Anstand hätte ich von einem Junkie nicht erwartet, da können sich ja meine beiden Kinder eine Scheibe abschneiden. Dann werde ich mal ein großes Steak für den jungen Mann in die Pfanne hauen und für Alina einen Berg von Grünzeug putzen.

Danach sitzen wir zu dritt am großen Holztisch in unserer Wohnküche. Max fällt völlig ausgehungert über das Essen her. Kein Wunder, wer weiß, was der arme Junge im Knast bekommen hat.

»Max hat aufgehört mit den Drogen, Mama.«

Was soll ich dazu sagen? Das ist aber schön. Oder: Waren die Drogen im Knast zu teuer? Oder: Keine Angst, das wird schon wieder.

»Ich werde keine harten Drogen mehr anrühren. Diese Mordgeschichte war mir eine Lehre. Jetzt brauche ich möglichst bald einen Job. Ihr Mann, äh, Exmann, meint, das würde sich gut vor Gericht machen, wenn ich einen festen Job hätte.«

»Mama, du hast doch schon die ganze Zeit gesagt, du bräuchtest eine Hilfe im Laden. Du könntest es doch mal mit Max versuchen?«

Jetzt geht's aber los! Ich soll diesen Junkie und Verführer meiner Tochter auch noch in meinem Schoko-Traum einstellen? Das wäre ja noch schöner!

»Ja, das stimmt, ich könnte eine Hilfe gut gebrauchen, aber leider wirft die Chocolaterie bislang nicht so viel ab, dass ich eine Hilfe bezahlen kann. Tut mir leid.«

»Aber Max ist auch mit einem kleinen Gehalt zufrieden. Er braucht halt erst mal einen Job, ganz egal, was er verdient, Hauptsache er geht einer regelmäßigen Tätigkeit nach.«

»Das geht nicht.«

»Aber warum denn nicht, Mama?« Meine Tochter zuzelt an ihrem Lippenpiercing.

Die legt sich ja mächtig für diesen Max ins Zeug.

»Sie kennen mich ja nicht, und das, was Sie über mich gehört haben, war nicht sehr schmeichelhaft. Ich verstehe, dass Sie skeptisch sind, Frau Eppstein. Ich mache Ihnen einen Vorschlag: Ich arbeite eine Woche kostenlos in Ihrer Chocolaterie und dann können Sie sich entscheiden.«

»Bitte Mamili, bitte, sag ja.«

Was soll ich darauf antworten? Wahrscheinlich wird dieser Junkie mit den Einnahmen aus meiner Kasse verschwinden oder er wird nach einem Tag nicht mehr aufkreuzen, weil er wieder rückfällig geworden ist, vielleicht macht er meinen Laden auch zum Hauptdrogenumschlagplatz in Heidelberg.

Nein! Ich möchte diesen Max nicht in meinem Geschäft. Auf keinen Fall! Nie und nimmer!

»Mamili, bitte, bitte. Ich bin sicher, ihr beide werdet euch saugut verstehen. Bitte versuch's doch mal mit dem Max.«

»Also gut.« War das tatsächlich meine Stimme? »Wir können es ja mal für eine Woche versuchen.«

»Pangalaktisch!«, der Kommentar von Max.

»Danke Mamili.«

Schon bekomme ich von Alina einen dicken nassen Schmatzer auf die Wange. Dieses Kind strahlt schon wieder wie die Frühlingssonne. Wie könnte ich ihr diesen Wunsch abschlagen.

Als sich Max später verabschiedet, sagt er: »Frau Eppstein, wann ist morgen früh Arbeitsbeginn?«

»Es reicht, wenn du um zehn Uhr im Schoko-Traum bist.«

»Abfetzmäßig! Coole Arbeitszeit! Bis morgen.«

Na, da werden wir mal abwarten, ob das tatsächlich so cool wird mit diesem Max.

Als Lucas von unserem Deal erfährt, ist er nicht sehr begeistert: »Mama, der Max ist ja ganz nett, aber dir ist schon klar, dass er ein Junkie ist. Also wenn er dir die Kasse ausraubt, dann fang nicht an zu heulen oder so, dann kannst du nicht sagen, dass du mit so etwas nicht gerechnet hast. Der hat schon seine Mutter öfter beklaut, weiß ich von Flori. Deshalb wohnt er auch nicht mehr dort.«

Na, danke! Das klingt vielversprechend. Aber jetzt kann ich keinen Rückzieher mehr machen, durch die eine Woche muss ich durch. Ich hab's Alina versprochen.

Als ich mich am Morgen in Richtung Schoko-Traum aufmache, zeigt das Thermometer schon 25 Grad an. Ich bin sehr froh, dass Biggis Nachbar mir vor einigen Tagen eine preiswerte Klimaanlage in meinen Laden eingebaut hat. Somit bin ich für alle kommenden Hitzewellen gerüstet.

Max steht schon vor der Chocolaterie, als ich um kurz vor zehn Uhr ankomme. Er ist zu früh. Dieser Junkie überrascht mich schon, bevor er mit seiner Tätigkeit begonnen hat.

Sofort will er wissen, wie die Kasse zu bedienen ist. Genau das möchte ich ihm aber nicht zeigen. Na ja, muss ich wohl, wenn er hier arbeiten soll. Ich beruhige mich damit, dass sich bei mir ja nicht die Tageseinnahmen eines Supermarktes in der Kasse befinden. Bei meinen doch recht bescheidenen Einnahmen, wäre es durchaus zu verkraften, wenn dieser Max mit den Einkünften eines Tages durchbrennen würde. Nachdem ich mir diese Tatsache klar vor Augen geführt habe, fühle ich mich der Situation gewachsen und zeige ihm, wie die Kasse funktioniert. Er beherrscht es auf Anhieb. Alles andere hätte mich inzwischen auch sehr erstaunt. Ich sage ihm, dass er vorne im Laden bleiben soll, ich würde in der Küche neue Pralinen herstellen, Schoko-Traum-Pralinen seien stark dezimiert.

»Darf ich Ihnen später auch mal beim Pralinenherstellen helfen?«

»Ja, später. Alles zu seiner Zeit. Jetzt übernimmst du erst mal den Laden.«

»Abfetzmäßig, Frau Eppstein.«

Die Glocke läutet und zeigt einen Besucher an. Ich kann gerade nicht nach vorne gehen, da die Vollmilchkuvertüre in diesem Augenblick exakt die richtige Verarbeitungstemperatur erreicht hat, aber schließlich habe ich jetzt eine Hilfe. Ich höre die Stimme von Frau Wilhelm. Was die beiden miteinander sprechen, bekomme ich nicht mit, ich höre lediglich Frau Wilhelm laut lachen. Dann erscheint ihr Gesicht in der Küchentür.

»Geht es Ihnen gut, Frau Eppstein? Ich hoffe, Sie haben die Sache mit diesem Konradi gut überstanden? Netter junger Mann, den sie eingestellt haben, der beherrscht aber sein Handwerk.«

Später will ich von Max wissen, was er mit Frau Wilhelm angestellt hätte.

»Nichts«, sagt er bescheiden.

Bei meinem nächsten Blick in die Kasse sehe ich, dass sie für über fünfzig Euro Pralinen gekauft hat. Alle Achtung! Dieser Max hat's drauf.

Am Vormittag erlebe ich ihn in mehreren Kundengesprächen und kann es nicht fassen. Dieser Max ist der geborene Verkäufer.

Davon sind auch Steffi und Biggi überzeugt. Gestern Abend am Telefon hatten mich beide für verrückt erklärt, als ich ihnen mitgeteilt hatte, dass Max im Schoko-Traum eine Woche Probearbeiten wird. Jetzt sei ich wohl völlig durchgeknallt, fauchte mich Biggi an, erst der Konradi und jetzt dieser Max. Steffi wählte nicht weniger drastische Worte. Sie diagnostizierte, ich hätte nach meiner Scheidung ein ausgeprägtes Helfersyndrom entwickelt. Erst würde ich mich in einen Mörder verlieben und dann einen Junkie in meinem Geschäft einstellen. Was als Nächstes kommen würde, wolle sie lieber nicht wissen.

Und jetzt lassen sich beide von Max umgarnen, dass es eine reine Freude ist zuzusehen. Der kann aber auch mit Frauen! Was der eigentlich an meiner kleinen Alina findet? So, wie es aussieht, kann der alle Frauen haben, die er will. Normalerweise konsumieren meine Freundinnen in ihrer Mittagspause nur Pralinen und trinken heiße Schokolade oder Kaffee, meist alles auf meine Kosten. Als sie heute das Geschäft verlassen, tragen beide ein großes Pralinenpäckchen unterm Arm. Dieser Max ist echt der Hammer.

Als der Laden mal leer ist, koche ich für uns beide heiße Anti-Kummer-Schokolade, die wir an einem kleinen Bistrotisch in Ruhe trinken.

Schon nach dem ersten Schluck beginnt Max zu stöhnen: »Oh, oh«, er leckt sich die Lippen. »Frau Eppstein, das ist die beste heiße Schokolade, die ich in meinem ganzen Leben getrunken habe. Da könnte ich direkt zum Schokoladen-Junkie werden.«

Er stöhnt, so wie ich manchmal ganz unbewusst.

Ich will von ihm wissen: »Warst du schon einmal im Verkauf tätig?«

»Ja klar, merkt man das? Mehrere Jahre habe ich als Verkäufer gearbeitet.«

»Ach, wo denn?«, will ich wissen. Ich denke, vielleicht hat er in einem Geschäft bei Verwandten ausgeholfen oder so.

Er grinst mich frech an und druckst dann rum: »Na ja, Frau Eppstein, Sie wissen doch.«

»Was weiß ich?« Ich glaube, ich stehe gerade fest auf dem Schlauch.

»Na ja, ähm, ich habe die letzten Jahre, äh … Drogen vermittelt. Ich musste ja irgendwie Geld für meine eigene Drogenabhängigkeit beschaffen und da bestehen nicht so viele Möglichkeiten.«

»Du meinst, du warst ein *Dealer*?« Ich bin aber auch wieder naiv.

»Na ja, ich würde sagen, ich habe Geschäfte vermittelt.«

»Aha!«

Ich möchte dieses Thema nicht weiter vertiefen, daher verziehe ich mich auf die Toilette. Wahrscheinlich wird mein Schoko-Traum in der nächsten Zeit tatsächlich zum Hauptdrogenumschlagplatz in Heidelberg werden. Ich sehe schon die Schlagzeile auf der ersten Seite der Boulevardzeitung: *Erst* Schoko-Traum*, dann Drogen-Höhle.* Ich habe einen Dealer eingestellt. Na ja, eingestellt habe ich ihn noch nicht, er arbeitet lediglich auf Probe. Eigentlich logisch, dass er ein Dealer war, er war ein Junkie. Wieso war? Vor Kurzem hat er die Schoko-Leiche (jetzt nenne ich sie selbst schon so), Frau von Lingenthal, bestohlen. Bestimmt nimmt er immer noch Drogen und hat auch nicht vor, damit aufzuhören. Ich glaube, ich bin der naivste

Mensch auf der ganzen weiten Welt. Wer würde schon freiwillig einen Junkie einstellen, der vor kurzer Zeit eine alte Frau bestohlen hat, die ermordet in ihrer Wohnung lag. So etwas kann nur mir passieren. Ich werde diesem Max sagen, dass er sich trollen soll. Ich möchte ihn auf keinen Fall in meinem Geschäft haben. Hier bestimme immer noch ich und nicht meine verliebte Tochter.

Als ich nach vorne in den Laden komme, sind Max und Professor Jacobi in eine hoch philosophische Diskussion verwickelt.

Max sagt: »Sie meinen, dass der Urknall, bei dem vor vierzehn Milliarden Jahren unsere Erde entstanden ist, in anderen Universen noch andauert? Würde das nicht bedeuten, dass in einem Multiversum eine Menge Planeten, ähnlich unserer Erde, entstehen würden, gleich Schaumblasen in der Badewanne?«

Von was reden die beiden da? Ich habe keinen blassen Schimmer.

Auch Herr Professor Jacobi hält dies für möglich. »Diese Planeten könnten von zahlreichen unserer Doppelgänger bevölkert sein, die jede denkbare Lebensoption durchspielen.«

»Boah, voll krass, sich das vorzustellen.«

Ich weiß nur, dass Professor Jacobi an der Uni Heidelberg Philosophie unterrichtet.

Nachdem er seine vielen Pralinenpäckchen gezahlt hat, sagt er zu mir: »Kluge Wahl, diesen netten und überaus intelligenten jungen Mann einzustellen. Der könnte auf der Stelle sein Studium in meinem Seminar beginnen.«

Max strahlt, so wie Alina gestern, wie die Frühlingssonne.

Am Abend zähle ich meine Einnahmen in der Kasse, es gab noch nicht viele Tage seit Bestehen meines bescheidenen Ladens, an dem ich diesen Einnahmenhöchststand erreicht habe. Lediglich zu der Zeit, als Frau von Lingenthal noch lebte und zwei Kilo Schoko-Peeling und eine

Unmenge Pralinen gekauft hat, kam ich auf diese beachtliche Summe. Dieser Max ist mir ein Rätsel. In die Kasse hat er nicht gegriffen, die stimmt auf den Cent genau.

Ich werde schwach und sage, dass er sich als Dankeschön, für seine professionelle Arbeit etwas aussuchen darf, egal was.

Und was nimmt sich dieser Max? Nein, er nimmt nicht eine riesige Schachtel Pralinen, er sucht sich nicht die teuerste Schokoladenkreation aus, er nimmt eine kleine Tafel Schoko-Nuss, die es auch noch in zwei größeren Packungen gibt.

Er nimmt die Kleinste und bedankt sich überschwänglich: »Das wäre aber nicht nötig gewesen, Frau Eppstein, es hat mir doch viel Spaß gemacht.«

Vor der Tür verabschieden wir uns in verschiedene Richtungen und ich höre mich sagen: »Bis morgen, Max.«

Zu Hause bestürmt mich Alina, sie will wissen, wie es mit ihrem Max war. Aber mir scheint, die beiden haben schon miteinander gechattet, telefoniert oder was auch immer. Sie weiß nämlich schon, dass er morgen wiederkommen darf und auch, dass ich sehr mit ihm zufrieden war. Na ja, was soll ich sagen, bei diesen Verkäuferqualitäten. Vielleicht sollte man mehr Verkäufer aus der Drogenszene rekrutieren, das scheint ja hervorragend zu funktionieren.

Das wirst du nicht mehr sagen, wenn der dich ausgeraubt hat. Warte erst einmal ab!

Tja, meine innere Stimme könnte damit nicht so unrecht haben. Auch ich traue diesem Frieden nicht.

Dienstags kommen Steffi und Biggi normalerweise nicht in den Schoko-Traum. Aber wie es scheint, machen sie heute eine Ausnahme. Biggi ist auffällig früh da. Sie tuschelt mit Max, dann gehen beide an einen der hinteren Bistrotische. Klar, Biggi will dem armen Max die Karten legen.

Sie breitet ihre Tarotkarten aus und sieht dabei sehr wichtig aus. Da hat meine Freundin ja ein dankbares Opfer gefunden. Ich sehe nicht, was sie tut. Ich bediene einen Kunden, aber ich höre ihre Kommentare.

»In deinem Leben stehen große Veränderungen an.«

Na, das hätte ich Max auch prophezeien können.

»Du wirst eine völlig neue Richtung einschlagen, zunächst sehe ich allerdings eine Menge Widerstände, aber die werden sich in Luft auflösen. Oh …« Biggi bricht ab. Ich sehe in ihre Richtung, während ich meinem türkischen Stammkunden, er kommt alle zwei Wochen, sein Wechselgeld herausgebe.

»Meine Großmutter in Anatolien hat früher immer aus dem Kaffeesatz gelesen. Die konnte das aus dem Effeff.«

Meine Freundin ist blass geworden.

»Ist es so schlimm?«, will Max jetzt wissen.

Birgit zögert, bevor sie mit tragender Stimme verkündet: »Ich sehe schwarze Mächte.«

»Schwarze Mächte?« Max sieht sie verunsichert an. Jetzt muss Biggi auch noch den Max kirre machen, mit ihrer Kartenleserei.

»Nun, ich kann dir nicht genau sagen, was sie bedeuten. Aber in dieser Konstellation bringen sie Unheil, großes Unheil.«

»Mensch Biggi, jetzt ist's aber gut. Du machst dem Max ja Angst mit deinem Hokuspokus.«

»Ich kann doch nichts dafür; er war doch damit einverstanden, dass ich ihm die Karten lege.«

Beleidigt räumt sie ihre Tarotkarten zusammen und steckt sie in ihre große neue Handtasche.

Auch so ein Tick von Birgit: Neue Handtaschen, ständig hat sie eine neue und ich habe das Gefühl, die werden immer größer. Was schleppt diese Frau nur alles mit sich herum?

Am Nachmittag sitze ich mit Max gemütlich an einem Bistrotisch bei einer Tasse Anti-Kummer-Schokolade, ich denke, der Junge braucht eine Menge davon, schließlich will er keine Drogen mehr konsumieren.

Ich nehme all meinen Mut zusammen und frage ihn, in welcher Beziehung er zu Frau von Lingenthal stand.

»Die Lingenthal habe ich bei einer Kunstausstellung kennengelernt, sie hatte ein Faible für junge Künstler. Ich war zu dieser Zeit ohne Wohnung und hab bei dem Künstler gewohnt, er war, na ja, er war kokainabhängig. Zuerst habe ich ihn nur beliefert und dann bin ich bei ihm eingezogen, sozusagen als sein Privatdealer. Auf seiner Ausstellung kaufte die Lingenthal zwei Bilder, die haben wir beide am nächsten Morgen bei ihr vorbeigebracht.«

Max nimmt einen großen Schluck heiße Schokolade.

»Und dann?«

»Sie fragte nach meiner Telefonnummer und wollte wissen, ob ich Lust hätte, sie mal auf die eine oder andere Kunstausstellung zu begleiten. Das habe ich dann zweimal gemacht. Sie hat jedes Mal ein Bild gekauft, dass ich ihr nach Hause bringen musste und dort hat sie mir dann zweihundert Euro für den Abend in die Hand gedrückt. Mehr war da nicht, gucken Sie mich nicht so an. Ich habe die doch nicht gebürstelt, ich meine, die könnte meine Großmutter sein.«

»Gebürstelt?«

»Na ja, ich hatte keinen Sex mit ihr.«

Aha!

»Und warum warst du an ihrem Todestag bei ihr?«

»Ist das ein Verhör? Ist ja wie bei den Bullen.«

»Quatsch, ich bin halt neugierig.« Zuckersüß lächle ich Max an.

»Ich hatte einen Mordsaffen.« Meinen irritierten Blick interpretierend fügt er hinzu: »Also ich war auf Turkey, hatte Entzugserscheinungen, und ich hatte da noch ein kleines Gemälde, das wollte ich der Lingenthal verkaufen.

Ich klingelte an dem Außentor, als die Messingtür auf-
sprang, zögerte ich zunächst. Bisher wurde ich immer an
der Außentür von ihrer Haushälterin abgeholt. Aber diesmal kam niemand. Ich ging dann ins Haus und rief dort
nach der Lingenthal.«

»Hast du irgendetwas Auffälliges bemerkt, als du ins
Haus kamst?«

»Nee, ich habe sie zuerst im Erdgeschoss gesucht, als ich
sie da nicht fand, lief ich, nach ihr rufend, in den ersten
Stock. In diesem Luxusbad lag sie mit eingeschlagenem
Schädel, von oben bis unten mit Schokolade beschmiert
auf einer Liege. Neben ihr auf einem kleinen Tisch lag ihr
Portemonnaie und daneben drapiert eine aufgeklappte
Schmuckschatulle. Das war wie eine Einladung. Unter
normalen Umständen hätte ich sofort die Polizei gerufen,
aber ich war total auf Turkey.«

So ganz sicher, ob er die Wahrheit sagt, bin ich mir
nicht.

»Es stimmt, was ich sage. Ich zitterte am ganzen Leib
und konnte nicht mehr klar denken. Dann habe ich die
großen Scheine aus dem Geldbeutel genommen sowie den
Schmuck aus der Schatulle und bin fortgelaufen.«

»Hast da jemanden gesehen oder ein Geräusch gehört?«

»Nein.«

»Der Mörder muss dich in der Kamera der Hausüberwa-
chung gesehen haben. Vielleicht kannte er dich und hat
gedacht, der gibt ein glänzendes Opfer ab. Wen kanntest
du aus dem Hause Lingenthal?«

»Die Haushälterin, die Köchin, die Schwester, ach ja, den
Gärtner, also kennen ist zu viel gesagt, aber die habe ich
schon mal gesehen.«

»Sonst niemand?«

»Und den Finanzexperten, diesen Konradi. Mit ihm war
die Lingenthal auf der Ausstellung, als ich sie zum ersten
Mal gesehen hatte.«

»Wann war diese Ausstellung?«

»So vor drei Monaten. Die Lingenthal machte mal so eine Bemerkung in der Art, dass der Konradi über mich abgelästert hätte, von wegen Drogensüchtiger und so, und dass ich sie sicherlich nur berauben wolle.«

»Jetzt ist mir alles klar. Der Konradi war noch da, wahrscheinlich hatte er den Mord erst kurz vorher begangen und jetzt war er dabei, seine Spuren zu verwischen. Es läutet an der Tür, er schaut in die Überwachungskamera und sieht dich. Sicherlich hat er den Geldbeutel und die Schmuckschatulle extra für dich dort deponiert. Die Polizei ist davon ausgegangen, dass du die ganze Wohnung nach Geld und Schmuck durchsucht hast.«

»Galaktisch! Sie sind eine echt krasse Schnüfflerin. Frau Eppstein, das sollten sie zum Beruf machen.«

»Nee, nee, ich liebe meinen Schoko-Traum.«

Diese Erkenntnisse muss ich bei nächster Gelegenheit unbedingt dem Herrn Hauptkommissar mitteilen.

Die nächsten beiden Tage laufen hervorragend, am Vormittag, wenn die Kundenfrequenz nicht so hoch ist, bedient Max alleine vorne im Laden und ich fertige verschiedene Pralinenkreationen, bereite meine Anti-Kummer-Schokolade zu oder rühre Schokoladen-Peeling an. Bislang musste ich hierfür meist die Mittagspause oder meinen Feierabend opfern. Jetzt kann ich sogar in der Mittagspause einkaufen gehen und daheim den Kühlschrank füllen. Max ist ein Schatz. Wie der die Kunden umgarnt. Alle Achtung! Da kann ich glatt noch etwas lernen. Die kaufen viel mehr als bei mir. Die Einnahmen der ersten vier Tage können sich sehen lassen. Wenn das so weitergeht, könnte ich Max glatt ein Gehalt zahlen, ja, dem würde ich auf der Stelle einen Arbeitsvertrag anbieten.

Beschwingt gehe ich am Freitagmorgen zum Schoko-Traum. Max wartet – wie an allen vergangenen Tagen der Woche – schon vor der Tür.

Vielleicht sollte ich ihm einen Schlüssel geben.

Wir arbeiten wie die letzten Tage Hand in Hand. Nachdem Max aus der Mittagspause zurück ist, verschwindet er schon nach zwei Minuten wieder vor die Tür, um eine Zigarette *zu dampfen*, wie er sich ausdrückt. Ich beobachte ihn, er telefoniert und schreit in den Hörer. Später sitzt er an einem der Bistrotische mit einer Tasse Anti-Kummer-Schokolade in der Hand. Er hebt die Tasse an, um daraus zu trinken, hält eine Minute in der Luft inne, es scheint, als hätte er sein Vorhaben vergessen. Der ist aber komisch drauf, denke ich, vielleicht ist er krank und bekommt eine Grippe. Dann schießt es blitzartig durch meinen Kopf: Der ist auf Drogen!

Ich will wissen, ob er was genommen hat, er streitet es ab. Aber welcher Junkie würde das zugeben? Er müsse heute früher gehen, ob das möglich sei, will er wissen.

»Kein Problem«, sage ich.

Wir verabschieden uns. Max hat schon am Morgen zugesagt, auch am Samstag im Schoko-Traum arbeiten zu wollen. Ich hatte nichts dagegen, ganz im Gegenteil.

Gestern Abend hatte ich sogar mit Oliver telefoniert und ihn gebeten, mir den Entwurf eines Arbeitsvertrages für Max zu mailen. Mein Ex hat mich geradewegs für verrückt erklärt. Erst als ich ihm an zahlreichen Beispielen auseinandergesetzt habe, dass dieser Max einen sehr guten Einfluss auf unsere Tochter hat, beruhigte er sich. Besonders die guten Klausuren in Mathe und Deutsch haben wohl den Ausschlag gegeben. Max hat Alina sehr ins Gewissen geredet und seitdem lernt dieses Kind ohne Unterlass, man glaubt es nicht.

Jedoch wie es scheint, ist Max rückfällig geworden. Schade!

Abends mache ich die Kasse und zähle viermal das Geld ab. Es fehlen hundert Euro. Mist, dieser Junkie hat mich am Vormittag bestohlen und sich in der Mittagspause

Drogen gekauft. Das musste ja so kommen. Wer außer mir, würde einen Junkie wie Max in seinem Laden einstellen?

Immer glaubst du nur an das Gute im Menschen, dabei zeigt sich doch jeden Tag aufs Neue: Die Welt ist schlecht. Wann kapierst du das endlich?

Kein Wunder, dass sich meine innere Stimme zu Wort meldet; ich muss ihr recht geben, auf voller Linie. Ich bin der naivste Mensch der Welt.

15

Erst spät am Abend kommt Alina nach Hause.
Ich sage ihr sofort, als wäre es ihre Schuld:
»Dein Junkie hat mich beklaut.«

»Mama, das kannst du nicht wirklich von Max denken, das würde er niemals tun. Du weißt nicht, in welch hohen Tönen er über dich redet.«

»Alina, er hat am Vormittag hundert Euro aus der Kasse gestohlen und nach der Mittagspause war er auf Drogen. Ich bin doch nicht blöd.«

»Mama, er würde dich niemals bestehlen.«

»Und wo sind die hundert Euro, haben die sich in Luft aufgelöst oder was? Bislang hat noch nie Geld in der Kasse gefehlt. Noch nie! Zum ersten Mal fehlen hundert Euro und deinem Max fallen nach der Mittagspause beim Trinken der heißen Schokolade die Augen zu und dann muss er plötzlich früher gehen.«

»Das glaub ich nicht.«

Alina rennt flennend in ihr Zimmer, eine Minute später höre ich die Wohnungstür ins Schloss fallen. Na, dann soll sie sich ruhig selbst davon überzeugen, dass ihr Max einen Rückfall gebaut hat.

Am nächsten Morgen steht kein Max vor der Tür des Schoko-Traums. Ich bin froh. Auf der Stelle hätte ich ihn nach Hause geschickt. Immerhin ist mir so eine unangenehme Szene erspart geblieben.

Heute habe ich nicht so viel Schwung wie in den letzten Tagen. Komisch, mit Max hat das Arbeiten im Schoko-Traum noch mehr Spaß gemacht. An den Vormittagen konnte ich mich meinen Schoko-Kreationen widmen und am Nachmittag haben wir zusammen den Laden geschmissen. Na ja, bis zu seinem Griff in die Kasse.

Nach getaner Arbeit schließe ich die Chocolaterie ab und mache mich ans Saubermachen. Bis jetzt ist auch das meine Aufgabe, eine Putzfrau kann ich mir nicht leisten. Ist ja auch kein Hexenwerk, in Windeseile den Laden durchsaugen, Regale abstauben und die Küche säubern.

Ich sauge unter dem Regal neben der Kasse, als ich gerade noch mitbekomme, wie der Staubsauger einen grünen Geldschein schlucken will. Ich ziehe augenblicklich den Stecker. Und schon spuckt der Staubsauger das Geld wieder aus. Hundert Euro! Ich habe einen Hunderteuroschein in der Hand.

Das glaube ich jetzt nicht! Ich weiß nicht, wo der herkommt, aber vielleicht hat ihn ja Max eingenommen und dann ist er ihm runtergefallen. Ich habe Max zu Unrecht verdächtigt. Wie konnte ich nur so ungerecht sein? Vielleicht hätte ich zunächst einmal den Laden auf den Kopf stellen sollen, bevor ich diesen fleißigen jungen Mann verdächtige. Sicher hätte ich dies auch getan, wenn er nicht nach der Mittagspause zugedröhnt an dem hinteren Bistrotisch gesessen hätte.

Max hatte erzählt, dass er derzeit bei einem Freund wohne. Seine Adresse habe ich nicht.

»Ich wähle Alinas Handynummer.«

»Siehst du Mama, das habe ich dir doch gleich gesagt. Du wolltest es nicht glauben.«

Sie sagt mir, wo Max wohnt, fügt aber hinzu, er sei zurzeit nicht zu Hause.

Es ist mir egal, ich versuche es trotzdem. Ich möchte meine Entschuldigung hinter mich bringen.

Ich klingle an der Tür eines heruntergekommenen Hauses am Rande der Altstadt.

Ein junger Mann öffnet, er sieht mindestens genauso fertig aus wie das Haus, garantiert ist er drogenabhängig. Immerhin lässt er mich in die Wohnung. Max fläzt sich in seinem Zimmer auf einer Matratze, die am Boden liegt, er hört laute Musik, die aus zwei großen Lautsprecherboxen dröhnt. Sein Freund rüttelt ihn an der Schulter und stellt die Musik ab. Jetzt sieht Max in meine Richtung.

»Scheiße, was wollen SIE denn hier? Verdammt, ich habe Ihr verficktes Geld nicht gestohlen.«

»Ja, ich weiß, ich habe es gefunden. Es tut mir leid, dass ich dich verdächtigt habe. Sorry!«

Und dann entschuldige ich mich mehrmals. Ich sage Max auf den Kopf zu, dass ich ihn sicherlich nicht verdächtigt hätte, wenn er nicht rückfällig geworden wäre.

»Ich habe etwas genommen, aber bin nicht rückfällig geworden. Und Ihr Scheiß-Geld habe ich nicht geklaut. Hätte ich niemals getan.«

»Ich bin daran schuld. Er hat was genommen, aber nicht gewusst, dass da was drin war«, sagt jetzt sein Freund.

»Jungs, wollt ihr mich für blöd verkaufen? Max hat sich eine Spritze gesetzt und dachte, da wäre Wasser drin. Oder was?«

»Max hat meinen Kaffee getrunken, ich hatte ein starkes Schlafmittel reingerührt. Ich hab das Zeug in der Küche stehen lassen und Max hat gedacht, der Kaffee wäre für ihn und hat ihn getrunken. Als ich das bemerkt habe, war Max schon weg.«

»Der Kaffee hat fürchterlich geschmeckt, aber das tut er immer, wenn der da ihn kocht.« Er zeigt auf seinen schuldbewussten Mitbewohner. »Seit dem Tag, an dem ich verhaftet wurde, habe ich keine Drogen mehr angerührt. Ehrlich! Und zudem besuche ich regelmäßig eine Selbsthilfegruppe.«

»Max, das ist echt hart!«, sage ich.

»Wollen Sie einen Tee?«

Ich nicke. Wir verlassen das Zimmer und gehen in die Küche. Max nimmt zwei dreckige Tassen von dem Geschirrberg in der Spüle, säubert sie und schenkt uns beiden aus einer Teekanne Jasmintee ein. Wir sitzen dann zusammen an einem kleinen wackligen Campingtisch.

»Ich verstehe, dass Sie ausgerastet sind, als Sie bemerkt haben, dass ich was genommen habe. Wie sollten Sie mir trauen? Verstehe ich voll. Mir traut ja nicht einmal die eigene Mutter. Das hat sie früher schon nicht getan und da habe ich gedacht, wenn mir die Alte nicht traut, kann ich sie auch beklauen, ist ja eh egal. Ich hab öfter Geld aus ihrem Geldbeutel genommen, und einmal habe ich eine Goldkette von ihr versetzt. Zu einem wie mir kann man kein Vertrauen haben.«

»Max, rede nicht so einen Quatsch. Es war mein Fehler. Und wenn du nicht so dagesessen hättest ...«

Er lächelt mich an: »Ach Frau Eppstein, das mit dem Schoko-Traum, das war einfach zu schön, um wahr zu sein.«

»Warum wohnst du hier, in dieser ... Drogenhöhle und nicht zu Hause?«

»Tja, genau aus den Gründen, die ich Ihnen schon genannt habe. Meine Mutter glaubt nicht an mich, sie denkt, dass ich immer wieder rückfällig werde. Sie wird ganz panisch, wenn sie mal ihre Handtasche im Wohnzimmer liegen lässt, sie schließt sie in einem Schrank im Schlafzimmer ein, selbst wenn sie aufs Klo geht. Und dieser Blick, mit dem sie mich ansieht. Ich kann das nicht ertragen, nicht, wenn ich mit den Drogen aufgehört habe. Ich hab's schon einige Male versucht.«

»Aber das hier«, ich mache eine Handbewegung durch den Raum, »das hier ist doch auch keine Lösung.«

»Wo soll ich denn hin?«

»Und wenn ich mal mit deiner Mutter rede«, schlage ich vor.

»Ja, vielleicht ist das keine schlechte Idee.«

»Und du willst tatsächlich keine Drogen mehr nehmen?«

»Nein, auf keinen Fall.«

»Pass auf, ich gebe dir eine Chance. Du packst jetzt erst mal ein paar Sachen und kommst mit zu uns. Und in einer Woche oder so sehen wir weiter. Vielleicht kannst du ja dann bei deiner Mutter unterkommen oder wir finden eine andere Bleibe für dich. Allerdings unter drei Bedingungen: Erstens: keine Drogen, zweitens: Alinas Jungfräulichkeit bleibt unangetastet, drittens: du arbeitest im Schoko-Traum mit. Was hältst du davon?«

»Fairer Deal.«

In Max' Augen ist ein Leuchten getreten. Ich hoffe bloß, er meint das ernst und hält sich an unsere Abmachungen.

Und schon sind wir am Packen.

Auf dem Weg zu unserer Wohnung sagt Max: »Ich habe einen Hunderteuroschein eingenommen. Das war so ein Hin und Her, weil die alte Dame mir erst einen anderen Schein gegeben hat, der hat aber nicht gereicht und dann hat sie mit dem Hunderter bezahlt. Keine Ahnung, vielleicht ist er bei diesem Hin und Her runtergefallen.«

Alina macht große Augen, als ich mit Max in unserer Wohnung aufkreuze.

»Mamili, du bist sooo saucool!« Schon bekomme ich einen dicken Kuss auf die Wange. Jetzt strahlt meine Kleine wieder.

Ich sage, dass Max entweder im Zimmer mit Lucas oder im Wohnzimmer schläft. Das muss Lucas entscheiden.

»Klar, Mama«, entgegnet Alina verständnisvoll.

Lucas ist von unserem Hausgast alles andere als begeistert.

Im Vertrauen sagt er zu mir: »Mama, machst du jetzt einen auf Mutter Teresa? Ich weiß nicht, ob der wirklich clean ist. Was, wenn er dich beklaut. Selbst wenn er diesmal unschuldig war, was ist denn beim nächsten Mal?«

Ich sage meinem Sohn, dass ich Max glaube, dass er tatsächlich keine Drogen mehr nehmen will und er erst mal, wo unterkommen muss, für eine Woche. Ich verspreche Lucas mit Max' Mutter ein Gespräch zu führen, damit er dort einziehen kann.

»Und wenn er mich beklaut? Ersetzt du dann mein Smartphone oder was er sonst mitgehen lässt?«

Erst nachdem ich mein Versprechen gebe, dass ich für etwaige Verluste aufkommen werde, erklärt sich Lucas bereit, Max einige Tage in seinem Zimmer zu beherbergen. Meiner inneren Stimme habe ich jeglichen Kommentar verboten, aber bei den Worten *Mutter Teresa*, da hat sie heftig genickt und mir den Vogel gezeigt.

Ich gehe dann erst mal einkaufen, schließlich ist unser Haushalt jetzt noch größer geworden, wenn Max auch nur annähernd einen so guten Appetit hat, wie Lucas, dann kann ich mich auf was gefasst machen.

16

Zu viert frühstücken wir am Montagmorgen zusammen. Nachdem Alina und Lucas sich in Richtung Schule aufgemacht haben, lesen Max und ich noch in Ruhe die Tageszeitung. Dann sage ich, dass ich heute früher in den Schoko-Traum gehen werde. Ich habe Lust ein bisschen mit neuen Rezepten herumzuexperimentieren. Vielleicht fällt eine neue Praline ab. Max will sofort wissen, ob er mitkommen darf, um mir zu helfen. Also machen wir uns gemeinsam auf den Weg.

Im Hausflur begegnet uns Blockwart Grantler. Der macht vielleicht große Augen, als er uns zusammen sieht. Wir beide grüßen ihn ganz besonders freundlich. Na, da hat der Grantler heute was zu grübeln. Jetzt muss er erst mal herausbekommen, wer dieser junge Mann ist. Sein Blick sagt, dass er ihn für meinen jungen Lover hält. Ha, soll er ruhig!

Am Vormittag betritt ein junger Mann mit einem Baby den Schoko-Traum. Max kennt ihn und sie setzen sich zusammen an einen Bistrotisch. Das Baby weint und ich biete dem jungen Mann an, dass er seinen Säugling gerne im Lager wickeln könne; dankbar nimmt er an. Ich erfahre, dass seine Tochter drei Monate alt ist und Mia heißt. Ich koche heiße Schokolade für die beiden Jungs.

Als sie gegangen sind, erzählt mir Max, dass Philipp auch mehrere Jahre drogenabhängig gewesen sei, er kenne ihn von der Drogenszene. Seit drei Jahren wäre Philipp inzwischen clean. Um seine junge Familie zu ernähren, würde er als Möbelpacker arbeiten. Viel lieber würde er seinen Hauptschulabschluss nachholen, aber das müsse wohl noch einige Zeit warten, jetzt passe er oft auf Mia auf, denn seine Frau würde zunächst ihre Ausbildung als Medienkauffrau beenden. Ich bin erstaunt, mit Drogen hätte ich diesen jungen Mann nicht in Verbindung gebracht. Nun, er nimmt ja wohl auch schon einige Jahre keine mehr.

Am frühen Nachmittag sitzen Max und ich wie immer bei unserer gemütlichen Tasse heißer Schokolade an einem Bistrotisch.

Max erzählt, dass er sich an seinen Vater nicht mehr erinnern könne, dieser habe die Familie verlassen, als er vier Jahre alt gewesen sei. Der Vater habe eine neue Familie gegründet, um die alte hätte er sich nicht mehr gekümmert. Vor einigen Jahren hätte ihn Max aufgesucht, der Vater hätte ihn aber vor die Tür gesetzt. Wortwörtlich hätte er gesagt: Ihr seid mir egal. Mit euch habe ich abgeschlossen.

Ich will von Max wissen, ob das der Grund sei, warum er Drogen nehme.

»Ich kenne die Gründe nicht. Mein Bruder Flori hat ja auch nie harte Drogen genommen, der hatte eine Zeit, in der er einiges weggekifft hat, aber dann war's auch gut. Ich jedoch spürte eine derart starke Sehnsucht und diesen unbändigen Heißhunger nach Betäubung. Ich glaube, ich wäre verrückt geworden, wenn ich kein Heroin genommen hätte.«

»Du wärst verrückt geworden, wenn du *kein* Heroin genommen hättest? Das verstehe ich nicht.«

»Es hat eine Art heilende Wirkung, trotz all dem Schlimmen, das es anrichtet, verstehst du? Oh sorry, jetzt habe ich Sie geduzt.«

»Ist schon okay, Max, lass uns beide du sagen, das ist mir lieber.«

»Danke, Tanja. Weißt du, Heroin betäubt jeden Schmerz, und auch diese Sehnsucht und dieser Heißhunger nach Betäubung werden gestillt. Du bist völlig ruhig und alles ist gut, wenn du das Zeug genommen hast. Alle deine Bedürfnisse sind befriedigt. Du fühlst dich wie ein seliges kleines Kind, ein geniales Gefühl, bis der Turkey kommt. Wenn die Entzugserscheinungen beginnen, bist du nicht mehr du selbst. Du bist bereit, alles zu tun, um wieder an Stoff zu kommen. Alles. Wirklich alles.«

»Und jetzt?«

»Jetzt? Ich glaube, jetzt werde ich verrückt, wenn ich noch einmal abhängig von diesem Zeug werde. Ich muss damit aufhören. Unbedingt. Sonst überschreite ich eine Grenze, dann gibt es kein Zurück mehr. Diese Mordgeschichte hat mich echt aufgerüttelt. Ich möchte nicht mehr in den Knast. Nie wieder! Ich weiß, ich habe eine letzte Chance bekommen und die muss ich nutzen.«

»Max, ich bin sicher, du wirst es schaffen, mit den Drogen aufzuhören. Du bist so ein intelligenter und einfühlsamer junger Mann, du schaffst es.«

»Glaubst du das wirklich?«

»Ja, das tue ich. Ich glaube an dich. Ich glaube ganz fest an dich. Du wirst deinen Weg im Leben gehen, ganz ohne Drogen.«

»Danke Tanja, dass du an mich glaubst, das bedeutet mir sehr viel.«

Wir beenden unser Gespräch, da eine Kundin den Laden betritt.

Während ich hinten die Küche aufräume, höre ich laute Stimmen im Verkaufsraum. Ich komme gerade noch rechtzeitig hinzu, um zu sehen, wie dieser junge Polizist, ich vergesse immer seinen Namen, endlich jemand die Handschellen anlegen darf, nämlich Max.

»Was soll das denn? Sind Sie wahnsinnig? Sie machen einen Fehler!«, schnauze ich Hauptkommissar Rauenberg an.

»Das müssen Sie schon uns überlassen, Frau Eppstein.«

»Aber warum verhaften Sie Max?«

Ich höre, wie er sagt: »Sie sind verhaftet, wegen Mordes an Frau von Lingenthal.«

Den Rest bekomme ich nicht mehr mit, weil ich wieder mit dem Kommissar zetere.

»Warum verhaften Sie Max, was ist denn mit Konradi?«

»Das sind laufende Ermittlungen, dazu kann und will ich Ihnen nichts sagen.«

Der junge und der ältere Kommissar führen Max ab. Ich rufe Max noch nach, er soll die Ohren steifhalten, alles wird sich aufklären und dass ich Oliver sofort benachrichtigen werde.

Aus den Geschäften von gegenüber und nebenan kommen die Leute heraus, um zu gaffen. Endlich mal was los. Eine Verhaftung in meiner Chocolaterie.

Rauenberg kommt noch einmal mit mir zurück in den Laden.

»Können Sie mir bitte sagen, wieso wir alle Tatverdächtigen in ihrer direkten Nähe finden? Frau Eppstein wissen Sie, was ich inzwischen glaube: Sie stecken viel mehr in diesem Fall drin, als ich bisher geahnt habe. Ich möchte Sie morgen früh Punkt neun Uhr auf dem Revier sehen. Ist das klar?«

Wie redet der Kerl denn wieder mit mir?

»Verhaften Sie mich auch, wenn ich nicht pünktlich komme?«

Ein bisschen muss ich ihn doch ärgern.

»Darauf können Sie sich verlassen!«

Ohne Verabschiedung rast er aus dem Schoko-Traum.

Ich wähle Olivers Handynummer, seine Praktikantin meldet sich, die raunze ich derart an, dass sie mich direkt zu meinem Ex durchstellt, obwohl er in einem wichtigen Gespräch ist. Ich teile ihm nur kurz mit, dass Max soeben erneut verhaftet wurde. Er verspricht, sich zu melden, wenn er mehr weiß.

Mit Schrecken denke ich an Alina. Wenn dieses Kind von Max' erneuter Verhaftung erfährt, dann wird die doch wieder nicht mehr mit dem Heulen aufhören.

Erst spät am Abend meldet sich Oliver. Alina, Lucas und ich sitzen um den Küchentisch. Inzwischen hätte mein Ex

Akteneinsicht bekommen. Max hätte gegenüber einem Mithäftling den Mord an Frau von Lingenthal gestanden. Konradi hätte Frau von Lingenthal mit der Hand ins Gesicht geschlagen, mehr nicht, dann hätte er sich aus dem Staub gemacht. Die Polizei würde ihn allerdings erst einmal aufgrund anderer Tatvorwürfe in Gewahrsam behalten. Ich will wissen, ob Oliver mit Max unter vier Augen sprechen konnte, ist ja schließlich sein Recht als Anwalt. Das konnte er. Max hätte zugegeben, dass er gegenüber einem Mithäftling eine Äußerung in der Art gemacht habe. Zwei Mitgefangene hätten ihn in den Schwitzkasten genommen, da hätte er es mit der Angst gekriegt, und als sie von ihm wissen wollten, ob er die Schoko-Leiche kalt gemacht habe, da hätte er den Mord zugegeben, aber nur, weil er dachte, dass die beiden ihn dann in Frieden lassen würden, weil sie Respekt vor einem Mörder hätten. Oliver glaubt Max kein Wort.

Max ist kein Typ, der mit einem Mord prahlen würde, wenn er gegenüber einem Mithäftling tatsächlich diesen Mord gestanden haben sollte, dann wird es mit großer Wahrscheinlichkeit genauso gewesen sein, wie er sagt. Inzwischen bin ich mir hundertprozentig sicher, dass er diesen Mord nicht begangen haben kann. Nie und nimmer! Eher springt ein Kamel durch einen Feuerreif. Der tatsächliche Mörder will ihm den Mord in die Schuhe schieben. Ich bin froh, dass ich am nächsten Tag mit dem Hauptkommissar über alles sprechen kann, vielleicht gelingt es mir, ihn von Max' Unschuld zu überzeugen.

Alina ist wieder nur ein Häufchen Elend. Erst als ich ihr versichere, dass wir ihrem Freund helfen und nicht ruhen werden, bevor der wahre Schuldige gefunden ist, hört sie auf, zu weinen.

»Alles wird gut, mein Schatz«, sage ich immer wieder zu ihr. Später sitze ich an ihrem Bett und streiche sanft über ihre grünen Haare, während sie immer nur an ihrem Lippenpiercing zuzelt. Ach, das arme Kind! Liebeskummer ist ja schon schlimm genug, dann erst in diesem Alter und auch noch unter diesen Umständen.

Am nächsten Morgen hält mir dieser schrecklich borniert Kommissar erst einmal wieder eine Standpauke. Erneut will er wissen, wieso ich nicht nur das Opfer kannte, sondern sich zudem alle Tatverdächtigen in meiner direkten Nähe aufhalten würden. Es interessiere ihn auch, wieso ich diesen Junkie bei mir eingestellt hätte. Inzwischen weiß er, dass Max auch bei uns eingezogen ist und er sagt, das wäre ein Fall für das Jugendamt, da ich meine noch minderjährige Tochter mit diesem Drogensüchtigen verkuppeln würde. Das, was ich tue, hätte zudem eine strafrechtliche Relevanz.

Der Typ tickt ja wohl nicht richtig!

Ich werde laut, sehr laut. Dieser Kommissar hat doch nicht die geringste Ahnung von Kindern. Wir schreien uns diesmal nicht nur ein bisschen an; es geht richtig heftig zur Sache.

»Verhaften Sie eigentlich immer nur Unschuldige? Und beschuldigen Sie immer unbescholtene Bürger wie mich der Kuppelei? Kein Wunder, dass Sie keine Fälle lösen.«

Der junge Polizist will mir heute keine Handschellen anlegen, stattdessen macht er sich nützlich und holt Kaffee.

Wir trinken alle erst mal eine Tasse Kaffee und beruhigen uns etwas.

Nachdem ich dem Herrn Kommissar auseinandergesetzt habe, dass ich meine Tochter mitnichten an Max verkupple, muss ich erneut meine Beziehungen zu allen Tatverdächtigen darlegen. Ich weiß nicht, was das soll, dieser Rauenberg weiß doch schon alles über meine Beziehung zu Konradi. Keine Ahnung, warum er das noch einmal hören will. Auch meine *Beziehung* zu Max ist schnell geschildert. Dann berichte ich endlich davon, dass ja wohl einzig der Mörder Max den Zutritt bei Frau von Lingenthal gewährt haben könne. Sie selbst könne es eher nicht gewesen sein, denn zu diesem Zeitpunkt hatte sie schon nicht mehr unter den Lebenden geweilt. Ich berichte von der offenen Schmuckschatulle und dem Geldbeutel auf dem kleinen Tisch, direkt neben der Toten.

Dies seien alles keine Beweise, befindet Hauptkommissar Rauenberg.

»Wer sagt denn, dass das stimmt, was Ihnen dieser Bleibtreu erzählt hat. Es kann doch auch ganz anders gewesen sein. Frau von Lingenthal hat ihn hereingelassen, er war auf Turkey, wollte Geld, sie wollte ihm keines geben, ein Wort gab das andere und peng! Er schlägt sie tot. Danach durchwühlt er ihre Wohnung nach Schmuck und Geld. Diese Schmuckschatulle hat nämlich nicht im Bad gelegen, sondern im Arbeitszimmer und die Geldbörse lag, entgegen den Aussagen von Herrn Bleibtreu, im Wohnzimmer. Sie sehen …«

Er wird von einer anderen Polizistin unterbrochen, wegen eines anderen Falles. Er nickt dem Handschellenfetischisten zu und gemeinsam verlassen sie ihr Büro.

Ich stehe auf und gehe auf die andere Seite des Schreibtischs. Dort hebe ich ein paar Schriftstücke hoch. Die Schreiben auf dem linken Stapel befassen sich mit dem Fall eines älteren Mannes, der in der Weststadt in seiner Wohnung ermordet wurde. Stimmt, ich erinnere mich, etwas darüber in der Tageszeitung gelesen zu haben. Ich versuche mein Glück auf der rechten Seite.

»Abfetzmäßig!«

Ich rede schon wie Max. Ein Testament von Frau Lingenthal, ausgestellt zugunsten ihres Neffen Thomas Koch, wohnhaft in Frankfurt am Main. Vielleicht finde ich irgendwo die Adresse.

Ein Geräusch vor der Tür.

Schnell setze ich wieder und mache ein unbeteiligtes Gesicht.

Rauenberg kommt herein und nimmt auf seinem Stuhl Platz.

»Wo waren wir gerade?«

»Bei der Geldbörse und der Schatulle. Hören Sie, ich glaube Max Bleibtreu. Warum sollte er lügen?«

»Frau Eppstein, Sie haben keine Ahnung von Polizeiarbeit. Das sind doch alles Schutzbehauptungen dieses Drogensüchtigen.«

»Warum müssen Sie Max unbedingt zu einem Mörder abstempeln? Suchen Sie endlich den richtigen Täter, der läuft immer noch frei herum.«

»Hören Sie, Frau Eppstein, ich sage es Ihnen zum letzten Mal, ganz langsam zum Mitschreiben: Halten SIE sich aus unserer Arbeit raus. Gehen Sie in Ihren Schokoladen-Laden und verkaufen Sie dort Ihre Süßigkeiten. Wir sind auf dem besten Weg, dieser Fall wird sehr bald gelöst sein, das können Sie mir glauben.«

»Da müssten Sie aber erst mal anfangen zu ermitteln, und zwar in die richtige Richtung und nicht immer nur einseitig.«

»So, ich glaube, Sie gehen jetzt. Und wehe, Sie laufen mir in diesem Fall noch ein einziges Mal über den Weg.«

»Ja, was denn dann? Werden Sie mich dann erschießen?«

Ich stehe auf und gehe, die Tür knalle ich hinter mir ins Schloss. Mit diesem Menschen kann man doch kein vernünftiges Wort wechseln. Erst jetzt fällt mir auf, dass Brunetti, sein Cocker, heute gar nicht unter dem Tisch saß.

Wieder öffne ich den Schoko-Traum mit über einer Stunde Verspätung. Dieser Polizist ist geschäftsschädigend.

Ohne Max komme ich nicht dazu, neue Pralinen herzustellen. Es ist etwas langweilig, nur im Laden zu stehen und zu verkaufen. Mit ihm konnte ich mich am Vormittag meinen Kreationen widmen und diese am Nachmittag verkaufen. Außerdem waren meine Einnahmen mit Max viel höher. Der verkaufte den Leuten die teuersten Pralinen und sie waren froh, dass sie derart kompetent beraten wurden. Ich muss mir eingestehen, dass ich für diese Art

Kundengespräche nicht so geeignet bin. Max kann das eindeutig besser. Außerdem war ich nicht mehr den ganzen Tag allein im Geschäft. Mit Max konnte ich gute Gespräche führen. Er fehlt mir.

Ich habe einen erweiterten Familienrat einberufen. Am Abend sitzen wir, Alina, Lucas, Steffi, Biggi und ich um unseren großen Holztisch in der Küche. Es gibt mehrere Salate, Käse, Wurstplatte mit Pfälzer Leber- und Bratwurst. Zunächst essen wir.

»Wir müssen den Mörder von Frau von Lingenthal finden, sonst hängen die dem Max diesen Mord an«, sage ich ganz entschieden.

Und dann berichte ich von dem unergiebigen Gespräch mit Hauptkommissar Rauenberg. Erwähnung findet auch meine Überzeugung, dass der Täter sich noch im Haus befunden haben musste, als Max bei Frau von Lingenthal war, denn der Täter hatte ihm zunächst die Außentür geöffnet, die Schmuckschatulle und das Portemonnaie hatte er als Köder in Reichweite der Toten gelegt, um danach die leere Schmuckschatulle im Arbeitszimmer und den Geldbeutel im Wohnzimmer zu deponieren. »Nach der Aussage von Max lag beides im Bad auf einem kleinen Tisch neben der toten Frau von Lingenthal, wie eine Einladung.«

Erst nach dem Essen kommt mein Knaller mit dem Testament.

»Frau von Lingenthal hat ihren Neffen, Thomas Koch, als Alleinerben eingesetzt«, berichte ich.

»Ihren Neffen?« Steffi will wissen, ob Frau von Lingenthal den schon einmal erwähnt hätte.

»Nee«, sage ich, »noch nie, aber wenn sie so ein gutes Verhältnis zu ihm gehabt hätte, warum hat sie ihn dann niemals erwähnt?«

»Man müsste mehr über ihn wissen.« Biggi scheint auch mit von der Partie zu sein.

Alina hat bislang noch nichts gegessen, seit ihr Max erneut verhaftet wurde, ist ihr der Appetit vergangen. Ich registriere mit großer Beruhigung, dass sich das Kind einen Teller holt und beim Salat bedient, sogar ein Brot mit Käse isst sie. Das beruhigt eine Mutter. Und mit dem Weinen hat sie endlich auch aufgehört.

»Also in Frankfurt gibt es laut Telefonbuch sechzehn Einträge auf den Namen Thomas Koch und noch einige ohne Vornamen. Sollen wir die alle überprüfen? Ich könnte ja Frau Bartels, der Schwester von Frau von Lingenthal, mal einen Besuch abstatten und sie ein bisschen über ihren Neffen ausfragen«, schlage ich vor.

Das halten alle für eine gute Idee. Sogar Lucas, der Angst um seine Mutter hat, da er mich wieder Tanja nennt, hält dies für ungefährlich.

»Falls wir nicht fündig werden, dann kann ich ja mal ein paar Drähte in Frankfurt anzapfen.«

Ich bin meiner Freundin Steffi dankbar für diesen Vorschlag. Es ist für Privatschnüffler immer gut, jemanden in der unmittelbaren Freundschaft zu haben, der oder die beim Einwohnermeldeamt arbeitet.

»Also, wenn ihr wisst, welcher Thomas Koch das ist, dann kann ich mit Flori ja mal versuchen, ob wir da internetmäßig was machen können.«

»Ist das nicht strafbar?«, will ich wissen.

»Ach Mama.« Es klingt wie: Du in deinem Alter hast von diesen Dingen keine Ahnung. Stimmt, habe ich auch nicht. Aber ich möchte nicht, dass mein Sohn sich strafbar macht, womöglich kommt dann Herr Hauptkommissar Rauenberg in unser Haus, um meinen Sohn zu verhaften und der Handschellenfetischist tritt wieder in Aktion. Nicht auszudenken!

»Kannst du nicht etwas über seine finanziellen Verhältnisse herausbekommen?«, will Alina von Birgit wissen.

»Mensch Leute, ich arbeite beim Finanzamt, aber ich bin nicht Wilsbergs Ekki; in der Realität läuft das leider alles ganz anders ab.«

»Hast du denn gar keine Beziehungen zum Finanzamt Frankfurt?«, insistiere ich.

»Na ja, ich habe da mal eine nette Frau bei einem Seminar kennengelernt. Ich kann die aber nicht anrufen und dann schickt die mir die letzte Steuererklärung von diesem Koch. Leute, so läuft das nur im Film.«

Gemeinsam entwerfen wir erst einmal einen Schlachtplan, wie wir zu weiteren Infos kommen. Als Erstes werde ich morgen Frau Bartels einen Besuch abstatten.

17

Mit Frau Bartels telefoniere ich am nächsten Morgen, um nachzufragen, ob mein Kommen am Nachmittag auf Gegenliebe stößt. Sie scheint sich über meine Anteilnahme an ihrem Schicksal zu freuen.

Ich stelle ein kleines schönes Päckchen mit Frau Bartels' Lieblingspralinen zusammen, besonders die Trüffel haben es ihr angetan. Sie mag es, wenn sich nach einem Biss in den Schokokörper die sämige Füllung des Trüffels im Mund ergießt. Die Baileys-Trüffel und die Cappuccino-Trüffel sind ihre Favoriten. Ich greife selbst zu und stecke mir eines dieser kleinen Igelchen in den Mund.

»Mmmh«, ich stöhne vor Wonne. Ach, diese kleinen Kalorienbomben sind einfach zu köstlich.

Nachdem der Artikel über meine Chocolaterie vor kurzer Zeit in der Zeitung stand, kann ich deutlich mehr Kundenzuwachs verzeichnen. Und letzte Woche führte eine nette Dame von einem Wochenblatt ein Interview mit mir. Und wie es aussieht, scheinen manche Kunden, die heute vorbeikommen, im Gegensatz zu mir, den Bericht über den Schoko-Traum in der Zeitung schon zu kennen, denn in meinem Laden ist die Hölle los.

Mein Handy klingelt. Es ist Alina. Sie berichtet mir von dem heutigen Zeitungsartikel, außerdem will sie noch einmal wissen, ob ich für heute schon einen Termin mit Frau Bartels vereinbart habe.

Ach, mein armes Kind. Sie hat so eine Angst um ihren Max.

Frau Bartels führt mich wieder in die Bibliothek, in der ich schon zweimal saß, beim Kondolenzbesuch zum Tode ihrer Schwester und mit Frau von Lingenthal, als sie mich nach einer Pralinenlieferung zum Tee einlud. Von unseren

Plätzen hat man einen königlichen Blick auf die Heidelberger Altstadt, das Schloss und die *Alte Brücke*.

Es riecht im ganzen Haus nach Bohnerwachs, wie früher bei meiner Oma Anna. Das alte Parkett glänzt aber auch wie eine Speckschwarte.

Frau Bartels ist immer noch sehr blass und abgemagert, aber schon viel gefasster. Ich will wissen, wie es ihr geht.

»Meine Schwester fehlt mir so. Sie hat immer alles geregelt. Jetzt fühle ich mich hilflos. Und ich schlafe so schlecht.« Plötzlich erhebt sie sich. »Sie trinken doch einen Kräutertee mit?«

»Ja, gerne«.

Als sie mit dem Tee zurückkommt, drücke ich ihr die Trüffel-Mischung in die Hand. Sie fällt mir um den Hals.

Dann schenkt sie uns Tee ein.

»Oh, wie der duftet.«

»Eine meiner ganz speziellen Mischungen.«

»Wieder mit Lavendel?«, will ich wissen.

»Ja, ich liebe Lavendel, der darf in keiner meiner Kräutermischungen fehlen. Meine Teezubereitungen helfen immer allen Menschen, nur mir nicht. Glauben Sie mir Frau Eppstein, dass ich nachts mehrmals aufstehe, um mir einen Tee zu kochen, aber es nützt nichts. Na ja, der Tod meiner Schwester ist noch so …, so frisch.«

»Sie müssen sich erst an die neue Situation gewöhnen. Das alles ist sicherlich nicht einfach für Sie.«

»Es ist ja auch noch lange nicht alles geregelt.«

»Gibt es Probleme wegen den Formalitäten?«

»Ja, die gibt es. Inzwischen sind sechs verschiedene Testamente meiner Schwester beim zuständigen Notar aufgetaucht.

»Sechs verschiedene Testamente?«

»Ach, das war so eine Art Sport meiner Schwester, sie hat ständig ein neues Testament aufgesetzt, mal hat sie die Köchin, mal die Haushälterin, dann wieder einen ihrer

179

jungen Liebhaber eingesetzt. Das durfte man nicht ernst nehmen. Sie nannte es ihren Testa-Spaß.«

Frau Bartels schenkt uns beiden noch einmal eine Tasse Tee ein.

»Ich habe noch nie einen Tee gerochen, der derart zart und zugleich anregend duftet.«

»Das freut mich, darf ich Ihnen ein Tütchen meiner Mischung mitgeben?«

»Sehr gerne, ich würde mich freuen.«

»Wissen Sie Frau Eppstein, was mich tatsächlich ärgern würde? Wenn mein Neffe das viele Geld und die Immobilien erben würde. Das letztdatierte Originaltestament ist zugunsten unseres Neffen ausgestellt. Mein Neffe ist ein Windei. Er kam in regelmäßigen Abständen drei- bis viermal im Jahr zu Besuch und hat meine Schwester jedes Mal wegen Geld angebettelt. Er wollte es immer geliehen haben, aber in all den Jahren hat er nicht einmal einen Cent zurückgezahlt. Er hatte jedes Mal eine andere Geschäftsidee. Immer war es *das* Geschäftsmodell, bei dem auf keinen Fall etwas schief gehen konnte. Gisela war so weich, erst hat sie nein gesagt und dann hat sie ihm doch etwas gegeben. Aber als Alleinerben hätte sie ihn nicht eingesetzt. Niemals. Die Unterschrift des Testaments ist gefälscht.«

»Wann haben Sie Ihren Neffen denn zum letzten Mal gesehen, ich meine, vor …«

Sieben dumpfe Schläge einer riesigen Wanduhr unterbrechen mich.

»Ich meine vor der Beisetzung Ihrer Schwester.«

»Lassen Sie mich überlegen. Das war vor etwa drei Monaten. Da hatte er wieder mal eine seiner genialen Geschäftsideen.«

»Was war das denn für eine Idee?«

»Er wollte eine Tauschbörse im Internet aufmachen. Aber Näheres dazu kann ich Ihnen nicht sagen. Das hat er nur mit meiner Schwester besprochen. Da fällt mir etwas ein …«

Frau Bartels steht behände auf und geht ins Nebenzimmer. Ich höre sie die Treppen nach oben steigen. Kurze Zeit später, kommt sie die Treppen wieder herunter.

»Hier«, sie reicht mir einen Brief, ich sehe kurz auf den Absender, der Brief ist von Thomas Koch. Ich präge mir Straße und Hausnummer ein.

»Mein Neffe wollte uns besuchen, und zwar an dem Tag, an dem Gisela ums Leben kam. Mir ist der Brief erst letzte Woche wieder eingefallen.«

»Haben Sie ihn der Polizei gezeigt?«

»Ich habe ihn dem Kommissar am Telefon vorgelesen, aber ich glaube nicht, dass der Brief für ihn von großem Interesse war.«

»Herrn Hauptkommissar Rauenberg, haben Sie ihm den Brief vorgelesen?«

»Ja, das war der mit dem Hund, der Brunetti heißt, wie der Commissario bei Donna Leon.«

»Und wieso hatten Sie den Eindruck, dass der Brief für den Kommissar nicht von Interesse war?«

»Die Polizei hatte gerade diesen Finanzexperten Konradi verhaftet. Der hat übrigens auch ein Testament vorgelegt, aber nur eine Kopie. So war meine Schwester, sie drückte diesen jungen Männern eine Kopie ihres Testaments in die Hand, in dem sie diese als Alleinerben einsetzte, und während sich die jungen Männer Hoffnung auf viel Geld machten, verbrannte sie das Original-Testament mit großer Freude. Na ja, man durfte das nicht so ernst nehmen. Sie sagte immer: Ein bisschen Spaß muss sein.«

So, so, davon hat mir der Herr Konradi aber nichts erzählt. Vielleicht hat er geahnt, dass es kein Original mehr gibt oder … Durch dieses Testament hätte er natürlich ein starkes Motiv für die Tat gehabt, besonders, wenn sich anderer Notar bei Frau von Lingenthal meldete, um sie vor Konradi und seinem Freund zu warnen. Dann hätte er seine Gönnerin schleunigst um die Ecke bringen müssen, bevor sie ein neues Testament hätte aufsetzen können. Aber inzwischen hielt ihn die Polizei wieder für unschuldig, sodass er seine Kopie beim zuständigen Notar vorgelegt hat. Aber die Kopie wird ihm nichts nützen, ohne Original hat er keine Chance.

In dem Brief steht, dass der Neffe seine Tante Gisela am Tattag besuchen wollte. Er hätte eine geniale Idee, die eine Unsumme einbringen würde, hieran wollte er seine Lieblingstante unbedingt beteiligen.

»Ich habe meinen Neffen bei der Beerdigung gefragt, ob er Gisela an ihrem Todestag besucht hätte, er behauptete, er hätte telefonisch abgesagt, weil ihm etwas dazwischengekommen sei.«

Ich gebe Frau Bartels den Brief zurück.

»Wissen Sie, Frau Eppstein, meinem Neffen Thomas würde ich alles zutrauen.«

»Auch den Mord an Ihrer Schwester?«

»Ja, wenn ich ehrlich sein soll, ... schon.« Frau Bartels sieht mich betrübt an, hält den Kopf schief, während sie überlegt. »Ja, ich würde ihm den Mord zutrauen, so schrecklich es klingt. Aber dieser Mensch hat keinen Charakter.«

Ich verabschiede mich von Frau Bartels. Sie bittet mich, einen Augenblick zu warten, dann kommt sie mit einer kleinen Tüte Kräutertee zurück.

»Ich habe beschlossen, dass ich wieder regelmäßig in Ihren Schoko-Traum kommen werde. Ich verspreche es. Ihre Schoko-Köstlichkeiten haben mir gefehlt.«

Sie lässt mich erst gehen, nachdem ich ihr versprochen habe, sie wieder einmal zu besuchen.

Wir verabschieden uns sehr herzlich.

Die Stippvisite bei Frau Bartels hat sich gelohnt. Jetzt kennen wir die Adresse des Neffen und wir haben vielleicht endlich Frau von Lingenthals Mörder gefunden.

Wenn ich nur wüsste, ob dieser Koch seiner Tante nicht doch am Tag des Mordes einen Besuch abgestattet hat.

Im Hausflur begegnet mir der Grantler.

»Da kommt ja unsere Heidelberger Berühmtheit. Sie stehen ja fast jede Woche mit ihrem Schokoladen-Laden in einer Zeitung.«

Blödmann, denke ich. »Ich kann Sie ja mal erwähnen.«

»Na, lieber nicht, ich weiß ja nicht, ob Ihre Erwähnung so schmeichelhaft ausfallen würde.«

»Ja, Sie haben recht, da sollte man vorsichtig sein.«

»Hat die Polizei jetzt eigentlich schon den Mörder von der Schoko-Leiche? Dieser Finanzberater ist doch wieder auf freiem Fuß.«

»Frau von Lingenthal, sie heißt Frau von Lingenthal, mitnichten Schoko-Leiche«, sage ich mit Bestimmtheit.

»Hat die Polizei schon den Mörder von dieser *Frau von Lingenthal*?«, wiederholt er brav.

»Nein, die verhaften immer nur die Falschen.«

»Ich kann Ihnen sagen, wer's war.«

»SIE wissen, wer's war?«

Dass ich nicht lache, der Grantler weiß, wer's war.

»Es war garantiert einer aus der Familie. Die meisten Morde geschehen im unmittelbaren Umfeld. Jetzt staunen Sie, woher ich das weiß.«

Allerdings!

»Meine Passion sind ja die Krimis im Fernsehen. Ich guck die alle, nicht nur den Tatort, der ist ja inzwischen überkandidelt. Besonders die Vorabendserien liebe ich. Die machen echt Spaß. Und in den meisten Fällen weiß ich schon nach wenigen Minuten, wer der Mörder ist. Ohne Krimi geht der Grantler nicht ins Bett.« Er lacht laut über seinen Witz, bevor er fortfährt. »Es gibt mehrere Möglichkeiten: erstens Familie, zweitens Liebhaber oder Liebhaberin, drittens Staatsanwalt oder viertens ein Polizist und natürlich den Gärtner, den darf man nie außer Acht lassen.«

Ich will gehen, aber Blockwart Grantler muss noch eine letzte Weisheit loswerden: »Ich wette mit Ihnen, einer aus der Familie war's.«

»Na, da könnten Sie sogar recht haben. Schönen Abend, Herr Grantler.«

»Danke, Ihnen auch.«

Vielleicht hätte ich den Grantler vorher fragen sollen, dann hätte ich mir diese ganze Zeit mit Dirk sparen können, aber eigentlich war's ja auch ganz nett. Und immerhin kommen die Liebhaber bei Grantler an zweiter Stelle. Na ja, der Liebhaber von Frau von Lingenthal war Dirk ja wohl eher nicht.

Was bist du aber auch wieder naiv? Glaubst du, die war angezogen, als der sie von oben bis unten mit Schokoladen-Peeling eingeschmiert hat?

Warum spricht meine innere Stimme immer diese kalten, unangenehmen Wahrheiten aus, die ich besser gar nicht hören möchte?

Am Abend telefoniere ich nacheinander mit Steffi und Biggi und erstatte ihnen Bericht über meinen Besuch bei Frau Bartels. Steffi beschimpft mich, weil Biggi und ich nicht auf der Höhe der Zeit seien, da wir kein Account bei *Facebook* oder so hätten, dann könnten wir nämlich chatten.

»Ich bin gerne altmodisch, ich telefoniere halt lieber.«

Am anderen Ende der Leitung höre ich Stefanie laut seufzen.

Beide wollen morgen Nachmittag nach ihrer Arbeit zur Lagebesprechung in den Schoko-Traum kommen.

Alina hat schon wieder rot geweinte Augen. Wird das jemals wieder aufhören, dass sich das Kind die Augen wegen ihres inhaftierten Freundes Max ausweint? Ich muss ihr erneut versprechen, dass wir die Schnüffeleien nicht eher beenden, bevor wir den wahren Mörder zur Strecke gebracht haben.

Lucas notiert sich den Namen und die Adresse des Neffen.

»Vielleicht können wir sein Internetkonto hacken.«

»Lucas, ich möchte auf keinen Fall, dass ihr zwei, du und Florian, etwas Illegales macht.«

»Ach Mama, das würden wir doch nie tun.«

Mein Sohnemann grinst mich mit einem breiten und zugleich honigsüßen Lächeln an, sein Blick hat etwas Gütiges.

»Ja, ich weiß, davon versteht die Alte nix. Aber ihr müsst echt aufpassen, einer, der quasi zur Familie gehört, im Gefängnis, reicht. Sonst kann euer Vater sich nur noch um die Familienfälle kümmern«, mahne ich.

»Paps ist nicht unbedingt ein galaktischer Daddy, aber als Strafverteidiger ist er orgasmisch«

»Dein Vater ist was?«

»Orgasmisch Mama, endgeil, voll krass oder einfach fantastisch.«

»Aha!«

18

Steffi trudelt gegen sechzehn Uhr im Schoko-Traum ein. Sie teilt mir mit, dass sie auf Biggis Namen ein *Facebook*-Konto eingerichtet hätte, Sarah, der Tochter Birgits hätte sie schon eine Freundschaftsanzeige zukommen lassen. Bis jetzt hätte diese nicht reagiert.

Gestern am Telefon unterhielten wir uns über die Möglichkeit, wie wir zwischen Biggi und ihrer Tochter einen ersten Kontakt herstellen könnten. Ich war dafür, die Tochter einfach anzurufen und sie darüber in Kenntnis zu setzen, wie sehr ihre Mutter unter der Situation leidet, dass die beiden schon seit sieben Jahren keinen Kontakt mehr haben. Steffi hielt das für zu plump. Sicherlich würde uns Sarah sagen, dass uns das nichts anginge. Meine Freundin schlug stattdessen vor, einen *Facebook*-Account in Biggis Namen anzulegen. Wir könnten der Tochter dann, falls sie auch ein *Facebook*-Konto hätte, einfach eine Freundschaftsanfrage schicken, wenn sie diese positiv beantworten würde, könnten wir ja weitersehen und dann mit Birgit die Sache besprechen. Sollte Sarah auf die Freundschaftsanfrage hin keine Reaktion zeigen, dann könnten wir immer noch zum Telefonhörer greifen. In Anbetracht dessen, dass dringend etwas passieren muss, hielt ich diese Vorgehensweise für eine gute Idee.

Während unseres Gesprächs erhalte ich einen Anruf der *Schokoladen-Akademie Mannheim*. Dort hatte ich mich vor Monaten zu einem Seminar anmelden wollen: *Pralinen- und Schokoladenkreationen für Fortgeschrittene*. Leider war das Seminar schon ausgebucht, da die Teilnehmerzahl mit fünf Personen sehr gering ist. Ich war enttäuscht, ließ mich sicherheitshalber auf die Warteliste setzen. Anton, der Leiter der Schokoladen-Akademie, teilt mir jetzt mit, dass ein Teilnehmer kurzfristig abgesagt hätte und ich am kommenden Samstag und Sonntag an dem Seminar teilnehmen könne. Mein erster Impuls ist abzusagen, schließlich habe ich die nicht gerade leichte Aufgabe, den Mörder von Frau von Lingenthal dingfest zu machen. Jedoch auf der anderen Seite verdiene ich mit der Chocolaterie meinen Lebensunterhalt. Dies ist eine Gelegenheit, die ich nutzen muss. Kurzerhand sage ich zu, an dem Wochenend-Seminar in Mannheim teilzunehmen.

»Mist«, sage ich zu meinen Freundinnen, inzwischen ist auch Biggi im Schoko-Traum eingetroffen, »aus dem Wochenendtrip nach Frankfurt wird nichts, den müssen wir um eine Woche verschieben. Fortbildung geht vor Mörderjagd. In sechs Monaten ist Weihnachten und im September beginnt das Weihnachtsgeschäft, dafür muss ich gerüstet sein.«

Ich hoffe, dass Alina nicht zu sehr enttäuscht sein wird, dass wir dieses Wochenende nichts für ihren Max tun können.

Gemeinsam mit Steffi und Biggi überlege ich, wie wir vorgehen könnten. Wir beschließen, zu dritt am besagten Wochenende nach Frankfurt zu fahren und diesen Thomas Koch unter die Lupe nehmen. Vielleicht bekommen Lucas und Florian ja auch einiges an Informationen bis dahin heraus.

»Wir werden uns an die Fersen dieses Mistkerls hängen und ihn uns unter dem Mikroskop ansehen«, schlägt Birgit vor.

Stefanie gibt noch eins drauf: »Wenn es sein muss, dann werden wir diese Kakerlake erschlagen und mit den Füßen darauf rumtreten.«

»Mädels, mal halblang«, sage ich. »Ja, wir werden uns diesen Mistkerl ganz genau ansehen, nein, wir werden diese Kakerlake nicht erschlagen, schließlich wollen wir diesem Windei-Neffen einen Mord nachweisen, da sollten wir ihn besser am Leben lassen, sonst bekommen wir Max niemals frei.«

»Okay, aber wir brauchen einen Plan.«

»Stefanie, du gehst doch sonst nicht so planvoll vor, warum bestehst du gerade jetzt auf einem Plan?«, will ich wissen.

»Weil die immer einen Plan haben, die Kommissare, die Privatdetektive, sogar die Hobbyschnüffler, alle, ob im Fernsehen oder im Kriminalroman, alle haben einen Plan.«

Birgit korrigiert: »Steffi, das heißt nicht Plan, das heißt Drehbuch.«

Mein Kommentar dazu: »Mädels, wir drehen leider keinen Film, bei uns ist das alles live, die Mörder sind echt, gerade deshalb gebe ich Steffi recht: Wir brauchen einen Plan.«

Und dann stecken wir drei die Köpfe zusammen und versuchen uns eine Strategie zu überlegen, wie wir diesen Thomas Koch überführen können.

Alina bricht in Tränen aus und schreit: »MAMA, wie kannst du jetzt ein Pralinenseminar besuchen? Wir müssen den Mörder von Max finden. Vielleicht ist es nächstes Wochenende schon zu spät. Wer weiß, was bis dahin passiert?«

Lucas beruhigt seine Schwester: »Hallo, kannst du mal wieder von dem Trip runterkommen und chillen. Ich hab mit Florian was am Laufen, aber so schnell geht das nicht, wir brauchen noch zwei, drei Tage. Es wäre wenig ratsam, dass unsere Mutter mit ihren Freundinnen in Frankfurt auftaucht, wenn der Typ am Tag des Mordes ganz woanders war und als Mörder überhaupt nicht infrage kommt. Lass uns erst mal machen, wir kriegen was raus. Und wenn wir uns sicher sind, dann fahren die drei Ladys nach Frankfurt und stellen den Neffen der Schoko-Leiche.«

Was mir niemals hätte gelingen können, Lucas schafft es im Handumdrehen. Alina wischt sich die Tränen aus dem Gesicht und lächelt.

Zuversichtlich sagt sie: »Gell, Mama, wir kriegen das Schwein.«

»Ja, Alina«, sage ich, wissend, dass wir in der Stadt am Main auch gewaltig Schiffbruch erleiden können. »Wir werden nicht eher ruhen, bis Max wieder frei ist und wir wissen, wer der Mörder von Frau von Lingenthal ist.«

»Einer für alle, alle für einen.« Pathetisch zückt Lucas seine Hand und sagt: »Schlagt ein Gefährten.«

»Ich glaube, du Musketier, jetzt übertreibst du ein bisschen.«

»Los, Mama, schlag ein, du musst einschlagen. Bitte Mama, bitte Mamili!« Alina sieht mich an, als würde sonst die Welt untergehen.

Wie soll man da als Mutter widerstehen?

»Wenn Papa das alles wüsste«, rutscht Alina heraus.

»Stimmt, der würde uns allesamt die Geschäftsfähigkeit absprechen«, sage ich. »Na ja, damit hätte er nicht so ganz unrecht.«

Samstagmorgen gehe ich vor zum Bismarckplatz. Am frühen Morgen ist es noch sehr frisch. Es verspricht ein warmer, aber nicht zu heißer Tag zu werden. Das perfekte Wetter für ein Pralinenseminar. Mit der Straßenbahn Linie 5 fahre ich über Edingen-Neckarhausen nach Mannheim.

Das Seminar findet in den Quadraten statt. Ich muss wieder auf den Stadtplan schauen. Die Mannheimer haben mir schon hundertmal erklärt, wie das mit den Quadraten funktioniert. Die Innenstadt von Mannheim sieht so ähnlich aus wie ein Schachbrett, aber leider nicht ganz so übersichtlich, zumindest nicht für mich als Heidelbergerin. Schon 1606 legte *Kurfürst Friedrich IV von der Pfalz* hierfür den Grundstein. Im Gegensatz zu mir, hatten die Mannheimer daher ausreichend Zeit, sich an ihre Quadrate zu gewöhnen. Lucas hat die Nase gerümpft, als er mich am Morgen mit dem Stadtplan sah. Er hätte auf seinem Smartphone mal kurz eine App angeklickt und schon wäre alles klar gewesen, aber seine alte Mutter musste sich ja unbedingt so ein Oma-Handy kaufen, mit dem sie nicht einmal ins Internet kommt. Vor einiger Zeit hat mein Smartphone seinen Geist aufgegeben, jetzt ist mir nur noch dieses Handy geblieben.

Macht nix. Ich finde die Seminarräume sofort, obwohl die Akademie seit der letzten Fortbildung umgezogen ist. Wir sind eine Gruppe mit insgesamt fünf Teilnehmern und unserem Chocolatier Anton. Einen Teilnehmer kenne ich, Cem, vom letzten Pralinen-Seminar, er arbeitet bei der Polizei und ist ein Schokoladen-Junkie. Bevor ich den Schoko-Traum eröffnete, besuchte ich zwei Seminare hier in Mannheim in der Schokoladen-Akademie. Anton ist stolz auf mich, er hat den Artikel über meinen Laden in der *Rhein-Neckar-Zeitung* gelesen.

Cem sagt: »Irgendwann schmeiße ich meinen Job und mache auch eine Chocolaterie auf.«

Wir stellen uns alle kurz vor und beschreiben unsere Erwartungen an das Seminar. Cem möchte einfach schöne Rezepte und die anderen drei haben vor, sich selbst, ihre Verwandten und Freunde mit leckeren, selbst hergestellten Geschenken verwöhnen.

»Ich beabsichtige das Geschäft meiner Chocolaterie mit neuen Spezialitäten ankurbeln«, gestehe ich.

Anton verspricht uns, dass jeder exakt das bekommt, was er will und braucht.

Der erste Tag ist der Produktion von heißer Schokolade gewidmet. Zunächst unterhalten wir uns über die verschiedenen Möglichkeiten. Es gibt verschiedenste Kakaomischungen, die sich in kalte oder heiße Milch einrühren lassen und es gibt die sehr viel köstlichere Variante, bei der man mit Kuvertüre arbeitet. Für meine Anti-Kummer-Schokolade schmelze ich auch Zartbitterkuvertüre in heißer Gewürzmilch.

Später wollen wir Schokoladen-Sticks herstellen. Anton nennt sie Trinkschokolade am Stiel. Zunächst erarbeitet jeder ein eigenes Rezept für eine schnelle Pulvermischung, die sich für kalte und warme Milch eignet. Ich erfinde meine *Denk-Schok*. Diese Konzentrationsschokolade ist ein wahres Power-Pulver. Nach einer kurzen Pause geht es weiter mit einem Rezept für einen Schokoladen-Stick, den man in heißer Milch zum Schmelzen bringen kann, um so eine herrliche heiße Schokolade zu genießen. Ich habe die Idee, dies für meine Anti-Kummer-Schokolade zu nutzen. Dies hätte den Vorteil, dass ich diese nicht mehr einzeln in der Küche kochen müsste, sondern einfach die Sticks benutzen könnte. Jetzt kreiert jeder Teilnehmer seine eigenen Rezepte.

In der Pause sagt Anton zu mir: »Tanja, ich bin so froh, dass du dir diesen Traum einer eigenen Chocolaterie erfüllt hast, denn du hast Talent, sehr, sehr viel Talent. Du kannst eine ganz große Chocolatier werden.«

Ich bin sehr gerührt von seinen Worten: »Danke Anton, diese Worte aus deinem Mund bedeuten mir sehr viel.«

Anton ist von Beruf Konditor, im Elsass hat er vor Jahren eine zweijährige Chocolatier-Ausbildung absolviert. Aus diesen Gründen weiß ich sein Kompliment zu schätzen.

Den Mittag verbringen wir alle gemeinsam bei kleinen Snacks in einem Bistro, ganz in der Nähe der Akademie. Wir reden alle durcheinander und es ist sehr lustig.

Am Nachmittag schmelzen wir alle fleißig Kuvertüre und würzen diese mit den exotischsten Gewürzen, dann gießen wir unsere Schokoladenflüssigkeiten in verschiedene Behälter, in die wir kleine Holzlöffel stecken. Morgen, wenn die Schokolade ausgekühlt sein wird, werden wir die Kreationen in kleine Cellophanhüllen schön verpacken und natürlich wird jeder Teilnehmer seine speziellen heißen Schokoladensorten präsentieren und alle werden alles versuchen.

Mit der Straßenbahnlinie 5 fahre ich wieder zurück nach Heidelberg, aus Versehen erwische ich die falsche Bahn und nehme den etwas längeren Weg über Weinheim, Schriesheim und Dossenheim. Zunächst ärgere ich mich, aber dann genieße ich die gemütliche Fahrt entlang des Odenwaldes.

Immer wieder muss ich an Cem denken. Wir saßen oder standen bei allen Tages-Aktivitäten nebeneinander. Auch im Bistro blieb er ganz in meiner Nähe. Mehrmals erwischte ich ihn dabei, wie er mich von der Seite ansah und einige Male erwischte er mich dabei, als ich es ihm gleichtat. Schon ein toller Mann dieser Cem! Das Seminar hatte noch keine fünf Minuten gedauert, als ich seinen Ringfinger scannte. Kein Ring. Na ja, muss ja nichts bedeuten. So ein besonderes, interessantes Exemplar Mann ist sicherlich nicht mehr auf der freien Wildbahn unterwegs, irgendeine Frau in seinem Leben – außer Mutter, Oma und Schwestern – wird es geben, jede Wette. Aber ein bisschen Träumen ist schließlich erlaubt. Die restliche Zeit der Fahrt über schwelge ich in sündigen Gedanken.

Alina hat mich im Schoko-Traum vertreten und berichtet mir von allen Kunden, die heute eingekauft haben.

Sie fängt erst wieder an zu weinen, als sie sagt: »Zwei ältere Frauen haben gefragt, wo der nette junge Mann von letzter Woche abgeblieben sei.«

»Ach Alina, dein Max kommt wieder frei. Wir werden den Mörder finden, ganz sicher.«

»Versprich es!«

»Ich verspreche es, mein Schatz«, sage ich, obwohl ich sehr wohl weiß, dass es nicht allein in meiner Macht liegt, dieses Versprechen halten zu können.

Ich nehme meine Kleine in den Arm und drücke sie ganz, ganz fest.

Am nächsten Morgen stürzen wir uns alle auf unsere Schokoladen-Sticks. Sie sehen schön aus, mit dem Holzlöffelchen in der Mitte. Natürlich wollen alle Teilnehmer zunächst die verschiedenen Sorten der anderen versuchen. Jeder richtet seine heißen Schokoladensorten an und dann beginnt das große Probieren. Als Anton meine Anti-Kummer-Schokolade versucht, verfällt er in ein genussvolles Stöhnen, auch Cem ist begeistert.

Danach fabrizieren wir ganz verschiedene Marzipanpralinen, die wir auch wieder alle am Ende des Seminars probieren. Ich nehme einen großen Fundus an neuen Ideen aus dem Seminar mit nach Hause. Genauso habe ich mir das vorgestellt. Ich freue mich schon, die neuen Spezialitäten ausprobieren zu können. Schade, dass ich Max nicht mehr als Hilfe in meinem Schoko-Traum habe, da könnte ich mich vormittags ganz auf meine neuen Schokoladen-Kreationen konzentrieren.

Schon gestern hat mich Cem für heute zum Mittagessen eingeladen. Er hätte etwas Besonderes für mich, hat er mir am Vortag angekündigt. Auch jetzt macht er noch ein großes Geheimnis daraus.

Wir fahren mit dem Auto am Neckar entlang, in die Richtung, aus der am Morgen meine Straßenbahn kam. Auf dem Parkplatz neben dem Mannheimer Fernmeldeturm stellt Cem seinen Wagen ab.

»Wir gehen in den Luisenpark? Das ist der schönste Park, den ich jemals gesehen habe«, sage ich.

»Da können wir nachher auch noch rein, wenn du möchtest, aber das Essen findet woanders statt. Ich hoffe, du hast keine Klaustrophobie?«

Ich schüttle belustigt den Kopf: »Ah, das Drehrestaurant im Fernmeldeturm«.

Cem will wissen, ob ich dort schon einmal war. Ich verneine.

Wir fahren mit einem der Fahrstühle nach oben.

»Der Fernmeldeturm wurde 1973 errichtet und zur Bundesgartenschau 1975 eröffnet. Mit seinen fast 218 Metern ist er das höchste Gebäude der Stadt«, doziert Cem.

»Aha!«

»Soll dich dein Fremdenführer Cem weiter informieren?«

»Klar, nur her mit den Infos, ich lechze danach«, sage ich lachend.

»Das Drehrestaurant befindet sich in 125 Meter Höhe. Einmal pro Stunde dreht es sich um die eigene Achse. Ich gestehe, das habe ich heute Morgen für dich im Internet recherchiert.«

»Danke, nett von dir.«

Cem hat reserviert und wir warten, bis uns der entsprechende Tisch zugewiesen wird.

Wahrscheinlich gibt es heute Abend oder heute Nacht noch Regen, vielleicht auch ein Gewitter, denn man kann kilometerweit sehen.

Ich bin begeistert: »Der Ausblick ist atemberaubend.«

Orgasmisch würde Lucas sagen, Max würde wohl eher die Ausdrücke *galaktisch* oder die Steigerung *pangalaktisch* gebrauchen.

Je nachdem, in welche Richtung wir gerade blicken, erstrecken sich vor uns die Städte Mannheim, Ludwigshafen, die Rheinebene, der Odenwald und die Hardt. Ich komme aus dem Staunen gar nicht mehr heraus.

»Ich wusste, dass dir das gefällt.« Cem lächelt mich an.

Die Bedienung nimmt die Bestellung auf, Cem ordert den *Pfälzer Winzerteller* mit Bratwurst und Saumagen, ich möchte *Herrgottsbescheisserle*, alleine schon deshalb, weil das so toll klingt, dahinter verbergen sich Omas Maultaschen mit Zwiebelschmälze und ein Salatteller.

Nachdem wir uns mit unseren Weingläsern zugeprostet haben, sage ich: »Ein Moslem scheinst du ja nicht zu sein, wenn du Schweinefleisch isst.«

»Mein Vater ist Türke und meine Mutter Deutsche, genau wie bei Bülent Ceylan, dem Mannheimer Comedian.«

»Der ist klasse! Hast du sein neuestes Programm gesehen?«

»Und ob! Der hat's voll drauf, der Bülent. Um auf mich zurückzukommen, ich bin ein ziemlich deutscher Türke, zu Deutsch, findet mein Vater, da pflichtet ihm die gesamte türkische Verwandtschaft bei. Es ist nicht einfach, zwischen zwei Kulturen aufzuwachsen. Für die Deutschen bin ich ein Türke und für die Türken ein Deutscher.«

»Dass dies oft nicht einfach ist, kann ich mir gut vorstellen.«

»Lass uns lieber über dich reden: Du hast Probleme, oder?«

Dieser Mann ist so sensibel und vertrauenswürdig, schon sprudelt alles aus mir heraus, der Mord an Frau von Lingenthal und Alinas Max, der des Mordes verdächtigt wird. Auch meine Ermittlungen auf eigene Faust finden Erwähnung.

Zum Glück hält mir Cem nicht gleich eine Standpauke wegen meiner Hobbyschnüffeleien. Das ehrt ihn sehr, dass er mir einfach kommentarlos zuhört.

»Was machst du eigentlich genau bei der Polizei?«, will ich wissen.

»Ich bin Profiler. Eigentlich bin ich Psychologe, durch einen Zufall bin ich beim BKA gelandet«

»Oh, ist das so wie in den Fernsehsendungen? Das muss ein sehr aufregender Beruf sein.«

»Mein Job ist leider nicht ganz so spektakulär, auch wir jagen nicht den lieben langen Tag Serienmörder. Aber ich habe gelernt, aus wenigen kleinen Mosaiksteinchen ein Puzzle zusammenzusetzen. Erzähl mir etwas darüber, wie der Mord an Frau von Lingenthal begangen wurde.«

Ich berichte ihm, dass meine beste Kundin erschlagen und von Kopf bis Fuß mit Schokoladen-Peeling eingecremt auf einer Liege in ihrem Wellnessbad aufgefunden wurde.

»Entweder war es ein sehr brutaler Mensch, denn Frau von Lingenthal war ja völlig wehrlos oder …«, Cem macht kunstvoll eine Pause, »es war eine enorme Portion Hass mit im Spiel. Das ist sicherlich die denkbarere Alternative.«

»Aha, danke für den Tipp.«

Wir unterhalten uns noch eine Weile über den Fall. Unser Vorhaben, am nächsten Wochenende in Frankfurt den Neffen stellen zu wollen, verheimliche ich, ebenso die Internet-Ausspäh-Aktionen meines Sohnes. Ich möchte Cem nicht in die Bredouille bringen. Er als Polizist ist sicherlich verpflichtet, gegen Straftaten vorzugehen oder mögliche zu verhindern. Ich möchte da nichts herausfordern, auch wenn ich mir nicht vorstellen kann, dass mich dieser Mann anzeigen würde. Sicher ist sicher, daher komme ich dem allem zuvor, indem ich ihm versichere, dass ich die weiteren Ermittlungen alleine der Polizei überlassen werde.

»Du wohnst in Mannheim und arbeitest in Wiesbaden?«

»Na ja, in Wiesbaden bin ich eher selten, meist unterstütze ich die Polizei bei kniffligen Fällen an anderen Orten und werde dort einer Sonderkommission zugeteilt. Ich möchte schon gerne ab und zu in der Nähe meiner Familie sein, hier bin ich ein bisschen sehr türkisch, aus diesem Grund habe ich in Mannheim-Lindenhof meine Wohnung. Der Familienclan wohnt in Käfertal.«

Cem erzählt mir dann, dass er ab nächsten Freitag sechs Wochen in London verbringen wird, um dort an einer internationalen Fortbildung für Profiler teilzunehmen.

Schade, da treffe ich einen so netten Mann und dann verschwindet er für Wochen schon wieder aus meinem Blickfeld.

»Wie findet das denn deine Frau, wenn du wochenlang unterwegs bist?«, taste ich mich mutig vor.

Cem lächelt gewinnbringend. Kluger Mann, er weiß genau, warum ich ihm diese Frage stelle.

»Ich bin nicht verheiratet, zurzeit ist auch keine feste Beziehung in Sicht. Das ist leider nicht so einfach. Zunächst finden die Frauen meinen Beruf sehr interessant, aber wenn ich dann zu Hause in ihrem Wohnzimmer auf dem Sofa sitze, dann bin ich so ganz anders, als die im Fernsehen, das relativiert sich dann schnell. Ich bin oft Wochen unterwegs und kann nur eine Fernbeziehung führen, auch das macht den Beziehungsaufbau nicht gerade leichter. Tja Tanja, die selbstbewusste und selbstständige Frau, die dieses Leben mitmacht, die ist mir leider noch nicht begegnet.«

Ich lächle ihn an.

»Und du und dein Ex, ihr kommt nicht mehr zusammen?«

»Nein, auf keinen Fall. Wir haben die beiden Kinder und deshalb stehen wir in Kontakt, aber ein gemeinsames Leben kann ich mir mit ihm nicht mehr vorstellen.«

Später gibt er mir seine Visitenkarte und sagt: »Tanja, solltest du mich irgendwann einmal brauchen, ruf mich an, jederzeit.«

»Danke Cem.«

Auch ich drücke ihm meine Visitenkarte vom Schoko-Traum in die Hand und sage: »Wenn du mal in Heidelberg bist, komm vorbei, ich würde mich freuen, dann lade ich dich zum Essen ein.«

»Ich melde mich aus London und wir treffen uns, sobald ich wieder im Land bin. Versprochen!«

19

Die nächsten beiden Tage verbringen Lucas und Florian bei Bastian, dem größten Computerfreak der Schule. Der sei der totale Nerd, hat Lucas erzählt. Mit einem Fußball könne er nichts anfangen, er wisse lediglich, dass er rund sei, aber auf einer Tastatur spiele er virtuos wie auf einer Violine, statt Symphonien kombiniere er Passwörter und die digitale Welt öffne sich wie von Geisterhand.

Ich telefoniere mit Oliver. Leider hätte sich noch nichts an der Situation geändert, die erneute Haftprüfung habe einen ausreichenden Tatverdacht ergeben, sodass Max immer noch hinter Gittern sitze. Natürlich hält Oliver ihn für schuldig, aber das ist ihm egal, er ist Anwalt und würde alles für Max' Freilassung unternehmen, da müssen wir uns zum Glück keine Sorgen machen. Sorgen mache ich mir viel mehr über die Polizei. Dieser Rauenberg hält Max für schuldig und das ist problematisch, denn solange er das tut, ermittelt die Polizei nicht weiter oder zumindest mit angezogener Handbremse. Wir müssen selbst aktiv werden. Bis jetzt dachte ich, dass sich unter Umständen bis zu dem Haftprüfungstermin alles aufklären wird und ich mich nicht mehr in irgendwelche Ermittlungen einmischen müsste. Aber die Realität sieht leider anders aus.

Von Stefanie will ich wissen, ob sich Biggis Tochter auf die *Facebook*-Freundschaftsanzeige gemeldet hätte. Bis jetzt sei noch nichts passiert. Ich schwärme Steffi ein wenig über Cem vor.

»Du fängst schnell Feuer in der letzten Zeit.«

»Oh, jetzt mach mal halblang, nur weil ich ein bisschen von einem netten Mann schwärme, habe ich noch lange kein Feuer gefangen. Erzähl du lieber, wie dein Wochenende war.«

»Tanja, ich trau mich das nicht, zu sagen.«

»Mensch, red schon.«

»Also, ich habe dir doch von diesem Jungen erzählt, diesem Fünfundzwanzigjährigem, mit dem ich schon öfter gechattet habe, am Wochenende war er da.«

»STEFANIE!«, sage ich tadelnd, »der könnte dein Sohn sein.«

»Ich wusste, warum ich dir das nicht erzählen wollte, weil du immer gleich moralisch wirst. Und mein Sohn, ich bitte dich. Ben ist gerade mal zehn Jahre jünger als ich. Warum regt sich jeder bei Frauen auf, wenn sie sich jüngere Männer nehmen, wenn Männer sich mit sehr viel jüngeren Frauen schmücken, regt sich keiner auf, das ist völlig normal.«

»Er ist elf Jahre jünger als du, wenn ich richtig rechne. Du hast keinen Sohn, der fast in dem Alter ist, sonst würdest du das anders sehen.«

»Ich bin der Meinung, es sollte normal sein, dass wir uns jüngere Kerle nehmen, schließlich werden Frauen in der Regel sieben Jahre älter als Männer, also ist es doch nur folgerichtig, dass wir uns mit jüngeren Männern einlassen, dann sterben beide Partner etwa gleichzeitig.«

»Entwaffnende Argumentation. Kann er beim nächsten Treffen seinen jüngeren Bruder für mich mitbringen?«

»TANJA! Diese Äußerung hätte ich dir nicht zugetraut. Ich werde ihn am Wochenende fragen.«

»Aber wir sind doch am Wochenende in Frankfurt. Ich habe uns für eine Nacht in einem kleinen Hotel in Sachsenhausen eingebucht.«

»Zu blöd aber auch, das hatte ich völlig vergessen. Jetzt muss ich ihn ausladen, na ja, ich werde ihn auf das folgende Wochenende vertrösten.«

»Tut mir leid, dass du um die heißen Nächte gebracht wirst.«

»Schon gut, Mörderfangen kommt eindeutig vor sexueller Befriedigung, da muss *frau* Prioritäten setzen.«

Mittwochabend trudeln Lucas und Florian bei uns ein.

»Mama, wir kriegen diesen Neffen am Arsch.«

Ja, mein Sohn, du hast ja so recht.

»Wir werden meinen Bruder aus dem Knast bekommen. Sie sind echt cool, Frau Eppstein. Meine Mutter sitzt nur zu Hause und flennt.«

»Flori, das kann ich gut verstehen. Ich möchte nicht wissen, wie ich mich fühlen würde, wenn Lucas des Mordes verdächtigt würde.«

Inzwischen hat Lucas seinen Laptop ausgepackt und gestartet. Stolz zeigen sie ihr Werk, das wohl hauptsächlich Bastian vollbracht hat: »Mama guck mal!«

Was ist das? Eine Fahrkarte, eine Online-Fahrkarte, ausgestellt auf den Namen Thomas Koch, auf den Todestag von Frau von Lingenthal.

»Wahnsinn!« Ich kann's nicht fassen. »Wie habt ihr das nur geschafft?«

»Mama, das willst du nicht wirklich wissen.«

Stimmt!

»Also«, hebt Florian an, »was wir natürlich nicht wissen, ist, ob er die Fahrkarte auch am Tattag benutzt hat, um nach Heidelberg zu fahren. Was wir aber mit Sicherheit sagen können ist, dass er die Fahrkarte zwei Tage vor dem besagten Datum ausgedruckt hat.«

»Interessant«, muss ich zugeben.

»Außerdem haben wir rausgekriegt, dass dem der Arsch schuldenmäßig auf Grundeis geht. Hinter dem sind 'ne Menge Gläubiger her. Es geht um mehrere Firmen, die er gegründet und innerhalb kürzester Zeit in den Sand gesetzt hat.«

»Was glaubt ihr, wie dringend brauchte der Geld?«, will ich wissen.

»Sehr dringend. Die haben dem schon gedroht, auch körperlich. Der musste handeln.«

»Abfetzmäßig!« Florian sieht mich erstaunt an. »Abfetzmäßig, würde Max jetzt sagen«, erkläre ich mich.

Wir lachen.

»Jungs, das sieht so aus, als hättet ihr ganze Arbeit geleistet«, lobe ich.

»Bastian hat gesagt, er würde mal bei dir im Schoko-Traum vorbeikommen, um sich eine kleine Belohnung abzuholen.«

»Ja, die hat er sich redlich verdient, sag ihm, er kann gerne anrücken, ich freue mich.«

Ich komme nicht umhin, meinen Lucas zu umarmen und ihm einen Kuss auf die Wange zu drücken.

Flori lacht.

Als Alina nach Hause kommt, führen ihr die beiden ihre Erkenntnisse voller Stolz vor.

Alina staunt: »Wie saucool ist das denn?«

Bei mir meldet sich allerdings auch mein schlechtes Gewissen, wenn Hauptkommissar Rauenberg wüsste, was hier läuft, bekämen Florian, Bastian und Lucas eine Anklage, wegen, ja, weswegen eigentlich? Verletzung der Persönlichkeitsrechte, keine Ahnung wie Datenklau in Juristendeutsch heißt, zu meiner Jurazeit gab es das alles nicht in diesem Ausmaß. Aber eines weiß ich ganz sicher, mich würde Rauenberg drankriegen wegen Anstiftung und mittelbarer Täterschaft. Ein bisschen Angst und Bange wird mir schon bei diesen Gedanken.

»Und wenn die Polizei euch über eure IP-Adresse zurückverfolgt?«

»Ach Mama, die wissen doch nicht, dass wir das Internetkonto gehackt haben, und selbst wenn, die können das nicht zurückverfolgen.«

In Zeiten von NSA, wo bekannt ist, dass die alles lesen und hören können, erscheint mir diese Einstellung ein wenig blauäugig.

»Aber die NSA weiß sicherlich, was ihr tut.«

»Wir sind doch keine Terroristen, die werden sich nicht für uns interessieren.«

»Na, hoffentlich habt ihr recht.«

»Du darfst die Infos allerdings nicht den Bullen stecken, sonst sehen wir alt aus.«

»Natürlich nicht!«

Das ist schon toll, was die Jungs rausbekommen haben.

Steffi und Biggi verbringen ihre Mittagspause am nächsten Tag bei mir im Schoko-Traum. Die beiden waren beim Libanesen, von dort haben sie auch mir ein Mittagessen mitgebracht: Lamm-Couscous. Ich liebe Lamm-Couscous, hierfür könnte ich sterben, na ja, fast. Es riecht köstlich.

Schon während wir mampfen, bringe ich die beiden ermittlungstechnisch auf den neuesten Stand.

»Die Jungs sind voll krass.« Steffi benutzt denselben Ausdruck wie meine Tochter, ob das daran liegt, dass die beiden die gleichen Klamotten in denselben Shops einkaufen? Oder ist Stefanies junger Lover ursächlich für ihren Sprachgebrauch?

Wir beschließen, am Samstagmorgen nach Frankfurt zu fahren.

»Treffpunkt Schoko-Traum um neun Uhr; wir fahren mit meinem Auto«, bestimmt Steffi. Biggi und ich losen mit einem Streichholz aus, wer von uns beiden im Cabrio unserer Freundin hinten sitzen muss. Birgit zieht – im wahrsten Sinne des Wortes – den Kürzeren.

»Soll ich heute noch einmal bei Frau Bartels anrufen, vielleicht gibt es Neuigkeiten über den Neffen oder über das Gutachten des Testamentes, das auf seinen Namen ausgestellt ist?«

»Gute Idee«, findet Biggi.

Ich bin froh, dass auch sie mit von der Partie ist, zu dritt ist das einfach besser. Das libanesische Essen war herrlich. Ich lasse für jede von uns einen Espresso durchlaufen. Vor unserem gemeinsamen Wochenende sollte ich vielleicht schnell noch einen Onlinekurs belegen: *Ausspionieren für Anfänger*, *Detektiv leicht gemacht* oder *Agententätigkeit für Dummies*.

Alina wird mich am Samstag im Schoko-Traum vertreten. Sie kann ruhig auch etwas tun, schließlich kämpfen wir für die Freilassung ihres Freundes Max.

Biggi muss als Erste wieder los zur Arbeit.

»Ich habe Mist gebaut«, gesteht Stefanie, nachdem unsere gemeinsame Freundin die Chocolaterie verlassen hat.

»Bei was hast du Mist gebaut?«

»Diejenige, der ich die Freundschaftsanzeige auf *Facebook* geschickt habe, war nicht Biggis Tochter. Da sie nicht reagiert hat, habe ich das noch einmal gecheckt und festgestellt, dass sie nicht ihre Tochter sein kann, weil sie einen Bruder hat.«

»Vielleicht hat Biggis Tochter kein Konto bei *Facebook*«, gebe ich zu bedenken.

Stefanie sieht mich triumphierend an; diesen Blick kenne ich nur zu gut. »Hat sie aber!«

»Nun sag schon und spanne mich nicht derart auf die Folter.«

»Also ich habe sie jetzt definitiv, Geburtsort und -datum, stimmt alles. Gestern Abend habe ich ihr eine Freundschaftsanfrage geschickt. Jetzt heißt es abwarten.«

»Sollen wir Birgit nicht einweihen?«

»Nein, Tanja, auf keinen Fall. Stell dir vor, Sarah antwortet nicht, dann ist Biggi frustriert.«

»Ja! Wir warten erst mal ab. Das ist vernünftiger.«

Auf ein kleines Tellerchen lege ich für jede von uns zwei Schoko-Traum-Pralinen zum Naschen.

20

Samstagmorgen geht's los. Wir sind drei aufgedrehte Hühner, die zu den Liedern der *Toten Hosen* im Radio mitsingen, Biggis Stimme vom Platz hinter mir ist am lautesten, sie singt laut und falsch, keinen einzigen Ton trifft sie. Steffi kutschiert uns in ihrem nevadaroten Peugeot-Cabrio nach Frankfurt. Aufgrund des Nieselregens müssen wir das Verdeck leider schließen, was unserer Stimmung jedoch keinen Abbruch tut.

Stefanie sagt mehrmals: »Mädels, heute kriegen wir den Neffen am Arsch.«

Ich bin mir da nicht so sicher, wer weiß, vielleicht ist Thomas Koch am Wochenende nicht daheim und unsere Reise ist für die Katz. Egal, wir haben definitiv vor, gemeinsam ein geiles Wochenende zu verbringen, ob wir einen Mörder fangen oder nicht, wobei selbstverständlich unsere Ermittlungen in der Mordsache oberste Priorität haben. Falls wir hierbei keinen Erfolg haben werden, soll wenigstens der Spaß nicht zu kurz kommen.

Unser Hotel ist nur wenige Straßen von der Wohnung des Neffen entfernt. Wir checken ein und dann machen wir uns gleich auf den Weg. Steffi und Biggi warten in einem Café gegenüber, ich versuche rauszubekommen, in welcher Etage und welcher Wohnung dieser Koch wohnt und ob er zu Hause ist. Es ist ein großes Mehrfamilienhaus aus den siebziger Jahren, etwas heruntergekommen. Seine Klingel ist die zweite in der dritten Reihe von unten, vielleicht weist das ja auf seine Wohnung hin. Ich drücke bei einer Frau mit dem Vornamen Gerhild und bitte sie, mir die Tür zu öffnen, ich müsse nur was abstellen. Die ältere Dame zetert ein wenig, von wegen: »Warum müssen immer alle bei mir klingeln?«, aber der Türöffner summt. Ich gehe die Treppen nach oben in den dritten Stock und dort nach rechts, vielleicht hat hier alles seine Ordnung. Galaktisch, würde Max sagen. Ich stehe vor der Wohnungstür, neben der ein Klingelschild mit dem Namen *Koch* angebracht ist. Ich überlege, ob ich bei ihm läuten soll, aber dann könnte ich ihn nicht mehr verfolgen, er hätte mich gesehen. Keine gute Idee, also steige ich die Treppen wieder hinab. Unten klingle ich bei ihm. Keine Reaktion. Mist, er ist nicht in seiner Wohnung. Was machen wir denn nun? Ein Versuch geht noch, diesmal bin ich gar nicht zaghaft.

Ein mürrisches »Ja!« kommt aus dem Lautsprecher.

»Können Sie bitte die Haustür öffnen, ich muss nur ein Paket ablegen.«

»Für mich?«

»Nein, für … Hallo!«

Ich klingle erneut, keine Reaktion. Überaus hilfsbereit, ein netter Mensch, genauso habe ich mir Frau von Lingenthals Neffen vorgestellt. Immerhin wissen wir jetzt, dass er zu Hause ist.

Ich gehe rüber ins Café zu Steffi und Biggi. Die beiden trinken schon einen Cappuccino. Immerhin haben sie mir einen mitbestellt. Ich orientiere mich und kann ihnen sagen, wo sich seine Wohnung befindet.

»Er wohnt dort oben, wo diese altmodischen, vergilbten Stores hängen.«

Wir beschließen, erst einmal abzuwarten, ob er das Haus verlässt. Ich hatte den Neffen bei Frau von Lingenthals Beisetzung kurz gesehen, Frau Bartels stellte ihn mir vor. Damals hatte ich allerdings keinen Grund, besonders auf ihn zu achten. Erkennen würde ich ihn, da bin ich mir sicher.

Steffi und Biggi haben sich beide ein Mega-Frühstück aus der Speisekarte bestellt.

»Und was machen wir, wenn der in zwei Minuten zur Tür gegenüber herauskommt?«, will ich wissen.

Biggi antwortet: »Dann essen wir in Ruhe weiter und warten, bis er wieder zurückkommt.«

»Na, tolle Idee. So kriegen wir den sicherlich am Arsch. Sehr witzig!«

»Wir haben Hunger und hungrig geht man nicht auf Mörderjagd«, belehrt mich Steffi.

»Ach, nee …« Ich sehe auf die Haustür gegenüber. »Scheiße, da ist er. Seht ihr, so ein Mist. Und jetzt?« Ich stehe auf und greife nach meiner Tasche, meine beiden Freundinnen bleiben seelenruhig sitzen. Das ist ja toll, jetzt wo es darauf ankommt, lassen sie mich im Stich und ich kann mich alleine um den Neffen kümmern. Ich gehe zur Tür und stoße dort direkt mit Thomas Koch zusammen.

»Oh, Verzeihung«, sage ich überrascht.

»Mensch, können Sie nicht aufpassen?«

»Sorry.«

Jetzt muss ich das Café erst mal verlassen. Ich gehe nach rechts und einmal um den Straßenblock herum. Zum Glück hat es inzwischen aufgehört zu regnen. Die dunklen Wolken, die über Sachsenhausen hängen, kündigen nichts Gutes an. Steffi und Biggi werden schon ein Auge auf Frau Lingenthals Neffen werfen, solange er im Café sitzt. Und was, wenn er dort gleich wieder verschwindet? Meine beiden Freundinnen werden sich nicht bei ihrem Frühstück stören lassen. Meine Schritte werden schneller, viel schneller.

Schon als ich ins Café eintrete, sehe ich ihn, er sitzt mit einem jüngeren Mann an einem der hinteren Tische. Beide frühstücken.

Steffi und Biggi sehen mich amüsiert an. Sie sitzen vor Rührei, riesigen Käse- und Wurstplatten und Quark mit Früchten.

»Alles erledigt!«, sage ich laut. Zu meinen Freundinnen: »Auch haben! Sofort! Hunger, Hunger, Hunger!«

Ich bestelle mir auch dieses Mega-Frühstück.

»Wo warst du denn? Was hast du denn erledigt?«

»Ha, ha, seeehr witzig, Biggi!«

206

Von Steffis Käseteller klaue ich mir mehrere blaue Weintrauben, die sehen aus wie gemalt.

»Schade, dass wir nicht mitbekommen, was die beiden da hinten reden.«

Mein Frühstück kommt. Jetzt wird erst einmal anständig gegessen, dann sehen wir weiter.

Es schmeckt köstlich. Ich habe mir schon lange nicht mehr die Zeit für ein königliches Frühstück genommen. Sollte man öfter machen. Aber so ganz kann ich nicht abschalten, schließlich haben wir eine Mission.

»Und was machen wir, wenn er jetzt das Café verlässt?«

»Keep cool, Schatz, dann gehst du ihm nach und Biggi und ich frühstücken seelenruhig weiter.«

»Manno, ihr seid wirklich eine große Hilfe.«

»Also ich bin dafür, erst mal was zu essen, dann sind wir gesättigt und können die wildeste Verfolgungsjagd aufnehmen.«

Steffi hat diesen spöttischen Siehst-du-sag-ich-doch-Blick aufgesetzt.

Ich lenke ein und konzentriere mich aufs Essen. Unser Tatverdächtiger tut es uns gleich. Na, also!

Der jüngere Mann, der mit Koch am Tisch sitzt, steht auf und geht nach draußen, dort telefoniert er. Ich klappe das Fenster auf, er geht ein Stück weiter, sodass wir leider kein Wort verstehen. Wir sehen nur, dass er ins Telefon schreit. An was erinnert mich diese Szene? Ach, ja, jetzt weiß ich es, an Dirk. Ich sehe ihn in Königstein vor dem Fenster stehen, er schreit ins Handy und ich sitze in diesem altbackenen Hotelzimmer. Dirk! Ob der immer noch im Gefängnis sitzt? Na, ja, kann mir egal sein, ich will ihn nicht mehr, kann er noch so schöne Augen haben.

Der Typ kommt wieder rein und setzt sich zu unserer Zielperson.

Plötzlich steht der Neffe auf, ich denke, hoffentlich geht er zur Toilette, aber nein, der geht tatsächlich raus. Ich warte noch und denke, sicherlich geht er in seine Wohnung.

Mist! Das hat er leider nicht vor, er biegt auf dem Bürgersteig nach rechts ab. Ich schnelle hoch wie ein Springteufelchen, schnappe meine Tasche und schon laufe ich ihm hinterher. Ich drehe mich um. Nichts! Na, das war ja klar, Frühstücken geht vor. Der hat es aber eilig, ich muss einen Zahn zulegen, damit ich ihn nicht verliere. Er verschwindet in einem Wettbüro. Sind denn alle Männer spielsüchtig? Anscheinend schon, warum sonst sprießen diese Wettbüros in den letzten Jahren an jeder Ecke wie Pilze aus dem Boden. Soll ich reingehen oder hier auf ihn warten? Vielleicht tätigt er nur kurz eine Wette und kommt gleich wieder raus. Ich drücke mich ein bisschen vor dem Schaufenster der Boutique an der gegenüberliegenden Straßenseite rum, die teuren Klamotten interessieren mich nicht die Bohne, sondern, lediglich die Eingangstür des Wettbüros, die sich in der großen Scheibe spiegelt. Keine fünf Minuten und da ist er wieder. Ich klebe weiter an seinen Fersen. Vor einem Kiosk bleibt er stehen und geht rein. Auf der anderen Straßenseite drücke ich mich herum und lese die Klingelschilder. Ich finde, ich mache mich hervorragend als Privatschnüfflerin. Das Beschatten einer Zielperson habe ich mir viel schwieriger vorgestellt. Eigentlich geht das ganz einfach.

Zwei Minuten später tritt er wieder auf die Straße, nach einem Blick nach links und einem nach rechts, entscheidet er sich für rechts und geht die Straße weiter entlang. Vor dem Schaufenster einer Versicherung bleibt er stehen, ich bin ihm in geringem Abstand gefolgt. Blitzartig dreht er sich um und läuft in meine Richtung. Ich bleibe stehen und will ihn vorbeilassen.

Er packt mich unsanft an den Schultern: »Was wollen Sie von mir?«

»Nichts, was soll ich von Ihnen wollen?«

»Du läufst mir hinterher. Was willst du?«

»Ich …«

»Ihr drei seid mir vorhin schon aufgefallen, ständig habt ihr in meine Richtung geschaut. Nein: ich bin nicht verheiratet, ja: ich bin noch zu haben, ja: einem flotten Vierer wäre ich nicht abgeneigt. Sag mir: wo und wann?«

»Ähm …«

»Du verstehst doch deutsch?«

»Ähm, ja …«

»Na, geht doch!«

»Haben Sie Ihre Tante ermordet?«

Nein, das habe ich jetzt nicht wirklich gesagt, oder?

»WAS? Ob ich meine Tante ermordet habe? Sie haben wohl eine Vollmeise? Man schlachtet doch nicht die Kuh im Stall, die die meiste Milch gibt. Das wäre zu doof, oder?«

»Das Testament.«

»Hör mal, was willst du von mir, von der Polizei bist du garantiert nicht, so dämlich, wie du dich angestellt hast.«

Hat der gesagt, dass ich mich dämlich angestellt habe?

»Ich suche den Mörder Ihrer Tante.«

»Den findest du garantiert nicht bei mir. Falsche Adresse.«

»Darf ich Sie auf eine Tasse Kaffee einladen?«

»Ein Bier wäre mir lieber.«

»Von mir aus auch ein Bier.«

»Da drüben.«, Er zeigt auf eine Kneipe.

Auf dem Schild steht: *Frühkneipe*. Das Lokal erweckt den Eindruck, als würden sich hier vorwiegend die im Leben Gestrandeten treffen, um sich gegenseitig Trost zu spenden.

Er bestellt ein frisch Gezapftes, ich einen Kaffee.

»Was wollen Sie?«

Wenigstens sind wir jetzt wieder beim Sie.

»Wie gesagt, ich will wissen, wer Ihre Tante ermordet hat?«

209

»Wieso wollen Sie das wissen, was haben Sie mit meiner Tante zu schaffen? Ich denke, die haben den Mörder längst gefasst, so einen Junkie.«

»Der war's nicht. Deshalb suche ich den Mörder.«

»Sollten Sie das nicht besser der Polizei überlassen, ich meine, die haben das gelernt.«

»Kann sein, aber die verhaften immer nur den Falschen.«

»Sind Sie die Mutter von diesem Junkie?«

»Nein, aber meine Tochter ist mit ihm befreundet.«

Die Bedienung, eine Frau, die aussieht, als hätte sie die letzten fünfzig Jahre im horizontalen Gewerbe ihr Geld verdient, stellt das Bier und den Kaffee ab, in ihrem Mund eine Zigarette. Erst jetzt wird mir klar, dass dies eine Raucherkneipe ist. Eine der letzten Raucherbastionen.

»Was Sie da machen, ist nicht ungefährlich. Hätte ich meine Tante tatsächlich ermordet, dann wären Sie jetzt in Gefahr. Ich könnte Ihnen zum Beispiel K.O.-Tropfen in ihren Kaffee kippen und sie dann mit in meine Wohnung schleppen oder Ihnen in einem Park eins über die Rübe hauen oder …«

»Ist ja gut! Ich hoffe schwer, dass Sie unschuldig sind, dann ist das Gespräch gefahrlos.«

»Stimmt!«

Herr Koch bietet mir eine Zigarette an, die ich dankend ablehne.

»Sie waren am Tattag in Heidelberg, Sie wurden vor dem Haus Ihrer Tante gesehen.«

Ein Schuss ins Blaue, so machen das die Kommissare im Fernsehen auch immer und sofort gesteht der Mörder.

Herr Koch sieht mich erstaunt an: »Woher wissen Sie das?« Er reibt jetzt lange seine Nasenwurzel. »Okay, Mäuschen, ich habe dich unterschätzt. Ja, es stimmt, ich war am Tag des Mordes meiner Tante in Heidelberg. Ich wollte meine Tante besuchen. Vor dem Haus standen zwei Polizeiautos, ich habe einige Zeit gewartet und dann kam ein Leichenwagen, da habe ich mich aus dem Staub gemacht.

Ich dachte: Sicher ist sicher. Nach Herzinfarkt sah das nicht aus.«

»Das Testament auf Ihren Namen hätte ein gutes Motiv abgeben, das *gefälschte* Testament.«

»Ich habe Sie echt unterschätzt. Sie haben sich extra so dämlich beim Beschatten angestellt, jetzt kapiere ich das. Hut ab! Sie sind eine ausgebuffte Privatschnüfflerin.«

»Nein, bin ich nicht, ehrlich nicht.«

»Das Gutachten ist leider zu meinen Ungunsten ausgefallen. Aber es gab ein echtes Testament, in dem hatte meine Tante mich zum Alleinerben eingesetzt, das war allerdings schon zwei Jahre alt. Testa-Spaß nannte meine Tante das. Sie war ein Biest, sie übergab allen möglichen Leuten ein Testament, in dem sie diese Menschen als Alleinerben einsetzte und dann ließ sie die für sich schuften. Alle nur möglichen Sonderwünsche musste man ihr erfüllen.«

»Woher wissen Sie das mit dem Testa-Spaß?«

»Von Tante Ingrid.«

»Von Frau Bartels?«

Herr Koch nickt.

»Hat sie Ihnen das einfach so gesagt?«

»Na ja, erst nach einigen Monaten. Da hatte ich meiner Tante schon alle nur möglichen Sonderwünsche erfüllt.«

»Wer erbt denn jetzt?«

»Tante Ingrid. Das letztdatierte Testament, das anerkannt wurde, wurde zu ihren Gunsten verfasst.«

»Können Sie sich vorstellen, wer den Mord begangen haben könnte?«

»Wie gesagt, meine Tante Gisela war eine Tyrannin, viele schmeichelten ihr wegen des Geldes. Geliebt hat sie keiner, schon gar nicht die jungen Männer, mit denen sie sich umgab. Ich kann mir durchaus vorstellen, dass da einer von denen durchgedreht ist, mit dem sie ihren Testa-Spaß gemacht hat.«

»Vielleicht war's doch Konradi«, sage ich mehr zu mir selbst als zu Koch.

»Sie meinen diesen Finanzexperten, den hatte die Polizei doch auch schon mal verdächtigt.«

»Ja, inzwischen nicht mehr.«

»Sie haben sich da keine leichte Aufgabe vorgenommen, wissen Sie das? Sie sollten besser aufpassen, das kann richtig gefährlich werden, wenn Sie an den Mörder geraten.«

»Danke, ich werde es mir merken.«

»Hier meine Visitenkarte. Sie können mich gerne anrufen, wenn Sie noch Fragen haben sollten. Tante Gisela war ein Biest, aber trotzdem, sie war meine Tante. Und wenn ich Ihnen dabei behilflich sein kann, ihren Mörder zu finden, gerne.«

»Danke! Falls Ihnen noch etwas einfällt«, ich reiche ihm eine Visitenkarte vom Schoko-Traum.

»Gute Tarnung! Trotzdem, passen Sie auf sich auf, Frau Eppstein.«

»Danke, Herr Koch, ich werde es versuchen.«

Wir verabschieden uns. Ich gehe ins Café zurück.

Steffi und Biggi sitzen jede vor einem riesigen Latte macchiato. Ich bestelle mir auch einen. Immerhin mein Quark mit Früchten steht noch da, mein restliches Frühstück wurde abgeräumt.

»Na, habt ihr in Ruhe gefrühstückt?«

Beide nicken und lecken sich die Lippen.

»Hat er gestanden?«, will Steffi wissen.

»Nein«, sage ich, »der war's nicht.«

»Aber er hat diese Fahrkarte gelöst.«

»Ja, er war auch dort, aber als er vor dem Haus zwei Polizeiwagen und einen Leichenwagen gesehen hat, da hat er sich angeblich aus dem Staub gemacht.«

»Glaubst du ihm?«

»Ja, Biggi, das tue ich.«

»Und jetzt?«

Ich zucke ratlos die Schultern. »Jetzt haben wir keinen Verdächtigen mehr, das heißt, vielleicht war es ja doch Konradi.«

Steffi will wissen, ob ich das meinem Dirk wirklich zutrauen würde. Tja, eigentlich nicht. Ich meine, er hat Frau von Lingenthal mit der Hand ins Gesicht geschlagen, aber könnte er sie auch mit einem schweren Lampenfuß totschlagen? Nein, wohl eher nicht. Aber, der hat mich ja schon einmal enttäuscht.

»Und Mädels, was machen wir mit dem Restwochenende in Frankfurt?«, fragt Steffi in meine Richtung gewandt.

»Mädels, wir sind in Sachsenhausen. Wir gehen jetzt erst einmal in die Klappergass.« Biggi übernimmt das Zepter.

»In die Klappergass?«

»Alles folgt mir.«

Wir zahlen und machen uns auf ins Sachsenhäuser Ebbelwoiviertel.

Wir landen in einer Frankfurter Apfelweinkneipe, mit dem typischen historischen Flair. Biggi bestellt einen Bembel Apfelwein. Aus den geriffelten Schoppengläsern trinken wir unseren ersten Ebbelwoi, dem noch einige weitere folgen.

»Nur damit ihrs wisst: Hier könnt ihr echt *e gud Stöffsche petze.*«

Steffi und ich wundern uns über die Frankfurtkenntnisse unserer Freundin, bis sie uns aufklärt, dass sie vor fünfzehn Jahren eine längere Affäre mit einem Mann hatte, der in Sachsenhausen geboren und aufgewachsen war.

Stefanie will wissen, was wir heute noch alles unternehmen könnten. Ich schlage vor, jetzt eines der fünfzehn Museen am Museumsufer zu besuchen, vielleicht den *Städel.*

»Dort können wir nicht nur die Alten Meister bewundern, dort kommen auch die Moderne und die Gegenwartskunst nicht zu kurz.«

»Museum?« Steffi rümpft die Nase.

Indem ich meinen Freundinnen vorschlage, danach zu versuchen, an der Abendkasse Karten für den *Tigerpalast* zu ergattern, überzeuge ich sie. Was ich allerdings verschweige, dass Dirk mir vom *Tigerpalast* vorgeschwärmt hatte. Er wollte unbedingt mit mir hingehen. Na ja, daraus wird wohl nichts werden. Also werde ich dieses Etablissement mit meinen Freundinnen aufsuchen.

Am nächsten Morgen habe ich einen Brummkopf. Die Revue im Tigerpalast war der Hammer. Allerdings gab es keine Tiger. Macht nichts. Die netten Männer am Nebentisch waren auch nicht zu verachten, mit ihnen verbrachten wir den Restabend. Birgit und ich hatten ein klein wenig Mühe, Steffi von ihnen loszueisen, aber es ist uns gelungen.

Jetzt haben wir alle drei einen dicken Kopf vom vielen Ebbelwoi und kommen erst spät zum Frühstück. Danach brechen wir auf zu einem Frischluftbummel. In der Nacht hat es stark geregnet, aber jetzt ist das schönste Sommerwetter, angenehme 26 Grad.

Zunächst gehen wir am Main entlang und Birgit gibt ihr Wissen über Frankfurt weiter zum Besten: »Sachsenhausen heißt in Frankfurterisch auch *Dribb de Bach*, also *Drüben vom Bach,* die da drüben«, sie zeigt auf die andere Mainseite, »die heißen *Hibb de Bach*.«

Über den *Eisernen Steg* überqueren wir den Main und laufen über *den Römer* vor zur Einkaufsmeile *Zeil.* Steffi muss unbedingt in der *Zeilgalerie* shoppen. Gegen Mittag kehren wir nach Sachsenhausen zurück und speisen in einem türkischen Restaurant, an dem wir gestern schon vorbeigekommen sind. Das ist der Wahnsinn. Ich muss an Cem denken. Ein toller Mann.

21

Ohne einschlafen zu können, wälze ich mich im Bett. Immer wieder sehe ich Cem vor mir, allerdings nicht wegen seiner großen dunklen Augen, vielmehr muss ich an das denken, was er über den Täter von Frau von Lingenthal gesagt hatte. Dieser wäre entweder ein brutaler Mensch, der keinerlei Hemmungen hätte oder bei der Tat wäre eine große Portion Hass mit im Spiel gewesen. Wer könnte Frau von Lingenthal derart gehasst haben? Leider habe ich keine Ahnung.

Alina war sehr enttäuscht gewesen, als ich ihr unsere Ermittlungsergebnisse berichtete. Sie war davon ausgegangen, dass wir jetzt endlich den Mörder zur Strecke bringen könnten. Armes Kind, jetzt weint es sich schon wieder die Augen wegen ihrem Max aus.

In meinem Bett wälze ich mich von links nach rechts und zurück. An Schlaf ist nicht zu denken.

Ich stehe auf und setze mich an meinen Schreibtisch, nehme ein großes Blatt und ziehe in der Mitte einen Kreis, in diesen schreibe ich *Frau von Lingenthal*. Um den Kreis male ich mit Rot alle Verdächtigen und mit Grün alle anderen Personen aus ihrem unmittelbaren Umfeld. Erste Frage: Wem von diesen Personen würde ich die Brutalität der Tat zutrauen? Eigentlich niemanden, wenn ich ehrlich bin. Zweite Frage: Wer könnte Frau von Lingenthal derart gehasst haben? Hier kommen schon mehrere Personen in Betracht, als Erstes all diejenigen, die sie für ihren Testa-Spaß missbrauchte. Das sind sicherlich alle aus ihrem direkten Umfeld. »Meine Tante war ein Biest, eine Tyrannin.« Das waren die Worte ihres Neffen. Was hatte Frau Bartels gesagt? »Meine Schwester glaubte immer an das Gute im Menschen, sie war so weich.« Ist das nicht ein Widerspruch, ein eklatanter Widerspruch?

Ich beschließe am nächsten Tag noch einmal mit Herrn Koch, zu telefonieren. Nach dieser Entscheidung lege ich mich schlafen.

»Herr Koch, darf ich Ihnen noch eine Frage stellen?«

»Logo, ich habe Ihnen ja gesagt, dass ich gerne dabei behilflich bin, den Mörder meiner Tante zur Strecke zu bringen.«

»Ihre Tante, ich meine, Frau Bartels, hat über ihre Schwester gesagt, dass sie ein Mensch gewesen sei, der immer nur an das Gute im Menschen geglaubt hätte und weich gewesen wäre.«

In mein rechtes Ohr bohrt sich ein lautes höhnisches Gelächter.

»Das hat Ihnen Tante Ingrid tatsächlich erzählt?«

»Ja, das hat sie.«

»Keine Ahnung, ob sie damit sich selbst oder nur Ihnen etwas vormachen wollte. Eines aber steht fest: Es entsprach nicht der Wahrheit; wie schon gesagt, meine Tante Gisela war ein Biest. Alle mussten nach ihrer Pfeife tanzen, besonders Tante Ingrid litt oft darunter, aber sie hat sich nicht gewehrt. Gisela hat sie aufgenommen nach dem Tod von Ingrids Mann, sie war damals arm wie eine Kirchenmaus gewesen.«

Ich gab mir selbst einen Schubs: »Wie standen ihre Tanten zueinander?«

»Ich weiß nicht, aber da war noch eine alte Rechnung offen, es hat manchmal gehörig geknistert zwischen den beiden, verstehen Sie, was ich meine?«

»Ja, ich glaube schon. Wissen Sie, wer, mit wem eine Rechnung offen hatte?«

»Ich habe keine Ahnung, sie konnten beide sehr giftig zueinander sein. Normalerweise ist meine Tante Ingrid eine Seele von Mensch. Aber die beiden Schwestern haben sich gegenseitig nichts geschenkt, keine von ihnen.«

»Danke Herr Koch, für Ihre Offenheit.«

»Sie glauben jetzt aber nicht, dass meine Tante Ingrid mit dem Mord etwas zu tun hat, das wäre völlig absurd?«

»Nein, das denke ich nicht, aber Sie haben mir trotzdem sehr geholfen.«

Alles hätte ich mir vorstellen können, Dirk, Max, Herr Koch, aber doch nicht Frau Bartels. Könnte sie ihre Schwester derart gehasst haben, dass sie sie getötet hat, erschlagen, als sie hilflos, von oben bis unten mit Schoko-Peeling beschmiert auf der Liege lag? Außerdem war Frau Bartels während des Mordes nicht in Heidelberg. Hat sie nicht eine Verwandte in Düsseldorf besucht? Nein, sie hat damit auf keinen Fall etwas zu tun. Aber wer kommt dann als Täter infrage?

Am nächsten Tag ruft mich Steffi aufgeregt im Schoko-Traum an: »Stell dir vor, Sarah, Birgits Tochter, hat die Freundschaftsanfrage bei *Facebook* bestätigt, einfach so, ohne einen Kommentar.«

»Und jetzt?«

»Ich werde versuchen, einiges über sie zu erfahren.«

»Wie das denn?«

»Na ja, ich werde sie fragen, wie es ihr geht, ob sie ein Kind hat und so weiter.«

Mir kommen Zweifel: »Gehen wir damit nicht ein bisschen zu weit, ich meine, was wird Biggi sagen, wenn sie davon erfährt? Vielleicht sollten wir dieses Gespräch mit Sarah ihr selbst überlassen und uns da nicht einmischen.«

»Ich wette, dann kommt diese Unterhaltung niemals zustande.«

»Wahrscheinlich hast du recht.«

Am Nachmittag unternehme ich einen langen Spaziergang, der mich zunächst zum Neuenheimer Friedhof an Frau von Lingenthals Grabstätte führt. Noch immer ist das Grab mit Blumengebinden überhäuft, auch wenn die meisten Blumen inzwischen recht verwelkt sind. Ihr Name steht jetzt als letzter einer langen Reihe mit verschnörkelten, in Bronze gegossenen Buchstaben auf dem großen Grabstein geschrieben.

Erneut stelle ich mir die Frage, die mir in den letzten Tagen immer häufiger in den Sinn kommt: Werden wir es tatsächlich schaffen, den Mörder von Frau von Lingenthal zu finden? Inzwischen habe ich einen Großteil meiner Zuversicht verloren, diese Ermittlungen habe ich mir leichter vorgestellt. Aufgeben jedoch, kommt für mich nicht infrage.

»Frau von Lingenthal, ich verspreche Ihnen, wir werden Ihren Mörder finden«, sage ich leise, bevor ich mich von ihrer letzten Ruhestätte abwende und die Mönchhofstraße bis zur Bergstraße zurückgehe. Diese schlendere ich entlang, bis auf der linken Seite der Eingang zum Philosophenweg abzweigt. Vorbei am Physikalischen Institut steigt mein Lieblingsweg zunächst steil bergan.

Wie oft haben mich meine Spaziergänge im letzten Jahr hier entlanggeführt? Immer wenn ich über unsere Familiensituation nachdenken musste. Im Philosophengärtchen hatte ich damals den endgültigen Entschluss gefasst, mich von Oliver zu trennen. Diese Entscheidung war für mich nicht einfach gewesen, schließlich hatte ich Verantwortung auch für meine Kinder. Die beiden konnten frei wählen, ob sie weiterhin im Haus gemeinsam mit ihrem Vater in Handschuhsheim wohnen wollten. Beide haben sich allerdings dafür entschieden, mit mir in eine Wohnung in die Altstadt zu ziehen. Das hatte ich gehofft, war mir jedoch nicht sicher gewesen, besonders bei Lucas, der die Annehmlichkeiten des großen Hauses ungern aufgeben wollte. Aber auch er konnte sich ein Leben alleine mit seinem Vater nicht vorstellen.

Am Philosophengärtchen angekommen, setze ich mich auf eine Parkbank und genieße den Ausblick auf die Stadt, das Schloss und den bewaldeten Königstuhl, während ich meine Gedanken treiben lasse. Ich zwinge mich, nicht mehr an einen möglichen Mörder von Frau von Lingenthal zu denken. Zunächst muss ich meinen Kopf freibekommen. Diese Methode zeigt bei mir häufig Wirkung.

Nach fünfundzwanzig Minuten hat sich der Nebel in meinem Kopf gelichtet und meine Gedanken sind glasklar. Jetzt bin ich mir sicher, wer Frau von Lingenthal getötet hat. Je stärker sich der Nebel in meinem Kopf lichtete, desto sicherer wurde diese Gewissheit.

Den unteren Philosophenweg gehe ich weiter, vorbei am Liselotte-Stein, und genieße die freie Sicht auf den Neckar, die Heidelberger Altstadt und das Schloss. Diesen Blick liebe ich, er ist schön und kitschig wie ein altes Gemälde. Ich entscheide mich, den Schlangenweg mit seinen vielen Treppen hinabzugehen. Blitzschnell huschen mehrere Mauereidechsen in unsichtbare Mauerritzen. Ganz langsam gehe ich weiter und erhasche einen Blick auf zahlreiche Eidechsen, die überall auf der Mauer ihren schlanken Körper grazil in der heißen Sonne rekeln. Hier am Philosophenweg ist es 1,5 Grad wärmer als im restlichen Heidelberg, hier gedeihen die exotischsten Pflanzen und natürlich fühlen sich hier auf den alten Mauervorsprüngen die Eidechsen besonders wohl.

Unten angekommen, überquere ich den Neckar über die *Alte Brücke*. Auf der Altstadtseite bleibe ich stehen und blicke zurück zum Neuenheimer Hang.

Die Villa Lingenthal ist in der zweiten Reihe sichtbar, sie sieht aus wie immer. Viele Häuser wurden massiv umgebaut und erweitert. Frau von Lingenthal ließ bei den Renovierungen des Hauses bewusst das ursprüngliche Aussehen bestehen.

Am nächsten Morgen wähle ich noch einmal die Nummer des Neffen.

»Herr Koch, ich hätte noch eine klitzekleine Frage«

»Nur zu, Frau Eppstein!«

»Kennen Sie die Tante, bei der Frau Bartels war, als der Mord geschah?«

»Ja, sicher.«

»Haben Sie eine Telefonnummer?«

»Ja, einen Augenblick, ich suche Sie Ihnen raus. Aber, nicht, dass Sie jetzt Tante Ingrid verdächtigen, die hätte niemals ihrer Schwester etwas antun können. Wissen Sie, die beiden waren wie ein altes Ehepaar, die sich dauernd streiten, bei denen der eine jedoch nicht ohne den anderen leben kann. Dieses Gefrotzel durfte man nicht ernst nehmen. Beim Beschatten haben Sie sich ziemlich dämlich angestellt, aber sonst haben Sie mich mit Ihrem Wissen überrascht, daher habe ich volles Vertrauen zu Ihnen, dass Sie diesen Fall aufklären werden.«

Und dann gibt er mir die Telefonnummer und teilt mir mit, dass Frau Bartels zweimal im Jahr die Schwester ihrer Mutter besuchen würde.

Vielleicht sollte ich mich besser als Polizistin ausgeben. Es kann selbstverständlich sein, dass sie mich zurückrufen will, um zu sehen, ob ich tatsächlich eine Polizistin bin. Ein Versuch ist es wert, ich habe nichts zu verlieren, für den Fall, dass sie zurückrufen will, sage ich ihr eine falsche Nummer und bekomme keine Auskunft, basta.

Der Telefonhörer wird weitergereicht und ich erkläre, dass ich bei der Heidelberger Polizei arbeiten würde und noch eine Routinefrage wegen des Mordes an Gisela von Lingenthal hätte. Alle Personen im Umfeld Frau von Lingenthals würden noch einmal kontaktiert, reine Routine. Ich frage die genauen Daten des Besuchs von Frau Bartels ab, wo sie übernachtete und wann und wie viel Zeit sie bei ihrer Tante verbrachte. Nach einigem Nachfragen teilt mir die alte Dame mit, dass Ingrid eigentlich vorgehabt hätte, einen Tag früher nach Heidelberg zu fahren, sie hätte sich schon verabschiedet gehabt und sei dann einige Stunden später wieder zurück gewesen. Nein, in der Zwischenzeit hätte sie ihre Nichte nicht gesehen, sie sei im Hotel gewesen.

Auch dort bekomme ich schnell die Auskunft, die ich wissen wollte.

22

Bei Frau Bartels erkundige ich mich, wie es ihr geht. Wir plaudern eine Weile, sie lädt mich für den nächsten Tag in der Mittagspause auf einen Tee zu sich ein. Ich soll ihr ein Kilo ihrer Lieblingspralinen mitbringen. Die Formalitäten seien inzwischen alle geregelt. Das müsse gefeiert werden.

Steffi kommt am Abend in die Chocolaterie, sie erzählt, dass sie inzwischen mehrmals mit Birgits Tochter Sarah gechattet hätte. Es wäre an der Zeit, mit Biggi zu reden. Die beiden wollen am nächsten Abend nach der Arbeit bei mir im Schoko-Traum vorbeikommen, wir beschließen, unsere Freundin zu diesem Zeitpunkt einzuweihen.

»Meinst du, das hat noch Zeit bis morgen?«

Stefanie sieht darin kein Problem.

Am Vormittag richte ich eine große Schachtel mit den unterschiedlichsten Trüffeln für Frau Bartels. Zusätzlich nehme ich ihr noch eine Dose Anti-Kummer-Schokolade mit, die kann sie sicherlich gut gebrauchen.

Mittags schließe ich den Laden ab und gehe zur Villa unterhalb des Philosophenwegs. Die schwarze Wolkenfront, die am Morgen noch über der Altstadt hing, hat sich verzogen und einem wunderschönen Sommertag Platz gemacht.

Ich klingle am Eingangstor und der Summer ertönt. Frau Bartels kommt mir entgegen.

»Schön, dass Sie da sind, Frau Eppstein. Kommen Sie doch herein.«

Sie umarmt mich herzlich. Mir fällt auf, dass ihre Wangen wieder etwas rote Farbe bekommen haben, oder hat sie Rouge aufgelegt?

Die bestellten Pralinen und mein Geschenk drücke ich ihr in die Hand. Sie freut sich sehr über die Anti-Kummer-

Schokolade und verspricht, jeden Abend eine Tasse vor dem Zubettgehen zu trinken, dies würde vielleicht ihre Ein- und Durchschlaffähigkeit fördern. Frau Bartels besteht darauf, ihre Pralinen sofort zu bezahlen.

Erst danach darf ich mich setzen. Sie kommt mit einer Kanne Kräutertee, der herrlich nach Lavendel, Melisse und Orangen duftet, auch eine Prise Minze rieche ich heraus. Apfelschalen seien auch enthalten und eine Prise Süßholz, klärt sie mich auf.

»Inzwischen sind alle Formalitäten geklärt, das Datum unter dem Testament meines Neffen war gefälscht. Das wusste ich von Anfang an. Er hatte ein echtes, zwei Jahre altes Testament, darin hatte meine Schwester ihn zum Alleinerben bestimmt. Aber sie hatte das nicht ernst gemeint. Es war nur einer ihrer Testa-Späße. Aber der Thomas wusste das damals nicht, er hat gleich groß eingekauft, weil er dachte, irgendwann kommt der Reichtum. Nach einiger Zeit habe ich ihn aufgeklärt. Gisela ist sehr böse geworden. Sie ließ die Menschen immer gerne möglichst lange in dem Glauben, dass sie ihnen alles vererben wird und sie jetzt eine Verpflichtung ihr gegenüber hätten. Bei den meisten Menschen funktionierte das hervorragend.«

»Bei Ihnen aber nicht.«

»Natürlich nicht, ich kannte meine Schwester zu gut, viel zu gut.«

»Der Tee schmeckt so köstlich. Sie sollten einen Teeladen aufmachen, Frau Bartels.«

»Vielleicht könnten Sie in Ihrem Schoko-Laden probeweise ein paar Kräutermischungen von mir verkaufen.«

»Gerne, warum nicht.«

Ich teile Frau Bartels mit, wie sehr ich mich freue, dass es ihr endlich etwas besser gehe. Sie schenkt uns erneut eine Tasse Tee ein.

»Sie müssen noch einen Honigkeks unserer Köchin dazu nehmen, die schmecken fast so lecker wie ihre Pralinen, aber nur fast, dafür haben sie allerdings weniger Kalorien. In meinem Alter spielen die freilich keine Rolle ...« Frau Bartels bricht ab und sieht mich nachdenklich an. »Jetzt habe ich es schon wieder gesagt.«

»Was meinen Sie?«

»Ich habe *unsere* Köchin gesagt, dabei müsste es jetzt doch *meine* Köchin heißen. Wissen Sie, Frau Eppstein, daran werde ich mich niemals gewöhnen, meine Schwester fehlt mir jeden Tag. Sie war so ein guter Mensch.«

»War sie das wirklich?«

Frau Bartels sieht mich lange an, dann sagt sie leise, ganz leise: »Ja, das war sie, wie können Sie daran zweifeln, Sie kannten sie doch.«

»Dieser Testa-Spaß war bestimmt nicht lustig, nicht für diejenigen, die sie aus Spaß als Alleinerben eingesetzt hatte. Ich kann mir vorstellen, dass diese eine große Portion Wut auf ihre Schwester entwickelten, wenn sie den Schwindel herausfanden. Dies hätte leicht zu Hass werden können.«

»Ach, das war doch nur Spaß. Das durfte man nicht ernst nehmen.«

»Ja, für ihre Schwester war es ein Spaß, ausschließlich für ihre Schwester.«

Ich sehe auf die Uhr: »Oh, ich glaube, ich muss wieder in den Schoko-Traum.«

»Aber ein kleines Tütchen Tee schlagen Sie mir nicht ab. Einen Augenblick, ich bin gleich wieder zurück.«

Frau Bartels geht in die Küche.

Ich kann nicht glauben, dass diese Frau zu einem Mord fähig wäre. Wenn sie es nicht war, wer kommt dann als Täter infrage? Die Köchin, der Gärtner oder doch Dirk?

Oh Gott, was ist das? Mein Kopf! Ein stechender Schmerz in meinem Hinterkopf. Was ist passiert? Meine Augenlieder sind bleischwer, es gelingt mir nicht, sie zu öffnen.

Wo bin ich? Ich war bei Frau Bartels. Hatte ich auf dem Weg zum Schoko-Traum einen Verkehrsunfall?

23

Ein Geruch hat sich in meiner Nase festgesetzt. Ich kenne ihn. Bohnerwachs! Unter großer Kraftanstrengung gelingt es mir, die zentnerschweren Augenlider zu öffnen.

Nein, ich hatte keinen Unfall.

Noch immer sitze ich in der Bibliothek von Frau Bartels. Vor mir breitet sich der schönste Blick aus, den ich mir vorstellen kann, gleich einem Gemälde. Durch das große Fenster vor mir sehe ich auf die *Alte Brücke*, die die beiden Neckarufer miteinander verbindet, die Heidelberger Altstadt breitet sich unter mir aus, mit der Heiliggeistkirche als Mittelpunkt, dahinter erstreckt sich majestätisch das Heidelberger Schloss. Alles hat einen Rotstich durch die untergehende Sonne. Ich versuche, mir an den schmerzenden Hinterkopf zu greifen. Es funktioniert nicht. Meine Unterarme sind an die Stuhllehne gefesselt. Frau Bartels ist nicht da, so wie es aussieht, hat sie mich erst niedergeschlagen und dann an den Stuhl gefesselt. Auch meine Beine kann ich nicht bewegen. Ich brauche einen Augenblick um meine etwas wirren Gedanken zu sortieren. Ich habe die Mörderin ausfindig gemacht. Und nun?

Vielleicht hättest du das Ganze etwas Überlegter angehen sollen.

Für gute Ratschläge meiner inneren Stimme ist es jetzt zu spät.

Was wird Frau Bartels tun? Wenn sie ihr Leben in Freiheit retten will, dann muss sie auch mich töten. Verdammt, warum habe ich diese Ermittlungen nicht der Polizei überlassen?

»Endlich! Sie sind wieder wach. Wie geht es Ihnen, Frau Eppstein?«

»Mein Kopf, was haben Sie mit mir gemacht? Was haben Sie mit mir vor?«

»Frau Eppstein, warum mussten Sie Ihre Nase in fremde Angelegenheiten stecken? Es tut mir leid, ich wollte Ihnen nicht wehtun; Sie haben mit dem allem nichts zu tun.«

»Haben Sie mich niedergeschlagen?«

»Ja, wie hätte ich Sie sonst fesseln können?«

»Frau Bartels, wollen Sie mich umbringen?«

»Sie lassen mir keine andere Wahl. Was soll ich denn tun? Ich wusste gleich, dass Sie es waren, die bei Tante Helga angerufen hat, und nicht die Polizei. Warum mussten Sie mit Ihren Schnüffeleien alles kaputtmachen?«

»Sie sind keine Mörderin, das mit Ihrer Schwester war sicherlich Totschlag im Affekt. Aber wenn Sie mir etwas antun, dann ist es Mord. Frau Bartels, lassen Sie mich gehen.«

Sie lacht laut und böse wie die Hexe aus dem Theaterstück *Hänsel und Gretel*, das ich fünf Mal mit Alina und Lucas im Kindertheater ansehen musste, als die beiden noch im Vorschulalter waren.

Dieser irre Blick. Ich kenne diese Seele von Mensch nicht mehr wieder. Mein Herz rast. In Strömen rinnt mir der Schweiß die Achselhöhlen hinunter. Ich habe Angst. Todesangst. Ich habe Angst vor Frau Bartels. Sie wird mich töten. Sie muss mich töten.

Mit einer Tasse Tee kommt sie aus der Küche zurück.

»Hier trinken Sie.«

Sie hält mir die Tasse an den Mund, und versucht mir den Tee einzuflößen. Ich nehme einen Schluck und spucke ihn Frau Bartels ins Gesicht.

»SIND SIE VERRÜCKT?«, schreit sie mich an.

»Sie wollen mich vergiften.«

»Keine schlechte Idee. In meinem Garten wachsen eine Menge giftiger Kräuter. Aber, Sie können beruhigt sein, dieser Tee ist nicht vergiftet.«

Sie wischt sich mit einer Serviette das Gesicht trocken, dann trinkt sie den Rest in der Tasse aus und schenkt neuen Tee ein.

»Hier trinken Sie.«

Ich mache den Mund nicht auf. Soll sie sich doch eine andere Mordmethode ausdenken. Wie gerne hätte ich einen Schluck Tee getrunken. Mein Mund ist ganz trocken. Ich muss stundenlang bewusstlos gewesen sein, wenn jetzt die Sonne untergeht.

»Sie können den Tee trinken, ich habe ihn doch auch getrunken.«

»Vielleicht wollen Sie ja sterben.«

»Frau Eppstein, Sie sind doch eine kluge Frau; glauben Sie tatsächlich, dass ich Sie mit in den Tod nehmen würde, wenn ich sterben wollte?«

Sie hat recht, das würde sie niemals tun. Warum sollte sie? Erneut kommt sie mit der Tasse und hält sie mir an meinen Mund. Ich nehme einen großen Schluck. Sie lächelt. Noch einmal schenkt sie Tee nach.

»Trinken Sie noch ein wenig, das tut Ihnen gut. Die Kopfschmerzen werden bald nachlassen.«

Ich öffne brav meinen Mund und trinke. Aber das ist trügerisch. Selbst wenn dieser Tee nicht vergiftet ist, wird es der Nächste sein. Sie muss mich umbringen und sie wird es sicherlich mit ihren Kräutern tun, sonst hätte sie mich vorhin erschlagen können. Aber das konnte sie nicht. Sie wird eine Mordart wählen, bei der sie nur mittelbar mordet. Also kommt in erster Linie ihr Tee infrage, mit Kräutern kennt sie sich aus.

Sie setzt sich auf den Biedermeierstuhl mir gegenüber.

»Erzählen Sie mir, was passiert ist?«

»Sie sind eine neugierige Person, Frau Eppstein. So hätte ich Sie nicht eingeschätzt.«

»So kann man sich irren; ich hätte Sie auch nicht für fähig gehalten, einen Mord zu begehen.«

»Wollen Sie es tatsächlich wissen?«

»Ja, das will ich.«

»Ich erzähle es Ihnen. Wissen Sie, meine Schwester war schon immer diejenige, die von allem mehr bekommen hat als ich, mehr Liebe, mehr Aufmerksamkeit, bessere Noten. Ich musste immer um alles kämpfen, ihr fiel alles in den Schoß, ohne, dass sie etwas dafür tun musste. Und dann plötzlich trat Henry in mein Leben. Er war ein wunderbarer Mann, ein Traummann. Ich hätte es niemals für möglich gehalten, dass mich dieser Mann überhaupt bemerkt. Aber er verliebte sich in mich. In mich! Ich wurde schwanger, wir wollten heiraten, wir mussten heiraten, damals war das ja so üblich. Aber kurz vor der Hochzeit verlor ich das Kind. Mir ging es sehr schlecht. Wissen Sie, wer dieser Mann war?«

Ich schüttele den Kopf, obwohl mir diese Geschichte so sehr bekannt vorkommt, dass mir die Antwort längst klar ist.

»Es war Henry von Lingenthal. Und wissen Sie, was meine Schwester tat, während ich über das verlorene Kind trauerte?«

Erneut schüttele ich den Kopf, obwohl ich weiß, was gleich kommen wird.

»Sie verführte meinen Mann.«

»Ihre Schwester hat Ihnen den Mann ausgespannt, den Sie über alles liebten?«

»Tja, so war sie, mein liebes Schwesterherz.«

»Ich verstehe Sie gut.«

»Sie verstehen gar nichts! So etwas können Sie nicht verstehen.« Sie sagt es sehr barsch. »Henry war schwach, wie alle Männer. Meine Schwester wollte ihn unbedingt heiraten. Sie spielte ihm die große Liebe vor, aber sie hat ihn nicht geliebt, sie hat ihn nie geliebt, sie wollte nur sein Geld. Ein Leben ohne Sorgen, ein Leben mit Dienstboten. Sie war wie geboren dafür, zu befehlen. Von Haus aus waren wir arm wie die Kirchenmäuse. Und jetzt war meine Schwester reich. Henry ist früh gestorben; die beiden haben immer nur gestritten. Ich habe einen anderen Mann geheiratet, einer, der nicht reich war, der aber auch früh starb. Bis zu seinem Tod hatte ich keinen Kontakt mehr zu meiner Schwester. Jetzt kam sie zu mir und entschuldigte sich, sie war einsam, ständig trieb sie es mit jungen Männern. Meine Schwester wusste, dass sie nicht sie meinten, wenn sie mit ihr schliefen. Die waren alle nur auf ihr Geld aus. Sie bat mich, zu ihr zu ziehen. Erst wollte ich nicht, aber ich tat es, da ich nicht wusste, wo ich hinsollte, mir standen nicht sehr viele Möglichkeiten offen. Zu Beginn ging alles gut. Gisela sagte, sie würde mich als Alleinerbin einsetzen, da das gesamte Vermögen von Henrys Firma stamme, diese hatte sie nach seinem Tod verkauft. Ich fand das mehr als gerecht. Unter normalen Umständen hätte alles mir gehört, ich meine, wenn sie mir Henry nicht weggenommen hätte.«

»Sie war kein guter Mensch, oder?«

»Nein, das war sie nicht. Sie liebte es, Macht über andere Menschen zu besitzen und sie setzte Menschen gerne für ihre Zwecke ein. Wenn sie ihr nicht mehr nützlich waren, dann ließ sie diese Menschen fallen, ohne sich um sie zu kümmern. Und ihren Testa-Spaß kennen Sie ja schon.«

»Was ist an diesem Tag passiert?«

»Ich war bei meiner Tante Helga, sie hatte Geburtstag, ich besuche sie immer am Geburtstag und zu Weihnachten. Sie teilte mir mit, dass Gisela sie angerufen hätte, um sie nach der Telefonnummer einer weitläufigen Verwandten zu fragen. Gisela hatte gesagt, sie wolle ihr alles hinterlassen, weil diese Person die Einzige aus der Familie sei, die noch nie etwas von ihrem Geld gewollt habe. Erst da begriff ich, dass sie seit vielen Jahren auch mit mir ihren Testa-Spaß getrieben hatte. All die Jahre hatte sie mich nur ausgenutzt. Ich fuhr zurück und wollte sie zur Rede stellen. Als ich ankam, sah ich, wie dieser Konradi fluchtartig das Haus verließ. Ich fand meine Schwester mit Schokoladencreme beschmiert im Wellnessbad. Sie bat mich, die Polizei zu rufen, dieser Konradi wäre ein Betrüger und hätte sie ins Gesicht geschlagen. Ich sagte, sie soll sich erst einmal wieder auf die Liege legen, ich würde ihr ein Bad einlassen. Das hatte ich ehrlich vor.

Dann wollte ich wissen, ob das mit dem Testament stimme, sie sah mich mit diesem gewissen Blick an. Ich kannte ihn. Sie setzte diesen Blick immer auf, wenn sie ihr Gegenüber für dumm hielt und sie sich tausendfach überlegen fühlte. Das tat sie oft, sehr oft. ›Was dachtest du denn?‹, fragte sie. ›Dass ich dich als Alleinerbin einsetze? Warum sollte ich das tun? Ingrid, du bist wirklich eine selten blöde Gans.‹ Und dann lachte sie ihr gemeinstes Lachen. Ihre Worte und dieses Lachen waren es, das brachte das Fass zum Überlaufen. Es war eine Art Reflex, ich wollte sie nicht umbringen, ich wollte sie lediglich zum Schweigen bringen, ich wollte, dass sie still ist. Sie sollte aufhören mit diesem Lachen, aufhören, mich zu verhöhnen. Ich nahm die schwere Lampe, die auf dem kleinen Tisch neben der Liege stand, und schlug ihr den Lampenfuß über den Kopf, immer und immer wieder. Dann trat Ruhe ein. Diese Stille wurde durch ein Läuten zerstört. In der Haustüranlage sah ich, dass dieser Drogensüchtige vor der Außentür stand. Ich öffnete ihm. Den Rest kennen sie.«

»War es nicht vielmehr so, dass das Fass schon lange voll war. Es war nur eine Frage der Zeit, wann es überlaufen würde?«

»Ja, Frau Eppstein, Sie haben recht. Ich habe Gisela gehasst, all die Jahre, für das, was sie getan hatte. Ich wusste immer, irgendwann würde meine Schwester dafür bezahlen müssen. Vielleicht habe ich seit Jahren nur auf diesen einen Augenblick gewartet. Endlich war der Tag der Abrechnung gekommen!«

»Frau Bartels, ich kann sie sehr gut verstehen, ich möchte Ihnen auch etwas erzählen.«

»Wie sollten Sie mich verstehen?« Sie lacht verächtlich. »Sie wollen nur, dass ich Sie am Leben lasse.«

»Bitte lassen Sie mich erzählen. Ich war achtzehn und ich habe einen Mann geliebt, ja, er war meine große Liebe. Ich habe eine Schwester, Yvonne. Ihr gehörte die Welt. Immer zog sie alle Aufmerksamkeit auf sich; wenn sie einen Raum betritt, dann ist sie diejenige, die alle anstarren. Sie hat so eine Präsenz, genau, wie Ihre Schwester sie hatte. Ja, auch sie hat mir meinen Freund ausgespannt. Wissen Sie, Frau Bartels, auch sie hat ihn nicht geliebt, sie wollte ihn nur besitzen; sie wollte ihn, weil er zu mir gehörte, weil er mich liebte, dieses allein reichte aus. Sie musste sich mit mir messen und sie gewann, sie gewann immer. Ich war schwanger. Als ich bemerkte, dass die beiden ein Paar waren, wusste ich, dass es keinen Zweck hatte, um ihn zu kämpfen, sie hatte gewonnen, wie jedes Mal. Das Kind habe ich abgetrieben. Außer meinen Freundinnen habe ich das noch niemand erzählt.«

»Das tut mir leid. Da sind wir tatsächlich Leidensgenossinnen.«

Frau Bartels sieht mich mitfühlend an, bevor sie wissen will: »Haben Sie noch Kontakt zu Ihrer Schwester?«

»Ich habe den Kontakt zu Yvonne seit dieser Zeit abgebrochen, das ist fast zwanzig Jahre her.«

»Sie sollten sich mit ihr aussöhnen, trotz allem, sonst wächst der Hass ins Unermessliche.«

»Ich hasse meine Schwester nicht.«

»Doch, das tun sie. Diese Kränkung sitzt so tief in Ihnen wie ein Schwelbrand, wenn Sie diesen Brand nicht löschen, dann steht irgendwann Ihr Leben in Flammen, dann ist es zu spät, um noch irgendetwas zu retten. Glauben Sie mir, damit kenne ich mich aus.«

Frau Bartels geht in die Küche. Was hat sie vor? Nach einer Minute kommt sie mit einem großen Küchenmesser zurück. Sie geht auf mich zu.

Nein! Mein Herz rast. Der Schweiß bricht mir aus.

»Tun Sie es nicht, Frau Bartels, bitte nicht«, flehe ich. »Sie werden damit nicht leben können.«

Sie wird mich umbringen! Sie muss mich umbringen! Mein Puls überschlägt sich.

»Keine Angst, Frau Eppstein.« Frau Bartels lächelt mich an und schneidet erst die Fesseln an meinen Armen und dann die an meinen Beinen durch.

»Danke«, sage ich und falle ihr um den Hals. Ich weine, auch ihr laufen die Tränen über die Wangen.

»Tun Sie, was getan werden muss«, sagt sie dann.

»Was meinen Sie?«

»Rufen Sie die Polizei, Frau Eppstein. Man muss immer im Leben für alles bezahlen. Ich könnte mit dieser Schuld nicht leben.«

»Diese Aktion hier«, ich deute auf die Fesseln, »bleibt unter uns.«

Während ich das sage, stopfe ich die Seilreste in meinen Rucksack.

»Danke.«

Ich nehme mein Handy und wähle Hauptkommissar Rauenbergs Telefonnummer. In diesem Augenblick hören wir einen großen Krach und schon steht Rauenberg bei uns in der Bibliothek.

»Ist mit Ihnen alles in Ordnung, Frau Eppstein?« Besorgt sieht er mich an.

»Ich bin okay. Wir haben nur geredet. Frau Bartels möchte ein Geständnis ablegen«, sage ich in seine Richtung gewandt.

»Frau Bartels, Sie brauchen einen Anwalt. Mein Exmann ist sicherlich bereit, Ihr Mandat zu übernehmen. Möchten Sie das?«

»Ja, gerne, Frau Eppstein.«

»Dann sage ich ihm Bescheid.« Ich greife zu meinem Handy und wähle Olivers Nummer.

24

Vor mir eine Tasse Anti-Kummer-Schokolade, so sitze ich im Schoko-Traum.

Gestern Abend rief ich meine beiden Freundinnen an und erfuhr, dass sie nach ihrer Arbeit vor der verschlossenen Chocolaterie gestanden hatten. Auf meinem Handy konnten sie mich nicht erreichen. Da die beiden wussten, dass ich mit Frau Bartels sprechen wollte, riefen sie nach einigen Stunden Hauptkommissar Rauenberg an und teilten ihm mit, dass ich Frau Bartels verdächtigen würde, ihre Schwester umgebracht zu haben. Daher tauchte bei Frau Bartels die Polizei mit großer Mannschaft auf.

Kommissar Rauenberg sagte: »Ich hatte Angst um Sie, Mensch Frau Eppstein, müssen Sie immer diese Alleingänge machen?«

Ich hatte geantwortet: »Na ja, irgendwer muss doch Ihre Fälle lösen.«

Im Gegensatz zu mir fand er das gar nicht lustig. Natürlich hatte er mich für heute Morgen wieder ins Polizeipräsidium zitiert. Er wollte alles noch einmal ganz genau wissen. Und erst nach einer langen Belehrung, dass ich mich um mein Schoko-Geschäft und nicht um seine Fälle kümmern solle, ließ er mich gehen. Er kündigte allerdings schon nicht mehr so böse an, mich in den nächsten Tagen besuchen zu wollen, da er für seine Sekretärin ein Pralinengeschenk zu ihrem Geburtstag benötige.

Vor einer Stunde habe ich mit Oliver telefoniert, er hat Frau Bartels' Fall übernommen, das beruhigt mich sehr. Auch wenn Oliver kein Traum-Ehemann war, ist er doch ein sehr guter Strafverteidiger und den wird Frau Bartels brauchen. Mein Ex teilte mir mit, dass Max im Laufe des Tages entlassen werden werde.

Steffi kommt in ihrer Mittagspause als Erste in den Schoko-Traum gerauscht.

Sie umarmt mich und sagt: »Zum Glück hat dich der Kommissar gerettet!« Dann will sie alles über die gestrigen Geschehnisse noch einmal ganz genau wissen.

Ich vertröste sie zunächst, denn ich möchte nicht mit der Erzählung beginnen, bevor Biggi anwesend ist. Zunächst bereite ich heiße Schokolade für uns alle zu. Im Gegensatz zu sonst, richte ich einen großen Pralinenteller, diese kleinen Sünden haben wir uns heute mehr als verdient.

Birgit kommt einige Minuten später wie eine Furie in die Chocolaterie. Die Tür fällt normalerweise von selbst ins Schloss, aber Biggi gelingt es, die Eingangstür zu knallen, das ist mir noch nie gelungen. Irgendjemand muss sie schrecklich geärgert haben, bestimmt wieder diese Kollegin, mit der sie sich ständig zofft.

Zunächst umarmt sie mich und drückt mich fest an sich. »Mädels, ich war gleich gegen diese Ermittlungen auf eigene Faust, so etwas ist doch gefährlich, du hattest verdammtes Glück, Tanja, dass die dich nicht umgebracht hat. Wenn dich der Kommissar nicht gerettet hätte ...«

»Vor was hat mich der Kommissar gerettet? Was erzählt ihr denn da beide?«

»Na hier!« Biggi fischt die Zeitung mit den vier großen Buchstaben aus ihrer überdimensionalen neuen Umhängetasche und drückt sie mir aufgeschlagen in die Hand.

Mörderin der Schoko-Leiche gefasst – Hauptkommissar Rauenberg verhindert in letzter Sekunde zweiten Mord.

»Wieso schreiben die immer so einen Blödsinn?«

Steffi antwortet: »Weil *das* die Leute lesen wollen.«

»Aber das stimmt doch nicht. Frau Bartels hat mich doch selbst gebeten, die Polizei zu rufen.«

»Ach Tanja, *das* wollen die Leute nicht lesen, viel zu unspektakulär.«

Tja, da hat Stefanie sicherlich recht.

Birgit geht zum Kaffeeautomaten und brüht sich einen Cappuccino auf. Mit dem geht sie an den kleinen Bistrotisch, schiebt ihre heiße Schokolade zur Seite, die dort schon für sie bereitsteht, und trinkt den Kaffee in einem Zug aus. Mit Steffi hat sie noch kein Wort gewechselt, sie auch keines Blickes gewürdigt.

Dann sieht sie uns beide an, als wollte sie uns auf der Stelle erwürgen und schreit: »MÄDELS, HABT IHR NOCH ALLE TASSEN IM SCHRANK? Diese saublöde Idee stammt doch sicher von dir, Steffi? Das kannst nur du gewesen sein!«

»Was ist denn los?«, versuche ich zu vermitteln.

»Was los ist, das weißt du doch genau.«

Langsam beschleicht mich eine Ahnung.

»Ich hatte gestern Abend noch spät einen Anruf von meiner Tochter. Stellt euch vor, ich habe über *Facebook* Kontakt mit Sarah aufgenommen und wir haben schon einige Unterhaltungen geführt.« Sie sieht Steffi mit funkelnden Augen an: »Das kann doch nur auf deinem Mist gewachsen sein.«

»Es, es tut mir leid, wir, ich …«, stottert Stefanie.

»Vielleicht hättest du mich mal informieren müssen, wie lange wolltest du diese Unterhaltungen mit Sarah denn noch führen?«

Biggi ist richtig sauer und zu Recht; so habe ich sie noch nie gesehen.

»Aber wir wollten doch nur, dass du endlich wieder mit Sarah Kontakt aufnimmst, wir haben doch gesehen, wie sehr du darunter leidest«, versuche ich mich in einer Erklärung.

»Ja, klar, Tanja, du bist die Richtige, die das einrenken muss, seit wann hast du keinen Kontakt mehr zu deiner Schwester? Du redest seit zwanzig Jahren nicht mehr mit ihr und dann mischst du dich in mein Leben ein. Bring erst mal dein Eigenes auf die Reihe!«

Mit purpurrotem Kopf sagt sie zu Steffi: »Was hast du dir nur dabei gedacht? Ein *Facebook*-Konto auf meinen Namen zu eröffnen! Ich bin selbst groß, wenn ich mit meiner Tochter reden möchte, dann rede ich mit ihr und wenn nicht, dann lasse ich es.«

»Es tut mir leid, ich wollte doch nur … Sarah und du, ihr seid beide so verhärtet, keiner von euch beiden hätte den Anfang gemacht.«

Ich schiebe die für Biggi bereitete Anti-Kummer-Schokolade in ihre Nähe, zudem reiche ich ihr das Pralinentellerchen. Sie greift zu. Ein erster Schritt in Richtung Normalität ist erreicht.

Niemand sagt ein Wort. Wir alle essen eine Schoko-Traum-Praline und trinken heiße Schokolade. Ich hoffe, das bringt Biggi wieder runter.

»Manchmal seid ihr beide echt doof, dann frage ich mich, warum ich mir gerade euch beide als meine besten Freundinnen aussuchen musste.«

Steffi und ich blicken uns vielsagend an.

»Wie war das Gespräch denn mit deiner Tochter?« Das interessiert mich doch sehr.

»Na ja, es war eine sehr komische Unterhaltung, da ich ja zunächst nicht verstanden habe, von was Sarah da redet. Ich habe erst mal einige Zeit gebraucht, dann habe ich allerdings kapiert, dass nur ihr beide dahinterstecken könnt. Übrigens: Ich bin Oma.« Endlich strahlt sie wie meine Frühlingssonne Alina. »Meine Enkelin ist drei Jahre alt und heißt Marie.«

Wir fallen uns alle gegenseitig in die Arme.

»Danke, ihr blöden Hühner!« Biggi lacht uns an. »Natürlich hattet ihr recht, meine Tochter ist genauso stur wie ich, keine von uns hätte jemals den ersten Schritt gewagt. Ich fahre hin, um die beiden zu sehen. Einen Mann gibt es übrigens nicht, sie ist eine alleinerziehende Mutter.«

Ich verschwinde im Lager und komme mit einer Flasche Schampus zurück, die mir Frau von Lingenthal geschenkt hatte, als ich ihr bestellte Pralinen nach Hause lieferte. Es könnte keinen besseren Anlass geben, diese besondere Flasche zu köpfen.

Stefanie schaut missbilligend auf die Wassergläser: »Also Tanja, du solltest dir für spezielle Anlässe Sektgläser für deinen Schoko-Traum zulegen.

»Stimmt«, gebe ich zu. »Dieser teure Champagner in diesen Gläsern kommt nicht gut.«

»Ach, füll ein!« Biggi streckt mir ihr Glas hin. »Der schmeckt so gut, der braucht keine Sektgläser.«

»Auf Frau von Lingenthal!«, sagt Steffi.

Biggi ergreift das Wort: »Auf die Privatschnüfflerin Tanja Eppstein, die den Fall gelöst hat.«

»Und auf den neuen Kontakt zwischen Biggi und Sarah«, gebe ich zum Besten.

Wir stoßen an und der Schampus schmeckt herrlich. Als ich gerade dabei bin, eine zweite Runde einzuschenken, kommen Max, Alina und Lucas zur Tür herein. Eine große Begrüßungszeremonie beginnt.

»Danke, Tanja, dass du keine Ruhe gegeben hast. Du hast an mich geglaubt.« Max drückt mich fest an sich.

»Klar Max«, sage ich gerührt. »Übrigens, ich könnte ab morgen deine Hilfe im Schoko-Traum gut gebrauchen.«

»Pangalaktisch! Bis morgen um zehn Uhr. Ich muss jetzt zu meiner Mutter. Ich glaube, ich werde erst mal in mein früheres Kinderzimmer einziehen.« Er sieht Alina an, die ein entsetztes Gesicht macht. »Na ja, die meiste Zeit werde ich sicherlich bei euch rumhängen.«

»Mama ist die Coolste«, sagt Alina stolz und strahlt schon wieder wie die Frühlingssonne.

Endlich! Endlich strahlt mein Kind wieder. Schon aus diesem Grund hat es sich gelohnt, nicht eher aufzugeben, bevor der Fall gelöst war. Auch Lucas ist stolz auf seine Mutter. Ich sehe das, auch wenn er es niemals zugeben würde, zumindest nicht mir gegenüber.

Und dann kommt auch noch Oliver. Er berichtet von seinem Gespräch mit Frau Bartels. »Es sieht gar nicht so schlecht aus, sicherlich können wir die Staatsanwaltschaft davon überzeugen, dass es Totschlag im Affekt war.«

Steffi verschwindet, um noch zwei Flaschen Sekt zu besorgen. Und dann stoßen wir alle zusammen noch einmal an, und zwar auf mich.

25

Eine Woche später ist im Schoko-Traum alles wieder wie vor dem Mord an Frau von Lingenthal, nur mit dem kleinen Unterschied, dass Max im Laden hilft, was den Umsatz enorm in die Höhe schnellen lässt. Er ist ein genialer Verkäufer!

Ich bin froh, dass jetzt alles vorbei ist und der Tod von Frau von Lingenthal aufgeklärt werden konnte. Endlich brauche ich mich nur noch um mein Geschäft zu kümmern. Keine Ermittlungen mehr! Keine Mörder! Keine Lügen! Keine falschen Identitäten! Keine Todesgefahr! Nur noch Schokolade und Pralinen.

Und in zwei Wochen schließe ich meinen Laden für einen Kurztrip nach Teneriffa mit Biggi und Steffi. Das Leben kann so schön sein.

Heute haben die Sommerferien begonnen und am Nachmittag wollen sich noch einmal alle, die an den Ermittlungen direkt oder indirekt beteiligt waren, im Schoko-Traum einfinden.

Ich habe für uns alle am Vortag eine Schokoladentorte gebacken, die hole ich jetzt in den Verkaufsraum und ernte Applaus. Die Torte sieht spitzenmäßig aus, wenn sie nur halb so gut schmeckt, wie sie aussieht, dann werde ich die jetzt öfter für die Chocolaterie backen. Ein altes Familienrezept, das mir Frau Wilhelm vor zwei Wochen geschenkt hat.

Birgit erzählt von ihrem ersten Treffen mit ihrer Tochter seit sieben Jahren. Sie ist ganz hin und weg von ihrer dreijährigen Enkelin Marie. »Ihr könnt euch nicht vorstellen, wie süß die ist.« Und schon zückt sie ihr neues Handy und zeigt uns gefühlt fünfhundert Bilder von Marie und ihrer Tochter Sarah. Ich wette, dieses nagelneue Smartphone hat sie sich ausschließlich für den Zweck gekauft, um ihre Tochter und Enkelin zu fotografieren. Mit dem Bilderzeigen hat es nicht auf Anhieb geklappt, aber mit Max' Unterstützung kein Problem. Bis zum heutigen Tag habe ich Biggi noch niemals so glücklich und entspannt gesehen.

Die Zeit, bis zur großen Kuchenschlacht, überbrückt Birgit mit Kartenlegen. Zuerst legt sie Max die Tarotkarten. Er sitzt mit einem Gesicht vor meiner Freundin, als wäre sie seine Zahnärztin, die ihm gleich mehrere Weisheitszähne ziehen wird. Aber Biggi sagt ihm eine rosige und erfolgreiche Zukunft voraus. Sein Gesicht entspannt sich wie eine glatt gezogene Tischdecke. Leider sieht Birgit große berufliche Veränderungen in seiner nahen Zukunft auf ihn zukommen. Ich hoffe, dass sich meine Freundin irrt, denn Max und ich sind ein blendendes Team, ich würde diesen tüchtigen jungen Mann ungern so schnell wieder verlieren.

Biggi deckt eine neue Karte auf.

»Oh je, der Teufel!« Max wird blass.

»Ja, du hast jetzt die Möglichkeit, dem Teufel ein Schnippchen zu schlagen. Der Teufel ist Teil deiner Vergangenheit und der musst du dich jetzt stellen. Du wirst den Versuchungen widerstehen und neuen Mut fassen. Jetzt ist es an der Zeit Licht ins Dunkel deines Lebens zu bringen, indem du neue Talente zutage förderst.«

Birgit deckt eine weitere Karte auf.

»Oh Scheiße, der wurde aufgehängt.« Max starrt irritiert auf das Bild.

»Keine Angst, Max, der Gehängte zeigt deine Zukunft, du wirst die Welt mit anderen Augen sehen, aus einer anderen Perspektive. Ein Prozess des Ganz- und Heilwerdens wird bei dir eingeleitet. Du wirst auf eine andere, neue Art fühlen und du erlebst das Leben anders, intensiver. Dein Bewusstsein wandelt sich.«

Inzwischen ist Max wieder ganz entspannt und lächelt.

»Und hier die Sonne. Du wirst dir über deine Kindheit Gedanken machen, dir überlegen, was in deinem bisherigen Leben gut und was schlecht gelaufen ist. Dabei nimmst du Verbindung zu deinem inneren Kind auf. Max, du wirst einen Neuanfang wagen und deinen Platz im Leben finden.«

Meine unverzichtbare Hilfe ist ein einziges Strahlen.

Da ich heute gut drauf bin und Birgit so positiv in die Zukunft blickt, lasse auch ich mir von ihr die Karten legen. Außergewöhnlich langsam deckt meine Freundin die Karten auf. Ich sehe es schon, bevor sie auch nur eine Miene verzieht. Der Sensenmann! Schon wieder!

»Du weißt ja, ich habe dir das schon einmal gesagt, der Tod muss nicht unbedingt mit Sterben in Verbindung stehen, er kann auch gewaltige Veränderungen ankündigen.«

Ich weiß, Birgit hätte mir viel lieber etwas anderes prophezeit, aber wie sagt meine Freundin immer: »Karten lügen nicht und ich kann dir nur das sagen, was sie zeigen.«

Auf der Stelle bereue ich meinen Entschluss, mir die Zukunft von ihr voraussagen zu lassen.

»Ich sehe den Tod in deiner unmittelbaren Nähe.«

»Nicht schon wieder! Das ist ja überaus beruhigend, Biggi.«

Ich bemerke, wie meine gute Laune schwindet.

»Also«, sie zuckt mit ihren Schultern, »also, alles beginnt mit großen Turbulenzen und in deiner unmittelbaren Nähe ist der Tod. Ich sehe außerdem eine große Gefahr auf dich zukommen.«

»Verdammt, Biggi«, sage ich wütend, »kannst du mir nicht einfach glänzende Verkaufszahlen meines Schoko-Traums voraussagen?«

»Ja, das kann ich. Ich sehe einen kleinen Geldsegen auf dich zukommen. Und …« Biggi bricht ab und sieht mich spöttisch an.

»Und … nun sag schon.« Ich hasse es, wenn sie mich derart auf die Folter spannt.

»Und es gibt einen Mann, er ist schon in dein Leben getreten, aber du siehst ihn noch nicht.«

»Ich sehe ihn noch nicht?«, frage ich begriffsstutzig.

»Na ja, du nimmst ihn noch nicht wahr.«

In diesem Augenblick geht die Tür auf und Hauptkommissar Rauenberg betritt mit Brunetti, seinem Cocker Spaniel, die Chocolaterie.

Schnell springe ich auf, um für meinen Liebling die Wasserschale zu füllen und die Hundeleckerli zu holen.

»Du bist dieser Mann, gelle«, sage ich und kraule den schwarzen Teufel hinter seinen Ohren.

Alina, Lucas, Florian und eine wunderschöne junge Frau mit riesigen dunklen Augen und polangen pechschwarzen Haaren betreten den Laden.

»Das ist Ba ... Hülya«, stellt mir Lucas die Schönheit vor.

»Hallo Ba-Hülya«, sage ich.

»Guten Tag Frau Eppstein, Hülya reicht.« Dabei schießen zahlreiche Pfeile aus ihren dunklen großen Augen und durchbohren meinen Sohn.

Die beiden scheinen offensichtlich ein Geheimnis zu haben.

»Ach übrigens wohnt Hülya in der Nähe von Bastian, du weißt schon, der die Daten gesichtet hat.«

Ich blicke mich besorgt nach dem Herrn Kommissar um, er ist in ein Gespräch mit Birgit vertieft.

»Vielleicht kann Hülya sich eine Schoko-Spezialität für Sebastian aussuchen.«

»Ja gerne«, sage ich. »Such dir etwas für ihn aus.«

Ich verlasse die beiden, um mich um den Kuchen zu kümmern.

Zum Glück kennt Kommissar Rauenberg nicht den Grund unseres Zusammentreffens und weiß auch nicht, welche legalen und illegalen Zulieferungen die Einzelnen hier zu den Ermittlungen im *Fall von Lingenthal* getätigt haben.

Frau Wilhelm bringt ihre Tochter mit, damit ich die auch mal kennenlerne. Diese ist inzwischen über alles informiert und wir begrüßen uns stürmisch.

Endlich kommt auch Steffi, gemeinsam mit Jonas. Er ist nach dem letzten Wochenende nicht wieder abgetaucht, ganz im Gegenteil, die beiden scheinen ein Paar zu sein. Jonas hat halblange, dunkelblonde Haare, ist elf Jahre jünger als Steffi und Besitzer eines Tattoo-Studios in Ludwigshafen. Steffi zeigt mir im Lager ihr erstes Tattoo, eine kleine Rose am Oberarm. Ich finde, Jonas und Steffi passen perfekt zusammen.

Mein nächster Blick fällt auf Alina, sie sitzt neben Max und beide halten Händchen. Meine Tochter strahlt ihren Freund an, das ist die reine Wonne. Endlich muss sich das Kind nicht mehr die Augen ausweinen. Lucas scheint auch eine neue Freundin zu haben, er macht ein großes Geheimnis draus, auch Alina weiß nichts Genaues, vielleicht ist es ja diese Hülya. Gestern kam eine Postkarte von Cem aus London, auch mehrere Kurznachrichten haben wir schon ausgetauscht.

Ich greife zum großen Messer und schneide die Schokoladentorte an.

Fröhlich und schmatzend sitzen alle an den kleinen Bistrotischen.

»Du solltest öfter zur Kuchenschlacht im Schoko-Traum einladen«, schlägt Stefanie vor.

Warum eigentlich nicht?

»Gar keine so schlechte Idee«, sage ich. »Vielleicht sollten wir die Kuchenschlacht als monatliches Event einführen.«

Tanjas Schokoladen-Peeling

Zutaten
100 g Zartbitterkuvertüre
4 gehäufte Esslöffel Zucker
6 Esslöffel Mandelöl
2 – 4 Esslöffel gemahlener Kaffee (Kaffeesatz ist sehr gut geeignet! Sonst den gemahlenen Kaffee zuvor einweichen.)

Zubereitung
Die Zartbitterkuvertüre zerkleinern und im Wasserbad schmelzen, nicht über 50 Grad erhitzen. Flüssige Schokolade mit den restlichen Zutaten vermischen. Je nachdem, wie viel Kaffeesatz beigefügt wird, ist der Peelingeffekt schwächer oder stärker. Das Schoko-Peeling auf der Handfläche testen, damit es nicht zu heiß ist. In der Dusche auftragen und einige Minuten einwirken lassen.

Dieses Körperpeeling macht eine reine und samtweiche Haut.

Tanjas heiße Anti-Kummer-Schokolade

Zutaten

50 g Zartbitterkuvertüre
1 Teelöffel Honig
150 ml Milch
½ Vanilleschote
Kardamom
Ingwerpulver

Zubereitung

Die Milch mit dem Vanillemark aus der Schote, dem Honig und je einer guten Messersitze Kardamom und Ingwerpulver auf ca. 60 Grad erhitzen. Die Zartbitterkuvertüre zerkleinern und in der gewürzten Milch auflösen und verrühren.

Sollte die Welt an einem Tag besonders ungerecht gewesen sein, darf man sich gerne ein zusätzliches Sahnehäubchen gönnen.

Tanjas Schoko-Traum-Trüffel

Zutaten für die Ganache (Füllung)
100 g Sahne
10 g Glukose (Fachhandel)
8 g Butter
125 g Vollmilchkuvertüre
1 Vanilleschote

Zutaten zum Verschließen
50 g Vollmilchkuvertüre

Zutaten für die Glasur
200 g Vollmilchkuvertüre

Zusätzlich werden benötigt
30 runde Vollmilch-Schokoladen-Hohlkörper (Fachhandel)
Spritzbeutel
Thermometer
Trüffelgitter

Zubereitung
Vanilleschote auskratzen, Vanillemark mit Sahne und Glukose kurz aufkochen.
Vollmilchkuvertüre temperieren (siehe unten), mit Butter unter die Sahne rühren.
Ganache abkühlen lassen, in einen Spritzbeutel geben und damit die Schoko-Hohlkörper füllen.
Die Pralinen an einem kühlen Ort (ca. 18 Grad) über Nacht stehen lassen.

Am nächsten Tag 50 g Kuvertüre temperieren (siehe unten), in einen Spritzbeutel füllen und die Hohlkörper mit einem Klecks Schokolade verschließen.

Für den Überzug 200 g Kuvertüre temperieren. Die verschlossenen Hohlkörper darin tunken und auf einem Trüffelgitter ablegen. Sobald die Kuvertüre beginnt fest zu werden, Hohlkörper auf Gitter rollen. Hierdurch entsteht die typische Igelung der Trüffel.

Die Vollmilchkuvertüre temperieren

Das mehrmalige Temperieren ist für den guten Geschmack und den Glanz der Schokolade erforderlich.

Geben Sie die zerkleinerte Vollmilchkuvertüre in eine Edelstahlschüssel und setzen Sie diese auf einen kleinen Topf, der drei cm hoch mit Wasser gefüllt ist. Die Schüssel darf das Wasser nicht berühren. Topf bei kleiner Temperatur erhitzen. Die Schokolade stetig umrühren, damit sich die Hitze verteilt. Nicht höher als 40-45 Grad erwärmen.

Geschmolzene Kuvertüre danach unter Rühren auf 26 Grad abkühlen.

Nun ein kleines Stück Kuvertüre *zum Impfen* zugeben und die Vollmilchkuvertüre erneut unter Rühren vorsichtig auf 30-32 Grad erhitzen. Kuvertürestück entfernen. Jetzt kann man die Kuvertüre verarbeiten.

Beim Temperieren darauf achten, dass die Kuvertüre nicht höher als angegeben erhitzt wird und dass kein Wasser in die Kuvertüre gelangt, sonst ist sie nicht mehr zu gebrauchen.

Rezepte: Petra Scheuermann

Über das Buch

Tanja Eppstein ist stolze Besitzerin der Chocolaterie Schoko-Traum in der Heidelberger Altstadt. Bei heißer Schokolade und köstlichen Pralinen löst sie die kleinen, manchmal auch die großen Probleme ihrer Kunden und Freundinnen.

Erschlagen, von oben bis unten mit Schokoladen-Peeling beschmiert, liegt Tanjas beste Kundin in ihrem Wellnessbad. Zu eigenen Ermittlungen sieht sich Tanja gezwungen, als die Polizei den Freund ihrer Tochter als mutmaßlichen Täter verhaftet. Zu dumm nur: Statt ihrem Hauptverdächtigen kräftig auf den Zahn zu fühlen, verliebt sich Tanja in ihn. Aber ist er tatsächlich unschuldig? Wo hielt sich der Neffe der Toten zur Tatzeit auf? Und was hat es mit diesem ›Testa-Spaß‹ auf sich?

Frech und spritzig geschrieben macht dieser spannende Schoko-Krimi Lust auf mehr.

Mit leckeren Schokoladen-Rezepten zum Ausprobieren.
Ort der Handlung: Heidelberg und Frankfurt/Main

Petra Scheuermann
Schoko-Pillen

TWENTYSIX, 2019
12 €
ISNB 978-3-740728-61-8

Tanja Eppstein ist Inhaberin der Chocolaterie Schoko-Traum in der Heidelberger Altstadt. In Schoko-Pillen wird sie in ihren zweiten Kriminalfall verwickelt. Plötzlich steht sie selbst im Fadenkreuz der polizeilichen Ermittlungen. Und dieses Problem lässt sich nicht mit einer heißen Anti-Kummer-Schokolade lösen.
Zwei ehemalige Drogenabhängige sterben an einer Überdosis Heroin. Max, Tanjas Hilfe im Schoko-Traum, mutmaßt, dass da jemand nachgeholfen haben könnte. Mussten die beiden jungen Männer sterben, weil sie zu viel über die Geschäfte eines Crystal-Meth-Dealers wussten? Nach einem Drogenfund im Schoko-Traum werden Tanja und Max verhaftet. Jetzt sehen sie sich gezwungen, auf eigene Faust zu ermitteln. Unvermutet bekommt der Fall eine ganz neue Dimension. Als Tanja sich beim Besuch auf dem größten Weinfest der Welt, auf dem Dürkheimer Wurstmarkt, in den Profiler Cem verliebt, fährt ihr Gefühlsleben mehr als einmal Achterbahn.

Dieser mit leichter Feder geschriebene Schoko-Krimi steigert sein Tempo rasant und wartet auf mit zahlreichen überraschenden Wendungen.

Mit leckeren Schokoladen-Rezepten zum Ausprobieren.
Ort der Handlung: Heidelberg und die Pfalz

Petra Scheuermann
Schoko-Engel

TWENTYSIX, 2019
12 €
ISBN 978-3-740728-79-3

Tanja Eppstein, Inhaberin der Chocolaterie Schoko-Traum, hat mit dem Geschäft, ihren beiden pubertierenden Kindern und einer neuen Liebe alle Hände voll zu tun. Dennoch begibt sie sich in gefährliche Ermittlungen auf eigene Faust. Diese offenbaren eines der dunkelsten Geheimnisse der ehemaligen DDR.

Theo Maier, ein Stammkunde Tanjas, wird verdächtigt, im letzten Jahr zwei Frauen brutal vergewaltigt zu haben. Obwohl er in einem spektakulären Prozess freigesprochen wird, glaubt niemand an seine Unschuld. Sein Leben wird zum Spießrutenlauf. Er erschießt sich. Doch in Tanja nagen Zweifel. War Maier tatsächlich der Täter? Wieso mochte er plötzlich keine Zartbitterschokolade mehr? Und wer war der Mann in der Bar?

Heißhunger auf Schokolade? Stillen Sie ihn mit den Krimis um Tanjas Schoko-Traum, restlos kalorienfrei, jedoch spritzig, humorvoll und spannend.

Mit leckeren Schokoladen-Rezepten zum Ausprobieren.
Ort der Handlung: Heidelberg und Berlin

Petra Scheuermann
Schoko-Killer

Leinpfad Verlag, 2019
12 €
ISBN 978-3-945782-50-7

Tanja Eppstein ist zufrieden: Ihre Chocolaterie Schoko-Traum in Heidelberg ist blendend eingeführt, bei ihren beiden Kindern läuft alles glatt und selbst ihr Ex ist nicht nur auf Kollisionskurs. Doch dann wird in Heidelberg ein Apotheker ermordet, und zwei Wochen später kommt ein Gewürzhändler in Michelstadt gewaltsam zu Tode. An beiden Tatorten werden Tanjas Cappuccino-Trüffel gefunden und die Presse spricht sehr schnell vom Schoko-Killer. Als die Polizei den Verdacht äußert, der Mörder komme aus dem Umfeld des Schoko-Traums, stellt Tanja Nachforschungen auf eigene Faust an und muss plötzlich um ihr Leben fürchten.

Auch ihr Privatleben wird immer turbulenter: Ein unbekannter Verehrer verwöhnt Tanja mit Aufmerksamkeiten, Tochter Alina wird verhaftet und die Fernbeziehung zu ihrem Freund Cem belastet sie zusätzlich.

Petra Scheuermann erzählt so witzig und flott, dass man kaum bemerkt, wie ernst ihr Thema eigentlich ist: der Handel mit gefälschten Medikamenten.

Mit leckeren Schokoladen-Rezepten zum Ausprobieren
Ort der Handlung: Heidelberg und der Odenwald

Über die Autorin

© Petra Scheuermann

Petra Scheuermann wurde in Frankenthal/Pfalz geboren. Seit vielen Jahren lebt sie in Mannheim. Von Beruf Sozialarbeiterin, Heilpädagogin und Erzieherin, widmet sie sich heute hauptberuflich dem Schreiben. Seit 2010 wurden zahlreiche ihrer Kurzgeschichten in Anthologien veröffentlicht, einige hiervon bei Literaturwettbewerben nominiert und ausgezeichnet.

Ihre Kriminalromane **Schoko-Leiche**, **Schoko-Pillen** und **Schoko-Engel** wurden in den Jahren 2014 und 2015 veröffentlicht, 2019 wurden sie neu aufgelegt. Mit **Schoko-Killer** wurde die Serie um Tanjas Schoko-Traum 2019 fortgesetzt.

Die Autorin ist Mitglied im Verband deutscher Schriftstellerinnen und Schriftsteller, im SYNDIKAT, bei den ›Mörderischen Schwestern‹ und dem Literarischen Zentrum Rhein-Neckar e.V. ›Die Räuber `77‹.

Weitere Informationen: **www.petrascheuermann.de**